KB009119

시카 울프

시야 장편소설

fio
ret

시카 울프 2

초판 1쇄 인쇄 2017년 5월 17일
초판 2쇄 발행 2018년 9월 21일

지은이 시야
발행인 오영배
기획 박성인
책임편집 편집부
디자인 권지연
제작 조하늬

펴낸곳 (주)삼양출판사 · 피오렛
주소 서울시 강북구 도봉로 173
대표 전화 02-980-2112 **팩스** / 02-983-0660
편집부 전화 02-980-2116 **팩스** / 02-983-8201
블로그 blog.naver.com/dan_gul
출판등록 1999년 3월 11일 제9-00046호

ISBN 979-11-283-9175-0 (04810) / 979-11-283-9173-6 (세트)

+ (주)삼양출판사 · 피오렛의 서면 허락 없이는 어떠한 형태나 수단으로도 이 책의 내용을 이용하지 못합니다.
+ 지은이와 협의하에 인지는 생략합니다. 잘못된 책은 구입한 곳에서 바꾸어 드립니다.
+ 이 도서의 국립중앙도서관 출판시도서목록(CIP)은 서지정보유통지원시스템홈페이지(http://seoji.nl.go.kr)와
  국가자료공동목록시스템(http://www.nl.go.kr/kolisnet)에서 이용하실 수 있습니다. (CIP제어번호: 2017010600)

fio ret 은 (주)삼양출판사의 로맨스 판타지 문학 브랜드입니다.

ROMANCE FANTASY STORY
시야 장편소설

시카울프

② 2

fio
ret

contents

1장

얼음탑

자선 사업은 귀부인의 주요 사업이다.

'주요 사업'이라고 하면 좀 우스울 수도 있지만 그녀들에게는 무엇보다도 중요한 일 중 하나였다. 이런 일을 함으로써 사교계에서 힘을 가지고, 모임을 꾸리고, 주연을 베푸는 위치에 서게 된다. 물론 그런 일 자체가 돈이 있어야 하는 일이므로 이런 일을 주도한다는 것 자체가 그녀의 신분을 말해 주는 것이기도 했다.

후작 부인인 로웬그린은 그런 자선 사업 중에서도 빈민굴을 돕는 활동을 하고 있었다. 수도에 방치된 이 할렘은 황제 폐하의 대대적인 개혁과 함께 빠르게 재정비되는 중이었다.

로웬그린이 맡은 것은 고아원 쪽이었는데 그녀는 장부를 보며 묘한 기분을 느꼈다.

"이상한데."

그녀가 중얼거린 혼잣말에 반응한 것은 뒤쪽에서 책을 보고 있던 하티엔이었다. 갈색 머리카락을 단정하게 다듬고, 안경까지 쓴 그의 모습은 학자에 가까웠다. 그가 책을 내려놓으며 물었다.

"뭐가 말인가요?"

로웬그린은 자신의 남편을 향해 몸을 돌리며 말했다.

"고아원 아이들 숫자가요."

그 말에 하티엔이 살짝 눈을 찌푸리며 자리에서 일어났다. 그가 다가와 은테 안경을 고쳐 쓰며 장부를 보았다. 로웬그린이 숫자를 가리켰다.

"보세요. 고아원을 나가는 아이들의 수가 늘었어요."

"제대로 일자리를 얻어서 졸업하는 거라면, 좋은 일이 아닌가요?"

하티엔의 말에 로웬그린이 뒤쪽의 다른 장부를 꺼냈다.

"이건 재작년, 작년 숫자고. 이건 올해 들어온 아이들의 숫자예요. 갑자기 고아원을 졸업하는 아이들이나 탈출하는 아이들이 늘었다면, 이상하죠. 게다가 이 고아원에서만이 아니라 전체적으로 늘었어요."

하티엔은 다른 장부까지 전부 읽고 로웬그린의 말에 동의했다.

"그러네요. 이상하네요."

로웬그린은 눈을 찡그리며 숫자를 바라보았다.

"여기서 숫자로만 보는 건 너무 답답해요. 실제 현장으로 가서 확인해 보거나 아니면—"

로웬그린이 하티엔을 보았다. 그가 한숨을 내쉬고 말했다.

"당신이 거기에 직접 가지 않았으면 좋겠어요. 대신 후작가의 정보원이든 뭐든 원하는 건 전부 사용해요. 로웬그린 일리생. 내 것은 전부 당신 것이랍니다."

하티엔의 말에 로웬그린이 싱긋 웃었다.

"고마워요."

"별말씀을."

하티엔이 그녀의 이마에 가볍게 입 맞추고 설렁줄을 잡아당겨 집사를 불렀다.

제국의 오래된 후작가 중 하나인 일리생 후작가는 각종 첩보 원을 거느리고 있었고, 그들 중 하나를 불러 로웬그린에게 붙여 줄 생각이었다.

로웬그린은 다시 장부를 바라보았다.

친우가 특별히 부탁한 일이었으니 더더욱 마음이 쓰였다.

'나쁜 일이 아니길.'

하지만 로웬그린은 이미 그게 '나쁜 일'의 징조라고 생각했기 에, 별 의미 없이 만일을 위해 기원했다.

오루트는 수레를 모는 카서스를 힐끗 보았다. 그리고 자신의 정면에 앉아 있는 시카를 바라보았다. 시카는 반쯤 꾸벅꾸벅 졸 고 있었다.

'어젯밤 잘 못 잤겠지.'

왜 방에 들어간 카서스가 안 나오나 했더니, 그녀의 무릎베개를 하고 쿨쿨 자고 있는 게 아닌가.

깨우려고 했는데 시카가 만류했다.

이대로 놔두면 내일 자신의 얼굴이 멀쩡할까, 고민하다가 오루트는 놔두기로 했다. 뭐 이튿날 민망해서 얼굴을 못 든다 해도 그게 내 잘못인가? 제 잘못이지.

그런데 이튿날 일어난 카서스는 창피해하기는커녕 뻔뻔하게 "왜 안 깨웠어?" 하고 시카에게 한 소리 하고는 당당히 행동했다.

오루트로서는 흉내 낼 수도 없는 모습이었다.

일행은 아침 일찍 실바를 나왔고, 평소라면 수레를 모는 일은 자신의 일일 텐데, 카서스가 마부를 자처해서 오루트는 망설임 없이 고삐를 넘겼다.

'사실 나도 졸리고.'

결국 밤새워 망을 봤다.

'그 여자가 좀 신경 쓰여서.'

피오나는 몇 번 자신에게 말을 붙이려다가 포기하고 돌아갔다. 그래, 그래. 안에서 둘이 뭐 하고 있는지 신경 쓰이지.

오루트는 하품을 길게 하고 자신도 수레에 등을 기댔다. 곧 그도 꾸벅꾸벅 반쯤 졸기 시작했다. 조용해진 뒤를 카서스는 한 번 힐끗 돌아보고 다시 정면을 보았다.

'그리고 자냐, 카서스 리안.'

푹푹 한숨을 내쉬며 카서스는 손으로 얼굴을 문질렀다. 게다가 그냥 잠깐 잔 것도 아니다. 심지어 일어나니 마음속까지 개운했다. 뭔가 토해 낸 것처럼 말이다.

'아, 정말. 아, 진짜. 아—!'

카서스는 마음속으로 소리를 지르며 푹푹 한숨을 내쉬었다. 일행은 일단 다시 서부로 돌아가는 중이었다. 의뢰자인 피엔샤 후작에게 대강의 사정을 보고하고 다음 행보를 결정할 예정이었다.

그사이에 카서스는 자신의 마음을 잘 정리할 수 있기를 바랐다.

뭔가 정리할 게 있다면 말이다.

피엔샤 후작은 갑자기 나타난 일행의 모습에도 당황하지 않았다. 자신이 돌아오고 있다는 걸 알리지 않은 오루트에게는 다시금 화가 났지만, 그건 나중에 처리해도 되는 일이니까.

"그래서 원인을 알아내셨습니까?"

후작은 시카에게 정중하게 물었다. 서부는 아직 추웠지만, 홀은 벽난로의 온기로 차 있었다. 그리고 시카는 후작과 동등한 지위로 앉아 있었다.

후작이 이번에는 그녀를 위한 의자도 준비하게 했고, 그것은 마법사인 그녀를 얼마나 존중하는지 보여 주는 것이었다.

"누군가가 인위적으로 장막을 찢고 있습니다."

"그건 전에도 들은 이야기죠."

"네. 하지만 장막에 구멍이 더 나게 되면, 결국은 장막이 완전히 찢어지고. 장막이 완전히 찢어진다면 마수와 마력이 쏟아져 나오며 아수라장이 되겠지요."

그 말에 피엔샤 후작의 얼굴이 굳었다. 이어 그가 물었다.

"누가 그런 짓을 하는 겁니까?"

"이게 정치적인 문제로 넘어간다면, 그건 후작님의 영역이겠지요. 그리고 마법적인 영역으로 넘어간다면 적어도 마법사 중에서는 그런 짓을 할 사람이 없습니다."

시카의 단언에 후작의 눈썹이 슥 올라갔다. 그의 반응에 시카가 살짝 고개를 흔들고 이어 말했다.

"마법사는 모두 착해, 같은 얼빠진 소리를 하는 것이 아니라. 그 세계의 마력은 마법사에게도 좋지 않거든요. 게다가 장막을 찢는 방식이 완전히 다르다고 말씀드렸었죠."

"그럼 어떻게 장막을 찢는 겁니까?"

"에테르가 가득 모인 곳에서는 장막이 약해집니다. 숲이나 산, 인적이 없고 자연물이 가득한 곳에서는 그런 일이 잘 일어나요. '에테르 폭풍'이라고 우리는 이야기하죠. 하지만 그런다고 반드시 찢어지는 건 아니에요. 마수가 넘어오려고 하지 않으면요."

시카는 깊게 숨을 들이마셨고 피엔샤 후작은 경청의 의미로 상체를 앞으로 기울였다.

"누군가가 마수를 부르는 것 같습니다."

"부른다?"

"네."

시카가 고개를 끄덕였다.

"어떻게 그럴 수가 있는 겁니까?"

피엔샤는 눈을 찌푸리며 물었다.

"그것에 관해서 말입니다만, 얼음탑으로 돌아가고 싶습니다."

"뭐?!"

시카의 말에 대한 경악성은 뒤에 서 있던 카서스에게서 튀어 나왔다. 모두가 그를 돌아보았지만, 카서스는 상관없이 그녀에게 말했다.

"그게 무슨 말이야? 얼음탑으로 돌아간다니? 그런 말 전혀 없었잖아."

시카는 적잖이 당황해 답했다.

"나도 오면서 생각한 거야. 내 지식만으로는 한계가 있어. 난 마수 전문가고, 탑의 동료들 중에는 장막이나 에테르 문제를 다루고 있는 동료도 있으니까—"

"그러니까 너 대신 그런 동료를 보내겠다?"

카서스의 목소리가 뾰족해졌다.

그리고 넌 이제 그 탑에서 영원히 나오지 않을 거고?

그제야 시카는 왜 카서스가 이러는지 이해했다. 그녀는 고개를 흔들었다.

"아니. 이 일은 그래도 내가 맡은 이상 내가 마무리 지을 거야. 그리고 얘기했잖아. 사람도 찾아야 한다고."

그 말에 카서스는 "그렇다면." 하고 입을 다물었다. 그래도 여전히 불만스러워 보였다. 카서스가 물러나자 시카가 다시 피엔샤 후작을 보았다.

"얼음탑까지 다녀오려면 시간이 좀 걸릴 겁니다. 그사이 후작님께서도 정보를 모아 주신다면 감사하겠습니다."

"그건 당연한 일이지요. 하지만 기약 없이 기다리는 것도 그러니― 여름이 시작될 때. 적어도 5월 안에는 돌아와 주셨으면 좋겠습니다."

시카는 잠시 생각해 보고 고개를 끄덕였다.

"네, 늦어도 5월까지는 돌아오겠습니다."

"그러면 그렇게 하지요."

피엔샤 후작이 자리에서 일어나 시카도 같이 일어났다. 그가 손을 내밀어 둘은 악수를 했다. 피엔샤 후작이 굳은 목소리로 말했다.

"부디 좋은 소식을 가지고 돌아오시길 바랍니다."

"저도 그러길 바라요."

"그럼, 알커란스는 남게."

그 말에 오루트는 꿍 하고 귀를 바싹 붙인 강아지 같은 얼굴을 했지만, 시카도 카서스도 도와줄 수는 없었다. 카서스는 애초에 도와줄 마음도 없었지만 말이다.

그를 남겨두고 방을 나오자마자 카서스가 날 선 목소리로 말했다.

"적어도 미리 귀띔해 주면 안 돼? 파트너니까 이야기하자고 했었잖아? 아니면 그 문제에서 난 논외자야?"

"나도 결론 내린 지 얼마 되지 않았어. 미리 말 못 해줘서 미안해."

시카는 솔직하게 사과했다. 카서스가 뚱하니 그녀를 보다가 물었다.

"나도 같이 가면 안 돼?"

"어?"

"얼음탑 말야."

"미안. 외부자를 데리고 들어가는 건 안 될 것 같아."

카서스는 길게 한숨을 내쉬었다. 시카가 얼른 말했다.

"하지만 금방 다시 보잖아."

"그래. 그렇지만, 또 나와 의논하지 않고 시카 혼자 멋대로 결정해서 '다른 사람을 보내기로 했습니다.' 할 가능성이 높아 보여서 말이지."

"그러지는 않을게. 하지만—"

"하지만?"

카서스가 되물어 시카는 머뭇거리다가 눈을 내리깔며 말했다.

"만약 그렇다고 해도 카서스는 별로 상관없잖아."

내가 아니라 다른 마법사라도 상관없으면서.

"왜 상관이 없어."

카서스는 말하고 고개를 든 시카의 머리를 스윽스윽 쓰다듬었다.

"당연히 시카가 좋지."

그 말에 시카는 피식 웃었다.

"그거 영광이네. 하여간 돌아오지 않거나 하지는 않을 거야. 만약 걱정하는 게 그거라면 말야."

"그거야. 그리고 알았어. 어차피 슬슬 수도 쪽에서 소식도 날 아오는 모양이고. 그쪽이랑 얘기해 보러 가긴 가야 하니까."

나도 개인 시간이 필요했거든.

카서스의 말에 시카가 고개를 갸우뚱했다.

"무슨 소식?"

"사람 찾기 말야."

"아—! 진짜?"

시카의 얼굴이 확 밝아져서 카서스는 고개를 끄덕였다.

"뭐라도 알게 되면 연락할게."

"응, 고마워. 카서스."

"별말씀을."

카서스는 가볍게 손을 가슴에 가져다 대며 기사같이 인사해 보였고 시카는 웃었다. 둘은 나란히 복도를 걷기 시작했다.

*   *   *

사막의 뜨겁고 건조한 바람이 시카의 온몸을 훑고 지나갔다.

시카는 지팡이를 치켜들었다. 그녀의 입에서 노랫가락을 읊조리는 듯한 주문이 흘러나오기 시작했다. 수정이 환하게 빛을 발하며 그녀의 가락을 따라 진동했다. 두 겹, 세 겹 마법진이 겹치며 빙글빙글 돌았다.

탁—!

그녀가 지팡이를 모래 바닥에 내려치듯 두들기자 그녀를 중심으로 거대한 바람이 한 바퀴 일어나더니 거짓말처럼 높은 탑이 나타났다. 투명한 얼음으로 만들어진 탑이었다. 지나가던 여행자들이 봤다면 신기루라고 생각했을 터였다.

시카는 망설임 없이 문에 손을 댔고 문은 소리도 없이 부드럽게 열렸다. 안은 마치 반짝이는 얼음 동굴처럼 보였다. 그녀는 안으로 한 걸음 들어갔고, 그러자 수정 동굴은 사라지고 딱딱한 돌바닥이 나타났다. 마치 수도원 같은 네모진 성의 한가운데였다.

"시카?! 돌아온 거야?"

놀란 목소리에 시카는 고개를 돌렸다. 정원에서 책을 읽던 연푸른 머리카락의 여자가 자리에서 벌떡 일어났다.

"로레인."

시카가 웃으며 팔을 벌렸고 로레인이 한달음에 달려와 그녀를 꼭 끌어안았다.

"아, 바깥 냄새! 뭐야? 옷도 다른 거 입었네? 이게 훨씬 더 어울려. 예쁘다. 어떻게 됐어? 찾는 사람은 찾았어?"

"아니, 아직 찾는 중이야. 그보다 더 중요한 문제가 생겨서."

"아."

로레인의 표정이 달라져서 시카가 물었다.

"뭐야? 알고 있었어?"

"내가 돌아왔으니까."

시카는 그 목소리에 뒤를 휙 돌아보았다. 아르카나가 서 있었다.

"아르카나!"

시카의 목소리는 반가움으로 꽉 찼고 아르카나는 소리 내어 웃었다. 시카는 달려가 그의 손을 덥석 잡았다.

"뭐야? 언제 온 거야? 앙케르트나 백작님은? 잘 지내서?"

"잘 지내. 나도 얼마 전에 도착했어. 그보다 일은 어떻게 된 거야?"

"그게 생각보다 더 복잡하다고 해야 하나. 간단하다고 해야 하나."

시카의 중얼거림에 아르카나가 살짝 눈을 찌푸렸다. 붉은 머리카락에 녹색 눈을 한 그는 완전히 마법사처럼 차려입고 있었다.

외부에서는 마법사로 보일 차림 말이다.

시카는 자신의 이론을 간단히 설명했고 그의 얼굴이 심각해졌다.

"그러면 누군가가 일부러 마수를 불러들인다, 이건가."

"그래. 누가 그러고 있는지는 모르겠지만."

"야만족의 그 세세락일 가능성은?"

"이미 죽었는걸."

"하지만 숨겨 둔 후계자나 다른 쪽의 주술사가 있을 수 있잖아."

"글쎄. 그건 아닌 것 같았어. 무엇보다도 마수가 많이 나오면 타격을 입는 건 그 숲에 사는 야만족들이잖아?"

"제국을 전복한다든가?"

그 말에 시카의 얼굴이 어두워졌다. 그녀가 작게 말했다.

"내가 걱정하는 건, 장막이 찢어지고 많은 마수가 넘어오는 것도 있지만― 강한 마수가 넘어올 경우야. 드래곤, 같은 마수 말이야."

"드래곤."

중얼거리고 아르카나는 침음을 삼켰다.

그건 전설 속에서나 나오는 마수였다. 칼과 창이 통하지 않는 비늘을 가졌고, 하늘을 날며, 화염을 토해 내고, 그 크기는 거대한 범선에 필적한다.

재앙급으로 분류되는, 전설적인 마수들이 있다.

드래곤은 그중 하나였다.

"일반적인 상황이라면 넘어오지 않지. 관심도 없어. 하지만 장막의 구멍이 커지면 드래곤도 충분히 넘어올 수 있어. 그리고 그 너머의 마력이 이쪽으로 쏟아지기라도 하면……."

"그 지역은 인간이 살 수 없겠지."

마수들에게 이 세계의 공기와 마력은 독이 아닌 모양이지만,

불행히도 인간에게 저 세계의 공기와 마력은 독이었다.

아니, 인간이 아니라 이 세계에게.

"마수를 부른다고 했지."

아르카나의 말에 시카는 고개를 끄덕였다. 아르카나가 말했다.

"그러면 그 부르는 사람은 마수를 복종시킬 수 있는 게 아닐까."

"그건……."

시카는 눈을 크게 떴다. 그녀는 잠시 생각하다가 한숨과 함께 말했다.

"가능할지도 몰라. 이 사람—사람인지 뭔지가 쓰는 마법은 우리와 완전히 체계가 다르니까."

둘의 분위기가 심각해지자 대화가 들리지 않는 곳에 떨어져 있던 로레인이 말했다.

"일단 시카는 쉬고 나서 이야기하는 게 어때?"

"그게 좋겠다. 미안, 오자마자 붙잡아서."

아르카나의 말에 시카는 고개를 저었다.

"아냐. 아르카나야말로 바쁜데 와 줘서 고마워."

"다 시리를 위해서기도 하니까."

그 말에 시카는 우뚝 멈춰 섰다. 시카의 표정에 아르카나는 희미하게 웃으며 "왜?" 하고 물었고 시카가 머뭇거리다가 작게 물었다.

"그, 짝사랑은 많이 괴로운가?"

아르카나는 그 말에 눈을 동그랗게 뜨고 시카를 보았다가 물었다.

"누구를 좋아하게 됐어?"

"아니, 그게─ 잠깐, 내 질문이 먼저잖아?"

"글쎄. 짝사랑, 같은 간단한 이야기는 아니라서."

아르카나의 말에 시카는 "그렇구나." 하고 어깨를 늘어트리고 손을 저었다.

"물어봐서 미안. 사적인 건데. 하여간 나중에 보자."

"그래."

아르카나는 시카를 보냈다. 로레인은 그에게 꾸벅 인사를 해 보이고 얼른 시카를 따라갔다. 바깥세상에 대한 질문 폭탄을 마구 던지는 로레인의 목소리를 들으며 아르카나는 한숨을 내쉬었다.

'어째 편히 쉴 날이 없군.'

시카는 씻고 편한 옷으로 갈아입었다.

마법사의 탑이니만큼, 모든 것이 마법을 통해 이루어졌고 시카는 오랜만에 마법을 만끽했다.

욕조의 따뜻한 물은 식지 않았고, 벽난로는 자동으로 켜졌다.

자신의 방에서 마음껏 즐기는 목욕은 오랜만이라 그녀는 충분히 즐기고 나서 방을 나왔다. 시카가 돌아왔다는 것을 들은 마법사 두서너 명이 나와 있었다.

사실 대부분은 그녀가 밖에 나갔다 온 것에 관심이 없었다. 마법사의 관심사는 남이 알몸을 벗고 춤추는 것보다 내 플라스크의 액체가 넘치지 않고 잘 끓고 있나에 더 집중되어 있다.

그나마 그녀와 친하거나, 아니면 바깥에 관심이 있는 마법사들이 와서 그녀에게 질문을 던졌다.

마법사 반란 이후, 적극적은 아니더라도 마법사의 탑은 외부로 나가는 마법사들을 지지하고 있었다. 하지만 마법사들 대부분은 밖으로 나갈 이유를 찾지 못했다.

로레인 같은 젊은 마법사들은 좀 더 호기로웠지만 말이다.

식사하는 동안 모두에게 답변을 해 주고 나니 로레인만 남았다.

로레인은 시카보다 나이가 많았지만, 마법사의 탑에서 나이는 별 상관없다. 이곳은 오로지 실력 중심의 장소이고, 겉보기는 그렇게 중요하지 않았다.

실력으로 따지면 시카가 그녀보다 훨씬 더 위였다. 그럼에도 둘은 친구 같은 관계를 유지했다. 로레인이 작게 물었다.

"그래서 바깥에서 겪은 경험의 밝은 부분은 그거고, 어두운 부분은?"

순간 시카는 말문이 막혔다.

그러고 보니, 잭슨이 죽은 것도 아직 이야기하지 않았다.

시카의 얼굴이 순식간에 어두워지는 것을 보고 로레인은 자리에서 일어났다.

"방으로 가서 이야기하자."

"응."

시카는 작게 고개를 끄덕였다. 둘은 계단을 걷지 않고, 마법으로 바로 이동했다. 시카의 방으로 이동해서 로레인은 테이블로 다가가다가 시카가 그 자리에 서 있는 걸 보고 돌아섰다.

"시카? 괜찮아?"

"잭슨이 죽었어."

그 말에 로레인은 헛숨을 삼켰다. 시카가 고개를 들어 그녀를 보고 이어 말했다.

"난 사람을 죽였고."

로레인의 눈이 찢어질 듯 커졌다. 그녀는 손으로 입을 가렸다. 몇 번 헐떡이며 "맙소사." 하고 작게 중얼거린 그녀가 물었다.

"너, 너 괜찮니? 아니, 괜찮을 리가 없지."

시카가 힘없이 웃으며 머리를 쓸어 올렸다.

"어쩜 다 잊고 있었는지 모르겠어. 어떻게—"

카서스 때문이다.

카서스 덕분이다.

시카는 갑자기 그가 미치도록 보고 싶어졌다. 방금 헤어졌으면서도, 당장 목소리가 듣고 싶었다. 그 웃음소리가, 만져 주는 손이 사무치게 그리웠다.

시카는 킬킬 웃었다. 그녀의 웃음에 로레인의 얼굴이 더욱 창백해졌다. 그녀가 다가와 시카의 손을 잡았다.

"시카? 괜찮아?"

"어, 웅. 괜찮아. 괜찮아서 문제야. 잭슨이 날 팔아넘기고, 난 강간당하고 죽을 뻔했는데—"

로레인은 말문이 막혔다. 시카가 그녀를 돌아보며 웃다가 어깨를 늘어트렸다.

"좀 긴 이야기가 될 것 같네."

"시간은 한정되어 있지만, 네 이야기라면 얼마든지 들을 거야."

로레인의 말에 시카는 길게 한숨을 내쉬었다.

"아니, 생각해 보니까 긴 이야기도 아닌 것 같다."

시카는 터덜터덜 걸어서 테이블 의자에 털썩 앉았다. 로레인은 걱정스럽게 그녀를 보며 맞은편에 앉아서 말했다.

"네가 얘기하고 싶지 않으면 하지 않아도 괜찮아."

"음, 아니야. 하고 싶어."

시카는 그렇게 말하고 깊게 숨을 들이켠 다음 아주 간단하게 잭슨과 벌어졌던 일을 이야기하고 나서 라우와의 일을 이야기했다. 최대한 짧게 이야기했는데도, 이야기 속의 카서스의 임팩트가 너무 커서 로레인은 묻지 않을 수 없었다.

"그래서, 그 카서스 리안이라는 사람이 일을 다 마무리 지은 거야?"

"웅."

"고마운 사람이네."

"그렇지."

시카는 고개를 끄덕였고 로레인은 그런 그녀를 빤히 보다가 물었다.

"그래서 잘생겼어?"

"어—?"

"카서스 리안 말야."

"그게, 잘생겼는데— 진짜 웃겨."

"웃기게 생긴 거야?"

"아냐! 아냐! 잘생겼어! 삽화 소설에서 뽑아낸 것처럼 잘생겼어. 웃기게 잘생긴 게 아니라—"

시카는 목소리를 높여 부인했고 로레인은 "그게 아니라?" 하고 물었다. 시카는 솔직하게 토로했다.

"검사님을 닮았어. 진짜, 완전히. 쏙 닮았어."

"검사님이면, 널 여기에 데려와 준 그 사람? 그, 네가 꿈꾸는 완벽한 남자 말하는 거지?"

"로레인."

시카가 끄응 하는 목소리로 말하자 로레인이 웃었다.

"하지만 그렇잖아? 네가 이야기하는 것만 들으면 영웅소설에서 뽑아낸 사람 같다고. 와, 난 그 사람 동화책 속의 왕자님처럼 생겼을 거라고 생각했는데 그런 사람이 실제로 있단 말이지? 와, 한번 실제로 보고 싶네."

로레인은 감탄사를 연발했다.

"로레인."

"왜? 나도 잘생긴 남자 얼굴 좀 보고 싶은걸."

뭐가 나빠? 하는 로레인의 말에 시카는 푹푹 한숨을 내쉬었다. 그녀의 한숨에 로레인이 조심스럽게 물었다.

"그래서? 똑같이 생겨서 반한 거야?"

"반—"

시카가 할 말을 잃자 로레인이 빙글빙글 웃으며 말했다.

"아냐? 맞는 것 같은데?"

"그렇게 티 나?"

시카의 얼굴에 불안감이 번졌다. 로레인이 "에이." 하고 눈을 찡긋하며 말했다.

"척하면 척이지. 뭐, 얼굴이 먼저고 마음은 그다음일 수도 있지."

잘생긴 남자는 귀중한 자원이야.

로레인의 말에 시카가 고개를 저었다.

"그런 거 아냐."

기운 없는 대꾸였다. 로레인이 "정말?" 하고 웃었다.

"아닌 것 같은데? 맞는 것 같은데?"

"그런 거 아냐. 아니 그런 건가. 아, 나도 모르겠어. 사실 얼음탑으로 온 것도 그래서야."

앞뒤 없는 말에 로레인은 갸웃했다. 시카는 말을 이어 나가며 자신의 긴 분홍빛 머리카락을 죽죽 잡아당겼다.

"카서스를 보지 않으면 내 마음이 좀 정리가 될 것 같아서. 그래서 얼음탑에 볼일도 있지만, 좀 떨어져 있으려고……."

그래서 카서스에게 이야기도 하지 않고 일정을 급하게 잡은 것이었다. 로레인은 시카의 말을 이리저리 짜 맞춰서 결론을 내고 물었다.

"그러니까 좋아하는데 좋아하고 싶지 않다는 거야?"

"카서스는 이런 거 싫어해. 알게 되면 당장에 100km 밖으로 도망칠걸."

"싫어한다고?"

"깊은 감정이나, 그런 거에 의한 구속 같은 거 말야."

"그 사람 나이가 한 열다섯쯤 되니? 사춘기인가?"

무슨 허세 든 애 같은 소리니?

그 말에 시카가 웃었다.

"아니야. 사려 깊고, 좋은 사람이야. 단지 그 원 안엔 있는 걸 싫어하는 것뿐이지."

"그래서 마음을 정리하고 친구가 되고 싶다?"

로레인의 정리에 시카는 신음을 내뱉었다.

"내가 도로 순수해질 수 있으면 말야."

"하지만 그쪽이 널 좋아할 수도 있잖아? 만약 그러면?"

"그럴 일은 없어."

시카가 단정적으로 딱 잘랐다. 로레인은 포기하지 않고 물었다.

"왜? 그럴 수도 있잖아? 시카 너는 상당한 미모를 갖춘 여자고, 능력도 있어. 매력 만점이지. 만약에 카서스가 너보고 좋다고 하면? 사귀자고 하면?"

"그러면…… 그러면……."

시카의 얼굴이 붉어졌다가 곧 어두워졌다. 그녀가 고개를 저었다.

"아냐. 됐어."

"시카?"

"지금 걸로 머리가 좀 식었다. 고마워, 로레인."

로레인은 자신이 원하던 것과 반대의 결과가 되어 당황했다. 그녀가 재빠르게 물었다.

"뭐야? 왜? 좋은 거잖아? 서로서로 사랑하는 사이라면."

"잘될 리가 없어. 난 탑에서 나가지 않을 거고. 그런데 무슨……. 됐어."

"왜 그렇게 자신을 가두기만 하는 거야."

로레인은 이해할 수가 없어 물었다. 시카는 답 없이 자신의 새끼손가락 반지를 만지작거렸다. 로레인은 한숨을 내쉬고 자리에서 일어났다.

"난 모르겠다. 왜 그렇게 꼭꼭 숨는 건지."

"넌 몰라."

시카의 말에 로레인은 울컥해서 말했다.

"그래, 모르지! 말을 해 주지 않으니까."

소리친 그녀는 순간 이동으로 휙 사라져 버렸다. 시카는 그녀가 사라진 자리를 바라보다가 털썩 테이블에 엎드렸다.

'하지만. 하지만.'

반짝반짝하고 아름다운 희망을 가지기에 그녀가 겪었던 일은 너무 컸다.

괴물—!

저 괴물을 잡아라!

숲의 악마다!

아직도 그 목소리가 생생해서, 무서웠다.

어렸을 때 일이잖아? 아직도 그 일을 질질 끌고 있는 거야? 시원하게 잊어버리고 새 출발을 해.

말은 참 쉽다. 자신이라고 그런 기억을 일부러 담아두고 상처를 곱씹고 싶은 게 아니었다.

하지만 그런데도 그 기억은 뚜렷하게 새겨져서 사라지지 않고 있었다.

'난 겁쟁이야.'

시카는 속으로 자신을 타박하며 눈을 감았다. 머릿속이 복잡해서 아무런 생각도 하고 싶지 않았다. 눈을 감고 멍하니 뺨에 닿는 테이블의 감촉을 느끼고 있는데 가볍게 문 두드리는 소리가 났다.

똑똑.

흔하지 않은 노크 소리에 시카는 눈을 떴다.

"누구세요?"

"나야."

"들어와."

아르카나는 문을 열고 들어왔다. 시카가 웃으며 그를 맞이했다.

"순간 이동으로 오지 않고?"

"이쪽이 더 예의 바르게 느껴져서. 평범하게 살다 보니."

아르카나의 말에 시카는 다시 웃었다.

마법사의 탑은 순간 이동을 하기가 편하다. 자동으로 좌표가 설정된다. 그러니 실력이 떨어지는 자들도 외부에서는 순간 이동을 못 하지만 내부에서는 얼마든지 할 수 있었다.

그런데 아르카나는 외부에서도 특별한 좌표 없이도 순간 이동을 하는 실력자다. 그런 그가 탑 내에서 문을 두드리고 걸어 다니다니 아이러니한 일이었다.

"좀 더 이따가 올 걸 그랬나?"

아직 시카의 머리카락이 젖어 있어서 아르카나가 묻자 시카는 고개를 흔들고 가볍게 손으로 훑듯이 머리카락을 등 뒤로 휙 넘겼다. 그 한 동작으로 머리카락의 물기가 싹 마른다.

"아냐, 마침 잘 왔어. 로레인에게 막 이야기한 참이거든."

"무슨 이야기?"

"잭슨이 죽었어."

그 말에 아르카나의 얼굴이 어두워졌다.

"어디서? 어떻게? 공식적으로 탑에서 항의를 해야 하나?"

"아니. 그런 게 아니라. 도박장에서 도박 빚을 잔뜩 져서. 날 팔아넘겼다가, 그 일이 잘못돼서 죽었어."

아르카나는 순간 무슨 말을 해야 할지 알 수 없었다.

차기 탑주로 촉망받는 젊은 마법사는 잠시 생각에 잠겼다가 말했다.

"고생했다."

시카는 그 말에 킥킥 웃었다.

"고생했지. 덕분에 난 사람도 죽이고— 반지도 뺏어."

그녀가 자신의 반지 낀 손을 들어 보이며 말해서 아르카나가 태연히 물었다.

"어땠어?"

"기분 좋았어. 오랜만이라서 그런가 더 제어가 안 되는 것 같아. 그리고 더 커졌어."

힘이 더 강해졌다. 시카는 반지를 들여다보았다.

홍수를 댐으로 막고 있는 것과 마찬가지다. 점점 댐 안쪽의 수위가 높아져 가고 있는 것이 두려웠다.

"언젠가 재앙급의 마왕이 나타나면 그게 나일지도 몰라."

그녀의 말에 아르카나가 "그럴 리는 없어." 하고 단호하게 말한 뒤 이어 물었다.

"그래서? 그다음은?"

"내가 날 죽이려는 강간범을 처리하고 나자, 카서스가 와서는 정신 차리게 해 주고 도로 반지를 끼워 줬어."

어떻게 정신을 차리게 했는지에 대해서 시카는 함구했다.

"카서스? 카서스 리안? 그 부랑자?"

아르카나의 말에 시카가 입을 비죽이며 말했다.

"부랑자가 아니라 방랑자야. 전부터 생각했는데 대체 아르카나랑 카서스 사이에 무슨 일이 있었던 거야?"

"그 사람이 시그리드를 좀 긁어서."

"아."

시카는 그 말에 대꾸할 수 없었다. 그리고 웃었다.

"앙케르트나 백작님은 좋은 사람이니까."

"그게 무슨 상관인데?"

아르카나가 녹색 눈을 찌푸리며 말했다. 시카는 그 눈을 보면서 카서스와 같은 녹색인데도 완전히 다른 색이라고 생각했다.

아르카나가 짙고 깊은 숲 같은 녹색이면, 카서스는 햇빛이 비치는 토파즈같이 금색이 섞인 녹색.

"시카?"

아르카나가 그녀의 이름을 불러 시카는 정신을 차렸다.

"좋은 사람은 금방 좋아지니까 일부러 긁는 거야."

"역시 진짜 마음에 안 드는 놈이야."

시카의 말에 아르카나는 차갑게 대꾸했다. 시카는 그 말에 "아, 그래도 좋은 사람이라고." 하고 대꾸했고 아르카나는 그런 시카를 가만히 보다가 물었다.

"그래서— 짝사랑 어쩌고 한 게 그 상대야?"

시카의 얼굴이 순식간에 빨갛게 변했다. 아르카나는 이마를 짚었다. 시카가 얼른 방어하듯 말했다.

"하지만 아르카나도 백작님 좋아하잖아."

"그래, 좋아하지. 하지만— 그건 진짜 좀 다른데."

아르카나는 한숨을 내쉬었다. 시카는 그 말에 아르카나를 바라보며 물었다.

"어떻게 다른데?"

"그녀가 날 구했어. 내 전부는 시리 거야. 시리는 필요 없다고 하겠지만, 그 점도 좋아. 굳이 연인이 아니더라도, 시리가 행복하면 그걸로 괜찮아."

말하고 아르카나는 묘한 얼굴로 시카를 보았다.

"아니, 그 전에 이런 이야기를 누군가에게— 특히 너에게 하게 될 거라고는 생각 못 했는데. 너 그 첫사랑 왕자님은 어쩌고?"

"왕자님 아냐! 검사님이라고."

시카의 얼굴이 더더욱 빨개졌다.

그녀가 떠들고 다니는 그녀의 '첫사랑 검사님'에 대한 이야기는 탑 안의 모두가 신물이 날 정도로 들었다. 아르카나가 말했다.

"너 그 사람 인형도 만들었었잖아. 파란색 머리카락에 녹색 눈……."

말끝을 흐리고 아르카나는 눈을 찌푸렸다.

"그러고 보니 닮았군."

"맞아. 닮았어."

시카의 한숨 섞인 말에 아르카나가 물었다.

"그래서 헷갈리는 거 아니고?"

"아냐. 처음에는 외모만 비슷하고 내면은 진짜 아니라고 생각했었거든."

시카의 말에 아르카나는 "그래." 하고 별말 하지 않았다.

'했었다, 라는 건 과거형 아닌가?'

그렇게 생각했지만, 굳이 지적하진 않았다. 시카가 깊게 숨을 들이켜고 말했다.

"하여간, 그 이야기 말고 다른 이야기 하려고 온 거 아냐? 좀 충격적인 이야기가 중간에 끼었지만."

"아아, 그러고 보니 잭슨이 죽었다고 했지. 도박이라니."

아르카나가 씁쓸하게 웃었다.

"유흥을 주의하라고 해야 하나."

"그 자식이 바보인 거야."

시카는 타박하듯이 말했지만 슬픈 울림은 감출 수가 없었다. 아르카나가 손을 뻗어 그녀의 등을 가볍게 위로하듯이 두들겼다.

"난 그사이에 원로회랑 이야기했어."

"뭐래?"

"적극적으로 협조하기로 했지, 그야. 모아 온 시료나 증거품은 있어?"

"응, 있어."

시카의 말에 아르카나가 고개를 끄덕였다. 그녀가 얼른 덧붙였다.

"5월 안에는 돌아가기로 했으니까 최대한 빨리 작업했으면 좋겠는데."

"알았어."

그녀가 자리에서 일어나 가방에서 챙겨 온 증거를 꺼냈다. 남들이 보면 그냥 흙과 돌멩이, 그리고 나뭇가지지만 마법사들에게는 마력의 흔적이 느껴졌다.

아르카나는 증거품을 신중하게 받아 들었다.

"장막과 마수라면 나보다는 로레인과 헤렛이 낫겠지."

그의 말에 시카가 고개를 끄덕였다. 그녀가 생각하고 있던 후보도 그 두 사람이었다.

"나도 같이 가."

시카가 말했다.

연구에 집중하면 잡념들도 다 날아가겠지. 5월에 카서스를 만날 때가 되면 다시 원래대로 모든 것이 돌아와 있을 것이다.

─라고 생각했던 건 일주일도 지나지 않아서 착각이었다는 걸, 시카는 알게 되었다.

탑은 좁다.

다들 연구에 빠져 있다고 해도 소문은 빠르게 돈다.

"시카, 잘생긴 마스터에게 반했다면서? 검사님은 어쩌고?"

하는 장난스러운 질문이 여기저기서 흘러나왔다. 시카는 로레인의 목을 졸라 죽이리라, 하고 마음먹은 후 로레인을 쥐 잡듯이 잡았다.

하지만 소문의 무서운 점은, 시작점을 죽인다고 해서 그 소문이 사라지는 게 아니라는 거다.

처음 한두 주는 그런 말을 던질 때마다 펄쩍 뛰며 대꾸했지만, 그것도 삼세번이지 이제는 아무렇지도 않아져서 "네, 네." 하는 심드렁한 대답을 던질 수 있었다.

역치가 높아졌다고 해야 할까.

'이건 의외의 성과라고 해야 하나.'

시카는 그렇게 생각하며 한숨을 내쉬었다.

*　　*　　*

카서스는 오랜만에 제국의 수도에 도착했다.

'여전히 화려하구만.'

수도에서 용병 일을 찾기란 별 따기나 다름없다. 그러니 자연히 그는 변방으로 돌았고 수도로 올라오는 건 햇수로 헤아리는 일이었다.

'오, 빈민굴도 꽤 번듯해졌네?'

새 황제가 제국민의 바람에 보답해서 열심히 뭔가를 하고 있나 보다, 하고 카서스는 생각하며 눈으로 거리를 훑었다.

빈민굴이라고 불리던 곳에 쌓여 있던 쓰레기들과 악취, 그리고 웅덩이가 사라졌다. 그것만으로도 훨씬 더 사람이 사는 곳처럼 보였다.

그럭저럭 지붕도 제대로 된 것으로 보수하는 작업이 한창이다.

'좋아졌네.'

카서스는 그렇게 생각하며 빈민굴을 지나 더 안쪽으로, 수도의 중심으로 들어갔다. 그는 2구역의 적당한 여관을 잡았다.

수도는 1구역, 2구역, 3구역으로 나뉘는데, 3구역이 가장 가난한 곳이고 안으로 들어갈수록 번듯해진다. 1구역에는 황성이 존재하고 있었고 귀족들이 사는 곳이었다.

여관을 잡고서 카서스는 용병 길드로 향했다.

수도의 용병 길드도 크지 않았다. 사실 용병 길드의 본사는 거대 무역 도시인 발몽에 있었다. 그래도 수도에 존재하는 길드라 나름 규모 있게 차려 둬서 카서스는 경쾌하게 출입문의 종을 울리며 안으로 들어갔다.

"어서 오세요~"

경쾌한 음성이 들린다. 대기실 안에는 사람이 한두 명 앉아 있었다. 데스크로 다가가 카서스가 용병 패를 꺼내며 말했다.

"S급 용병, 카서스 리안."

직원은 명패를 보고 숨을 삼켰다. S급 용병을 보는 것은 처음이었다.

그도 그럴 것이, 당연하지만 용병질을 하고 다니는 마스터는 없다. 다들 제국이나 왕국에서 귀족 자리를 하나씩 꿰차고 있었다.

그러니 S급 용병은 카서스 리안, 단 한 명뿐이었다.

그가 공손하게 패를 받아 들어 확인하고 돌려주었다.

"패 확인했습니다. 안쪽으로 들어오세요."

"고마워."

안쪽으로 들어가니 용병 몇 명이 앉아서 서로 이야기를 나누거나, 게시판을 확인하고 있었다. 카서스는 명패를 확인하고 바로 사무실로 들어갔다.

"안녕, 제니."

"그렇게 날 부르는 건 너밖에 없지. 너 정도 되어야 돼지지 않을 테니까."

대답한 것은 30대 중반쯤 되는 거구의 사내였다.

"무서운 말을~!"

카서스가 일부러 몸을 떨며 문을 닫고 앞의 의자에 앉았다. 남자가 자신의 책상에 놓인 명패를 카서스 앞으로 내밀며 말했다.

"정보부장 젠. 젠이다. 젠."

"그래, 그래. 젠. 그래서? 내가 의뢰한 거 나왔다면서?"

"그래, 25년 전 태어난 아이. 어머니는 정신이상자일 가능성이 있고, 귀족이며, 영지 근처에 산과 호수가 있었음."

"응, 그거."

젠이 서랍에서 노란 서류철을 꺼내어 책상 위에 던졌다.

"후보가 서넛쯤 된다."

"어? 생각보다 더 많은걸."

"태어나서 죽은 애도 있고, 사생아일 가능성이 있잖아? 정신이 이상하다는 것의 범위도 넓디넓고. 하여간 그 정도야."

카서스가 서류를 살펴보는 동안 젠은 담배에 불을 붙였다.

"수도에 얼마나 있을 거야?"

젠이 담배 연기를 길게 뿜어내며 물었다.

"글쎄다. 한 달쯤?"

"오래 있네. 무슨 일이야?"

"그냥 좀."

카서스는 그렇게 말하고 서류철을 닫았다.

"하나씩 확인해 봐야 하나. 이거 참. 어떻게 확인한다."

갸웃거리고 그는 자리에서 일어났다.

"하여간 고마워."

"돈은 됐어. 내 목숨 값으로 치지 뭐."

젠의 말에 카서스는 웃었다.

"그럼 이걸로 그 빚은 갚은 거로 쳐라."

"그러든가."

젠은 심드렁하게 대답하며 자리에서 일어났다. 절뚝이며 테이블을 돌아 나온 그의 오른쪽 무릎 아래는 나무로 만든 의족이었다.

"무슨 일인지 몰라도 귀족들 너무 쑤시고 다니지 마라."

"제니는 걱정도 많지."

카서스가 눈을 찡긋하고는 사무실에서 나갔다. 젠은 한숨을 내쉬었다.

카서스 리안은 죽음을 두려워하지 않는다. 오히려 그는 그 곁에 가까이 가는 걸 즐겼다.

그러니 누구도 하지 않으려는 임무—예를 들면 자신처럼 가망 없는 사람을 구하러 적진으로 뛰어든다든가—를 기꺼이 받았고, 카서스에게 목숨 구제를 받은 사람은 자신 말고도 상당했다.

정작 본인은 그런 걸 생각하지 않는 듯했지만 말이다.

'아니, 그 전에 그 성격을 어떻게 좀 해야지.'

그런데 그놈답지 않게 사람의 뒷조사라.

무슨 일일까? 궁금해졌지만 젠은 호기심을 끄기로 했다. 호기심으로 다리 한 짝을 잃었으니 교훈은 충분히 얻었다.

카서스는 서류철을 들여다보았다.

'시카처럼 분홍색 머리카락은 없네. 아니면— 검은색인가?'

카서스는 그녀의 '약점'을 생각했다. 어둠 속에서 강철 빛 머리카락이 부드럽게 흘러내리고 새하얀 살결이—

'아니, 아니, 아니. 거기까지.'

기억이 더 아래로는 내려가지 않게 조절하며 카서스는 서류에 집중했다.

'검은색 머리도 없네. 참나. 엄청 많아 보이는데, 은근 흔하지 않은 색인가? 밝은 갈색 하나, 어두운 갈색 둘이군. 눈이 빨간 사람도 없고, 연보라색도 없고.'

외모적으로 닮은 사람을 찾겠다는 것은 완전히 배제해야 하나 보다. 카서스는 일단 가장 가까운 사람부터 찾아가 보기로 했다.

'대놓고 잃어버린 쌍둥이 동생이 있습니까? 하고 물어보면 욕 먹으려나?'

한숨을 내쉬고 카서스는 첫 번째 주소로 향했다.

제국에서 마스터의 인기는 어마어마하다.

오죽하면 술집에서 하면 안 되는 대화 소재로 정치, 종교, 그리고 마스터가 있겠는가?

특히 마스터 중에서도 탑 4인 방랑자, 광전사, 흑기사, 은기사에 대한 이야기는 끝도 없었다.

그러니 이 제국의 수도에서 누구라도 방랑자 카서스 리안의 방문을 내칠 만한 사람은 없었다.

물론 그의 방문 목적에 대해서는 의구심을 감추지 못했지만 말이다.

"쌍둥이 누이 말입니까……?"

"네, 그런 의뢰를 받아서."

"아, 용병으로 활동하신다고 하셨지요. 죄송하지만 그런 이야깃거리가 될 만한 일은 저희 가문에서는 없는 것 같군요."

하는 식의 정중한 거절이 대답으로 돌아왔다.

'역시 안 되나.'

카서스는 그렇게 생각하며 마지막 집을 찾아갔다.

'그러니까, 트라벨 남작가인가.'

가문의 상징인 나팔꽃 모양이 저택 대문에 새겨져 있었다. 카서스는 문지기에게 말을 전했고, 상대가 방랑자라는 것이 밝혀지자마자 응접실까지 무사통과되었다.

"죄송하지만 주인님께서 아직 돌아오지 않으셔서, 잠시만 기다려 주시면 곧 돌아오실 겁니다."

응접실에 들어온 나이 든 집사의 말에 카서스는 손을 저었다.

"아뇨, 아닙니다. 그렇다면 다음에 다시 찾아오도록 하죠."

"아닙니다. 모처럼 방랑자님께서 와 주셨는데, 주인님께서도 곧 도착하실 겁니다."

그 말에 카서스는 고개를 저었다.

"아닙니다. 사실 좋은 이야기를 듣고 온 것도 아니고, 주인이 없는 동안 기다려서까지 물을 만한 가치가 있는 것도 아니고요."

일단 시도해 보기는 했지만, 아마 마지막 집인 이곳도 답은 똑같을 것이다. '역시 다른 수단을 취해야겠다.' 하고 카서스는 고민하며 자리에서 일어났다.

그때 바깥에서 목소리가 들려왔다.

"엘크? 손님이 계신 건가?"

엘크라 불린 집사는 얼른 밖으로 걸어 나가며 말했다.

"주인님, 돌아오셨습니까? 시종에게 알리시지 그러셨습니까."

"번거롭게, 귀찮잖아. 그나저나 손님이라니―"

응접실로 들어온 트라벨 남작은 카서스를 보고 눈을 깜박였다가 싱긋 웃었다.

"처음 뵙는 분이로군요."

"카서스 리안이라고 합니다."

카서스가 정중하게 인사했고 남작은 "아." 하고 놀람의 탄성을 내질렀다. 그가 코트를 벗는 걸 집사가 도와주었다.

"방랑자 카서스 리안이십니까?"

"그런 이명을 가지고 있죠."

"만나 뵙게 되어 영광입니다."

활짝 웃으며 트라벨 남작이 손을 내밀어 악수를 청했다. 카서스는 그와 악수를 한 후 남작을 살폈다.

올해로 스물다섯.

젊은 나이에 남작의 작위를 가진 남자는 시원시원한 성격을 가지고 있는 듯했다. 갈색 머리와 갈색 눈은 어디도 시카와 같은 점을 보이지 않았지만 말이다.

"전 로렌스 트라벨이라고 합니다. 앉으시죠. 차나 아니면 술로 하시겠습니까?"

"아뇨, 괜찮습니다. 금방 끝날 용무라서요."

카서스의 말에 로렌스는 "그런가요." 하고 자리에 앉으며 대답했다. 그가 다리를 꼬고 무릎 위에 손을 올렸다. 기대감에 차서 발끝을 흔들며 그가 물었다.

"그래서 무슨 일이십니까? 이거 참, 어린애처럼 설레네요."

로렌스가 웃으며 말하자 카서스는 곤란한 미소를 지었다.

"별로 좋은 이야기는 아닙니다. 한 가지 묻고 싶은 것이 있어서 이렇게 찾아뵙게 되었습니다."

"어떤 질문이십니까?"

"좀 황당하게 들리실 수도 있겠지만, 혹시 쌍둥이 누이가 계신가요?"

순간 뚝 하고 응접실에서 모든 소리가 멈춘 것 같았다.

로렌스는 카서스가 자신의 심장이라도 찌른 듯한 얼굴로 그를 바라보았다. 카서스도 말문이 막혔다. 한참의 침묵 후 카서스가 입을 열었다.

"저—"

카서스가 뭐라 말을 꺼내기도 전에 로렌스가 자리에서 벌떡 일어났다.

"제 누이를 아십니까? 살아 있나요? 그녀는, 그녀는 어떻게 지내고 있습니까? 괜찮은 건가요?!"

그가 자신의 멱살이라도 잡을 기세로 소리쳐서 카서스는 황급히 대답했다.

"네, 살아 있습니다. 그녀도 당신을 찾고 있어요."

"그랬, 그랬군요. 살아 있었어……."

로렌스는 맥이 빠진 듯 털썩 다시 의자에 앉았다. 그가 양손으로 얼굴을 눌렀다.

"살아, 웃— 살아 있었……."

그의 손 사이로 흐느낌이 새어 나왔다. 카서스는 이제 당혹스러울 지경이었다.

"괜찮으십니까?"

그의 물음에 로렌스는 손수건을 꺼내어 얼굴을 닦고 말했다.

"죄송합니다. 추한 꼴을 보였습니다. 저도 계속 누이를 찾고 있었어요. 하지만 소식을 들을 곳이 없어서 포기하고 있던 참이었습니다."

서서히 카서스의 마음에 의심이 솟구치기 시작했다.

자신은 거짓말을 아주 잘한다. 카서스는 자신이 입에 침도 묻히지 않고 거짓말을 술술 하고 헛소리를 지껄일 수 있는 놈이라는 걸 잘 안다.

그래서 그는 동족은 금방 알아볼 수 있었다.

"당장 그녀를 만나고 싶습니다. 어디에 있습니까?"

로렌스가 떨리는 목소리로 물어 카서스가 부드럽게 미소 지으며 말했다.

"지금 그녀는 볼일이 있어서 잠시 수도를 떠나 있습니다. 돌아오면 바로 만나게 해 드리도록 하겠습니다."

"볼일이요? 대체, 잘 지내고 있는 건가요? 아니 그보다 이름이 뭔가요?"

"시카예요."

"시카. 시카."

몇 번이나 로렌스는 그 이름을 되풀이했다. 그의 눈이 기쁨으로 반짝거렸다.

"무슨 일을 하는 겁니까?"

"그녀는 마법사입니다. 그 전에 한 가지 궁금한 게 있습니다."

"마법사라고요."

로렌스는 놀란 듯 눈을 깜박거리다가 이어진 카서스의 말에
고개를 끄덕였다.

"네, 물어보세요."

"시카가 당신의 누이가 아닐 수도 있지 않습니까?"

그 말에 로렌스의 표정이 살짝 굳었다.

카서스가 양 손바닥을 보이며 슬쩍 웃었다.

"불쾌하게 여기지 말아 주시길 바랍니다. 앞서서는 계속 문전
박대를 당했거든요. 그런데 덥석 인정하셔서 제가 오히려 놀랐
습니다. 그리고 그녀는 저에게도 소중한 사람이라 나중에 아니
었다는 것에 실망하게 하고 싶지도 않고요."

"소중한 사람."

다른 말보다 그게 신경 쓰이는 듯 로렌스는 비스듬히 의자에
몸을 기대며 중얼거렸다. 그 말끝에 경계가 서려 있다는 걸 카서
스가 모를 리 없었다.

방금까지의 울음과 기쁨의 표현은 단숨에 광채를 잃듯이 사
라졌다. 로렌스가 한숨과 함께 말했다.

"그게 궁금한 건 저도 마찬가지입니다. 제게 쌍둥이 누이가 있
다는 걸 알게 된 건 제가 어릴 때였어요. 어머님이 죄책감에 시

달리다가 저에게 말해 주셨죠. 그 뒤로 계속 생각해 왔습니다. 게다가 제 부모님은 제가 어릴 때 돌아가셨으니 살아 있는 핏줄이라고는 그녀뿐이에요."

로렌스가 희미하게 웃었다.

"살아 있다면, 하는 말이었지만요. 갓난아이일 때 숲에 버려졌으니 죽었을 거라고 생각했지만, 이상하게도 죽었을 거라는 확신이 들지 않더군요. 쌍둥이의 감인 걸까요? 그래서 그녀를 찾았습니다만, 영 단서가 나오지 않던 참이었습니다. 그런데 카서스 리안, 당신이 이 이야기를 듣고 왔죠."

로렌스가 카서스를 똑바로 바라보았다.

"방랑자가 허튼 소리를 한다고는 생각하지 않았습니다."

이런.

당신을 믿으니까, 라는 식으로 나와 버리면 할 말이 없다. 카서스는 "그렇게나 신용 있는 이름인 줄은 몰랐네요." 하고 대답하고는 자리에서 일어났다. 로렌스가 황급히 따라 일어나며 말했다.

"그래서 시카는 언제 볼 수 있는 겁니까? 일단 그녀를 봐야겠습니다."

"5월 안에는 돌아온다고 했으니까요."

"아직 멀었군요. 하지만 그동안의 기다림에 비하면 이 주야 금방이죠."

로렌스가 싱긋 웃었다.

"그녀가 살아 있다는 걸 알았으니까요."

그의 목소리 끝은 살짝 떨렸다. 그런 식의 기쁨은 가짜로 만들어 낼 수 있는 것도 아니고 숨겨지는 것도 아니다.

카서스는 그가 뭔가를 숨기고는 있지만, 적어도 진짜로 시카의 존재를 기뻐하고 있다는 건 알 수 있었다.

그녀의 존재가 사교계에서 어떻게 받아들여질까에 대한 의문을 접어 두고서도 말이다. 시카는 멀리서 지켜만 봐도 좋을 것이라고 했고, 카서스 자신도 그 이상으로 나갈 거라고는 생각하지 않았다.

갓난아기 때 버려진 형제 혹은 자식이라니, 그 존재를 귀족 가문에서 다시 인정할 리가 없으니까 말이다. 그런데 트라벨 남작은 너무나도 쉽고 기쁘게 그녀의 존재를 인정했다.

그 점이 카서스에게는 수상쩍게 다가왔다.

'아니면 핏줄이니까 그럴 수도 있는 걸까?'

그게 얼마나 지긋지긋하고 질긴 인연인지 카서스 리안은 잘 알고 있었다.

자신이 깊디깊은 관계를 싫어하게 된 것도 다 그 덕분 아닌가?

그래서 카서스는 갑자기 그녀와 그를 연결해 주고 싶지 않다는 충동을 느꼈다. 하지만 이미 강은 건넜고, 돌이킬 수는 없다.

'나에게 형제가 있다면?'

카서스는 잠깐 그런 상상을 해 보았다. 얼굴도 보지 못한 아버지가 어디 가서 이복동생을 낳아 뒀다거나—

'우와, 지금 나 소름 쫙 돋았어. 진짜 싫다.'

있다고 해도 그쪽에서 자신을 형제라고 부른다면 진짜 싫을 것 같았다. 아마 그쪽도 마찬가지 아닐까?

카서스는 몸을 떨었다.

로렌스는 주먹을 꽉 쥐었다. 몸이 떨려 왔다.

'시카. 시카. 시카.'

몇 번이나 그 이름을 입 안에서 반복해 본다. 이 얼마나 사랑스러운 이름인가?

'살아 있었구나.'

그의 어깨가 떨려 왔다. 아니 전신이 환희로 소리를 지른다. 계속 그녀를 걱정했다. 생각했다. 이름도 얼굴도 모르는 나의 반쪽.

"아가씨를 찾으신 겁니까?"

집사의 물음에 로렌스는 고개를 들고 "응." 하며 환하게 웃어 보였다. 그가 허둥지둥 말했다.

"방을 하나 준비해야겠어. 돈은 아끼지 말고, 아주 아름답게 꾸며야지. 그녀가 다시 자신의 집으로 돌아올 때를 위해서 말야."

"준비하도록 하겠습니다."

"그래."

로렌스는 만족스럽게 웃었다. 하지만 마음에 걸리는 게 있었다.

'카서스 리안이라…….'

마스터는 위협적인 존재였다. 게다가 시카를 소중한 존재라고 칭한 것도 마음에 걸렸다. 거기다가 시카 역시 마법사라고 한다.

마법사인 그녀가 협력해 준다면 그 이상 반가운 일은 없겠지만, 사실 진심을 말하자면 참여시키고 싶지 않았다.

'더러운 일은 다 내가 하면 돼.'

오늘도 외곽에 마련해 둔 실험장에 다녀오는 길이었다. 실험은 잘 진행되고 있었다. 단지 사람을 구하는 것이 예전보다 더 까다로워진 것이 문제여서 그렇지.

'고아원 시찰이라니.'

높으신 분들은 별걸 다 한다고 생각하며 로렌스는 코웃음을 쳤다. 하지만 오히려 그때가 적기일지도 모른다.

'한번 시험해 볼까?'

시찰을 올 때 분명 호위를 데리고 올 테고, 후작가의 호위이니 무력도 상당하겠지. 아무리 그래도 황궁으로 실험체를 들어가게 하는 것보다는 그편이 더 쉬우리라.

실험체를 얼마나 괜찮게 써먹을 수 있는지 확인할 수 있을 것이다.

로렌스는 만족스러운 결론에 희미하게 웃었다. 하지만 그것보다도 훨씬 더 시카의 존재가 기뻤다.

보지 않아도 그녀가 얼마나 사랑스러울지 로렌스는 잘 알았다.

그녀 역시 자신을 찾고 있었다니.

로렌스는 웃음이 흘러나오는 걸 억눌렀다. 그래, 그럴 수밖에 없을 것이다. 이 세계에서 자신들은 단둘뿐이니까.

어미의 배 속에서부터 자신들은 단둘이었다.

가슴이 조이는 기분을 느끼며 로렌스는 길게 숨을 내쉬었다.

모든 일이 다 잘될 것 같다는 느낌이 강하게 들었다.

'그리고 시카를 만나면 저놈은 처리해야지.'

카서스 리안.

'재수 없는 놈이다.' 하고 로렌스는 생각했다. 감히 자신의 것에게 필요 이상의 감정을 품고 있다니 불쾌하기 짝이 없었다.

'열등한 인간이.'

혀를 차고 로렌스는 자신의 방으로 향했다.

천천히 좀 더 자세한 계획을 짤 생각이었다. 그녀가 있음으로써 모든 계획이 완벽해졌다는 건 두말할 필요도 없었고 말이다.

*   *   *

카서스는 수도에서도 호화로운 축에 속하는 숙박 시설에 머물고 있었다. 방랑을 다닐 때야 흙바닥에서도 자니, 쉴 수 있을 때는 좋은 곳에서 쉬고 싶었다.

예상보다도 빨리, 시카의 쌍둥이 동생을 찾는 일이 끝났지만 카서스는 다른 의미로 그의 조사를 시작했다.

로렌스 트라벨.

열여섯에 부모님이 사고로 돌아가시고 작위를 계승한 그는 사교계에서 그리 눈에 띄지 않는 사람이었다. 젊은 나이에 남작에 올랐으니 당연히 구혼의 물결이 끊이지 않았지만, 현재까지딱히 사귀는 여자도 없음.

젊은 작위 귀족치고는 드문 일이었다.

'게다가 마음에 걸리는 게…….'

요즘 들어 외출이 잦은데, 통 이유를 알 수 없다는 것이었다.사람을 붙여도 소용없었다. 전부 로렌스를 놓쳐 버렸다.

'내가 직접 쫓아가 볼까?'

카서스는 서류철을 닫아서 테이블 위에 던졌다.

'수상해.'

특별히 검을 익히지 않은 평범한 인간이라고 하는데 그런 사람을 번번이 놓친다고?

똑똑.

노크 소리에 카서스는 고개를 들었다.

'누구지?'

찾아올 만한 사람이 없는데, 하고 문을 열자 거기에는 역시나모르는 사람이 서 있었다.

"카서스 리안, 본인이십니까?"

"네. '안녕하세요. 처음 뵙겠습니다.' 하는 인사는 건너뛰고 바로 제 정체를 확인하는 걸 보니까, 그쪽은 꽤 높은 귀족의 끄나풀인가 보죠."

카서스가 활짝 웃으며 하는 말에도 상대는 별 반응 없이 모자를 벗고 인사했다.

"안녕하십니까. 용병 카서스 리안에게 의뢰할 일이 있어서 찾아뵙게 되었습니다."

"제 몸값 비싼 거에 대해서는 이야기하지 않아도 되겠죠. 게다가 지금은 긴 임무는 맡을 수 없고, 또한 상대방에 따라서는 안 받을 수도 있답니다."

카서스가 문에서 비켜서서 남자를 들어오게 해 주며 줄줄 설명을 늘어놓았다.

"그렇게 긴 업무는 아닙니다. 마침 당신이 수도에 들어오게 되었다는 이야기를 듣고 특별히 부탁드리러 온 겁니다. 딱 하루, 후작 부인의 호위를 해 주시면 됩니다."

카서스가 비딱하게 벽에 기대며 팔짱을 꼈다.

"무도회에 나가는 후작 마님의 액세서리 노릇을 하라는 건가요?"

"아닙니다. 후작 부인께서 고아원을 시찰하실 겁니다. 그날 하루 호위를 부탁드립니다."

"아. 그 후작 부인의 성함이?"

"로웬그린 일리생 후작 부인이십니다."

카서스의 목 안에서 끄응 하는 소리가 올라왔다. 그가 머리카락을 북북 문지르듯 쓸어 넘기고 말했다.

"아는 사람이네요."

"네, 앙케르트나 백작의 성에서 만나셨다고 들었습니다."

"네, 그랬죠."

남자의 입에 살짝 미소가 걸렸다.

"맡아 주시겠습니까?"

"가격만 합당하면요."

"물론 S급의 용병에 대한 마땅한 대우를 할 예정입니다."

남자는 공손하게 상자를 내려놓았다. 카서스는 성큼 다가와서 테이블 위의 작은 벨벳 상자를 열어 보았다. 상자 안에는 세공된 커다란 다이아몬드가 놓여 있었다. 카서스는 '시카 장식품 만들어 주면 예쁘겠네.' 하고 생각하며 상자를 닫았다.

"좋습니다. 날짜가 언제입니까?"

남자는 씩 웃었다.

로웬그린은 마차에 오르려다가 카서스를 보고 싱긋 웃었다. 그녀가 손을 내밀며 말했다.

"오랜만이네요."

"오랜만인가요? 전 이렇게 짧은 시일 내에 같은 사람을 두 번 보는 일이 거의 없어서."

대답하고 그는 그녀의 손을 잡고 손등에 가볍게 키스했다. 로웬그린이 의아한 표정으로 물었다.

"머리가 짧아지셨네요?"

"일이 좀 있었죠."

카서스가 자신의 뒷머리를 살짝 쓰다듬고 처량한 목소리로 말했다. 보통의 귀부인이라면 단숨에 마음이 녹아들며 "어머나." 하고 마음 아파할 만큼 애처로운 목소리였지만 로웬그린은 "저런요." 하고 짧게 답했을 뿐이었다.

카서스는 씩 웃고 마차 문을 열었다. 로웬그린이 마차에 올라타자 그는 문을 닫고 마차 뒤쪽, 시종의 자리에 가볍게 발을 올렸다.

보통이라면 풋맨이 타는 자리지만 오늘은 자신의 차지다.

마부가 채찍을 휘두르자 마차가 앞으로 구르기 시작했다. 일행은 그렇게 많지 않은 편이었고, 마차 역시 간소하게 만들어진 것이었다.

'하긴 고아원에 가는데 호화찬란하게 하고 가는 것도 우습지.'

카서스는 그렇게 생각하며 느긋하게 주변의 기색을 살폈다. 아무리 미친놈이라도 후작 부인을 공격할 만큼의 미친놈은 없지 않을까?

그런 카서스의 생각은 딱히 틀리지 않아서 빈민가를 지날 때도 모두가 골목에 숨어 호기심 어린 눈빛만 보냈을 뿐, 뛰어들거나 달려드는 사람은 없었다.

고아원은 생각보다도 번듯했고, 아이들의 상황도 나빠 보이지 않았다. 카서스는 주변을 둘러보았다.

'구빈원보다 훨씬 낫군.'

나무로 지어진 곳이었지만 튼튼해 보였다. 위에서 내려다봤을 때는 'ㅁ'자로 보였고 안마당도 깔끔했다. 벽이나 기둥에는 제

법 알록달록하게 색칠도 되어 있었다. 원장이 아이들과 함께 죽서서 로웬그린을 맞이했다. 카서스는 로웬그린이 마차에서 내릴 수 있게 손을 잡아 주었다. 마차에서 내린 로웬그린은 가장 심플한 드레스를 입었는데도 눈에 띈다고 생각하며 가볍게 한숨을 내쉬었다.

원장이 얼른 고개를 숙였다.

"어서 오십시오, 마님."

그의 뒤를 따라 아이들 역시 "어서 오세요!" 하고 입을 모아 인사했다. 원장인 레스키는 오십 대 후반의 남자로 반쯤 벗어진 머리를 하고 있었다.

"안녕하세요, 레스키 씨. 안녕, 애들아. 과자를 좀 가져왔어요. 나눠 주는 게 어떨까요?"

로웬그린이 눈짓하자 시종이 얼른 과자 상자를 층층이 쌓아 들고 왔다. 딱 보기에도 과자 상자는 고급스러워 보였고 아이들의 입에서 작은 탄성이 새어 나왔다.

"한 사람당 한 상자씩 다 돌아갈 거예요."

"아이들이 아주 기뻐할 겁니다."

레스키는 싱글벙글 웃으며 상급생 아이 둘에게 손짓해 과자를 받아 들게 했다. 로웬그린이 시종에게 과자를 나눠 주는 것을 도와주라고 명하고 레스키를 보았다.

"그럼 둘이서 이야기할 수 있을까요?"

"물론입니다."

레스키는 원장실로 로웬그린을 안내했다. 원장실 입구에 데려온 병사 둘을 세우고, 로웬그린은 카서스만 데리고 안으로 들어갔다.

자리에 앉은 그녀는 차를 사양하고 바로 장부 이야기를 시작했다. 잠시 후 시종이 들어와 조용히 로웬그린에게 "과자를 다 나눠 주었는데 개수가 많이 남는다." 하고 고했고 그녀의 눈이 날카로워졌다.

"아이들의 실제 수와 장부가 맞지 않는데요. 설마 열 명이 넘는 아이들이 아직 들어오지 않았다고 하시는 건 아니겠죠."

그녀의 말에 레스키는 식은땀을 뻘뻘 흘렸다. 로웬그린이 날카롭게 말했다.

"아이들의 수를 숨기고 있었던 겁니까? 아이 한 사람당 생활비가 지급되니까요?"

"아닙니다. 그게―"

"그럼 어떻게 된 건지 이야기를 듣고 싶군요."

"원래 아이들의 수가 딱 맞게 있었습니다."

원장의 말에 로웬그린은 눈썹을 살짝 치켜 올리는 걸로 '그런데요?' 하는 질문을 대신했다. 원장이 손수건을 꺼내 반들반들한 이마의 땀을 닦으며 말했다.

"그런데 요즘 들어서 갑작스럽게 아이들이 고아원으로 돌아오지 않게 되었습니다."

"돌아오지 않는다고요?"

"네, 놀이 시간에 나가서는 돌아오지 않는 겁니다. 그래서 혹시나 다시 돌아올 때를 대비해서 신고를 하지 않은 것뿐입니다."

"아이들이 이렇게 많이 돌아오지 않으면 수도 경비대에게 이야기를 했어야죠."

"그렇게 심각한 일은 아니라고 생각해서……."

"아이가 돌아오지 않는데 심각한 일이 아니라뇨?"

"여기서는 흔한 일입니다. 마님. 그냥 하루 이틀 외유는 일반적이에요."

"지금부터는 아닙니다."

로웬그린이 낮고 단호한 어조로 말했다. 그녀가 한숨을 내쉬고 관자놀이를 문질렀다. 모자에 달린 깃털 장식이 살랑살랑 움직였다. 원장은 다시 손수건을 들어 땀을 닦았다.

"마님께서 원하신다면…… 바로 경비대에 신고를 하겠습니다. 그리고―"

원장이 말하는 도중에 로웬그린의 뒤에 시립하고 있던 카서스가 로웬그린을 잡아 일으켰다. 로웬그린이 당황하는데 밖에서 찢어지는 비명이 들렸다.

"꺄아아아아악―!"

"으아아악!"

"괴물!"

"괴물이다!"

쿵―! 콰직―!

지붕 위에 뭔가 묵직하게 떨어지더니 천장에서 구멍이 나는 소리가 났다. 저도 모르게 천장을 올려다본 로웬그린은 "힉." 소리를 냈다.

사람 다리만 한 굵기의 거미 다리 하나가 빠르게 움직이고 있었다. 카서스는 눈을 찌푸렸다.

"마수? 수도에서?"

퍽 하고 다리를 다시 뽑아낸 그것이 지붕 위를 빠르게 다다다닥 달려가는 소리가 들렸다.

"맙소사, 신이시여! 아, 아이들이!"

레스키가 소리를 지르며 밖으로 뛰쳐나갔다. 로웬그린이 "카서스!" 하고 그를 부르자 카서스가 냉정하게 말했다.

"제 임무는 당신의 호위예요. 일단 당신을 여기서 무사히 탈출시키면서 생각해 보죠."

카서스가 검을 뽑아 들었다. 휘어진 시미터가 새파란 빛을 반짝였다. 그가 로웬그린의 팔을 붙잡고 "실례." 한 다음 그녀를 끌고 걷기 시작했다. 로웬그린은 처음에는 끌려가다가 나중에는 잽싸게 그의 곁에 바싹 붙어 섰다. 그 뒤를 병사 둘이 따랐다.

바깥은 아수라장이었다.

아이들은 비명을 지르고 있었고, 지붕 위에 있는 것은…….

"저게 뭐야."

병사 중 하나가 얼빠진 목소리로 중얼거렸다. 로웬그린은 다릿심이 풀려 비틀거렸다. 그걸 카서스가 단단히 붙잡았다.

"정신 차려요, 로웬그린."

"하, 하, 하지만—"

거미 모양의 거대한 마수는 그 자체로도 매우 끔찍했지만, 그 몸체 위에 인간의 몸이 붙어 있는 것은 훨씬 더 끔찍했다. 게다가 팔이 세 개다.

아직 어린 소녀의 상반신이 거미에 붙어 있었다. 거미는 빠른 속도로 여덟 개의 다리를 움직여 벽을 달리며 사람들을 공격했다.

로웬그린이 부들부들 떨며 물었다.

"저, 저런 거 본 적 있나요?"

"아뇨. 처음입니다."

카서스는 마차 쪽으로 눈을 돌렸다. 마차에 태워서 그녀를 탈출시킬 수 있을까?

'무리야. 말이 이미 난리를 치고 있군.'

저 말을 진정시켜서 달리게 하는 게 더 힘들 것이다.

'뒤쪽으로 몰래 나가는 수밖에.'

카서스가 검을 다시 꽂아 넣었다. 그리고 "실례." 하는 작은 목소리와 함께 로웬그린을 안아 들었다. 로웬그린이 그런 그의 어깨를 잡고 낮게 말했다.

"혼자서는 못 도망가요! 여기 아이들이 먼저라고요!"

"그러다가 당신이 죽기라도 하면 누가 책임집니까, 이런."

카서스가 그대로 몸을 날려서 화염을 피했다. 불꽃이 계속 그를 따라오다가 꺼졌다. 나무로 된 벽에 불이 붙어 활활 타오르기 시작했다. 카서스는 불꽃을 뿜은 상대를 바라보았다.

아까 거미와는 다른, 이번에는 도마뱀 비슷한 것에 인간이 붙어 있었다. 불꽃은 그 도마뱀의 입에서 나온 것이었다.

"가지가지 하는군."

"키이익―! 키이익!"

붙어 있는 사람이 손가락을 들어 카서스를 가리키며 소리를 지르자 멀리 있던 거미가 어마어마한 속도로 달려오기 시작했다.

"카서스―?!"

"아무래도 표적이 된 것 같은데요."

카서스는 혀를 찼다.

화염과 비명, 그리고 괴물.

"비, 빈민가는 다 마른 나무라고요. 불이 버, 번지면―"

로웬그린은 더듬거리면서도 의사 전달은 확실히 했고 카서스는 그녀를 한쪽 팔로 안으며 검을 뽑아 들었다.

"꽉 잡아요."

로웬그린은 눈을 꽉 감았다. 휙! 하고 몸이 끌려가듯 위로 올라갔다가 아래로 떨어진다. 비명과 비릿한 냄새, 그리고 귓가에 들리는 소리―

'토할 것 같아.'

불꽃이 머리카락 옆을 스쳐 지나간 것 같았다. 머리카락 타는 냄새가 살짝 났다. 카서스는 도마뱀 인간의 허리를 베어냈다.

"캬아악―!"

거미가 거미줄을 쏘아내자 카서스는 몸을 돌려 그것을 피했다. 그리고 곧장 뿜어지는 화염을 오러로 방어막을 만들어 막아냈다.

위에 사람의 상반신이 없어져도 도마뱀은 여전히 움직이고 있었다. 그때 세 번째 소리가 위에서 들려왔다.

"꺄아아악!"

카서스는 위를 바라보았다가 욕을 내뱉었다. 거대한 새의 몸뚱이에 붙은 여자가 끊임없이 비명을 질러댔다. 그것이 속도를 높여 발톱을 세우며 하강했다.

'목표가 명확하니 차라리 감사하군.'

카서스는 숨을 깊게 들이마시고 오러를 길게 늘였다. 금색의 오러가 검날을 감싸며 길이를 늘였다. 5, 6m에 달할 만큼 늘어난 검을 카서스는 가볍게 휘둘렀다.

서걱.

마치 면도칼에 종이가 잘리는 듯한 작고 경쾌한 소음과 동시에 거미와 새가 두 동강 났다. 그러자 도마뱀이 불을 뿜으며 도망가기 시작했다.

카서스는 그 뒤를 쫓아 가로로 검을 휘둘렀고 도마뱀은 두 동강이 났다. 가볍게 바닥으로 내려와 카서스는 주변의 기척을 더듬었다.

인간이 아닌 것의 기척은 더는 없었다. 카서스가 마차에 로웬 그린을 밀어 넣었다.

"끄, 끝났나요?"

"사방이 부상자에 화염까지 아직 타오르고 있으니, 완전히 위험이 끝났다고는 할 수 없겠군요."

"불을 꺼야 해요!"

"당신이 여기서 할 수 있는 건 아무것도 없어요."

"하지만—! 무너지고 불타는 집에서 사람을 꺼내려면 당신의 도움이—"

"그건 내 임무가 아니에요."

카서스는 그렇게 말하며 마차 문을 닫았지만, 문은 곧 다시 열렸다.

"그러면 해요! 내가 추가 비용을 낼 테니까!"

"하지만 여기서 빨리 빠져나가지 않으면 불이 번져서 이곳에 고립될 가능성이 크다고요."

그 말에 로웬그린의 창백한 입술이 파르르 떨렸다.

"정말로 방법이 없나요?"

"……없는 건 아니지만……."

"그럼 해요. 비용은 얼마든지 지급하겠어요."

카서스는 한숨을 내쉬고 '비용의 문제가 아니라…….' 하고 중얼거린 뒤 마차 문을 닫았다. 불이 사방으로 빠르게 번지고 있었다.

나무집이 밀집되어 다닥다닥 붙어 있는 데다가 봄이니 건조하기 짝이 없었다. 그런 곳이 화염에 휩싸였으니.

사람들이 사방에서 고함을 지르며 물을 가져오라는 소리가 들렸지만 슬프게도 아직 빈민가의 우물은 두 개뿐이다.

카서스는 조용히 그녀를 불렀다.

"시카 울프."

불렀는데 오지 않으면 어떻게 하지? 하는 의심은 없었다. 단지 이런 식으로 불러도 되나, 하는 생각이—

"카서스!"

덥석 뒤에서 안겨 오는 것에 카서스는 저도 모르게 웃었다.

"시카?"

"괜찮아? 세상에, 여기 뭐야? 왜 이래? 부상은?! 다친 곳을 보여 줘!"

시카의 목소리에 카서스가 그녀를 돌아보았다.

"아니, 난 괜찮— 시카?!"

"어?"

"옷차림, 아니, 왜?"

"씻고 있는데 카서스가 날 불렀잖아?! 허둥지둥 날아왔다고!"

그녀는 수건 한 장 달랑 걸친 차림이었다. 그녀의 머리카락과 몸에서는 아직 물기가 뚝뚝 떨어지고 있었다. 카서스는 "세상에나." 하고 재빠르게 자신의 재킷을 벗어서 시카에게 입혀 주었다.

"무슨 일이야? 어떻게 된 거야? 정말로 다친 곳은 없어?"

그녀가 카서스를 이리저리 더듬었다. 필사적인 목소리에 카서스는 그녀를 부른 것이 미안해질 정도였다.

"괜찮아."

그 말에 시카의 어깨에서 힘이 푹 빠졌다. 카서스가 이어 빠르게 설명했다.

"여기는 수도의 빈민가인데, 갑자기 마수가 나타났어. 마수는 내가 해치웠는데 화염은 잘 꺼지지가 않아. 마수의 불이라 마법적인 건지도 모르겠고, 꺼줄 수 있어?"

그 말에 시카는 어깨를 늘어트리고 카서스를 노려보았다.

"난 부르면 나타나는 해결사 같은 게 아냐! 진짜 놀랐잖아?"

"알았어. 미안. 하지만 사람들이 죽어 가고 있어."

그 말에 시카는 숨을 삼키고 고개를 끄덕였다. 그녀는 지팡이를 꺼내 들었다. 푸른색의 빛이 지팡이 끝 수정에서 일렁거리기 시작했다.

시카는 주문을 외웠다. 언제나처럼 듣기 좋고, 노랫가락 같은 그것을 카서스는 조용히 들었다. 푸른빛이 도는 마법진이 겹겹이 그려지고 그녀는 작게 시동어를 속삭였다.

"풀라."

말이 끝나자 허공에서 물이 쏟아지기 시작했다. 햇빛은 봄날처럼 쨍쨍한데 마치 폭우처럼 물이 하늘에서 쏟아져 내렸다. 물통을 나르던 사람들은 멍하니 하늘을 바라보았다. 하늘에 반짝이는 푸른색 마법진이 햇빛과 빗줄기의 반사광 때문에 어른어른하게 보였다.

"우왓―"

카서스가 시카의 머리 위로 빗줄기가 떨어지는 걸 막아줬다.

이미 젖어 있어서 비에 젖어도 별 태도 나지 않을 것 같았다. 로 웬그린이 마차 문을 열고 말했다.

"들어와요."

카서스는 사양하지 않고 시카를 안아 들어 마차에 태웠다. 그가 속삭였다.

"차가워."

"이런 마법은 마력을 대량으로 소모하니까."

시카가 이를 다닥다닥 부딪치며 말했다. 로웬그린이 마차 창밖으로 폭우가 내리는 것을 보며 말했다.

"굉장하군요……. 이런 마법은 처음 봤어요……."

"좋지 않은 마법이에요. 당분간은 비, 비가 안 올 거예요. 올 비를 미리 끌어다 쓴 거나 마찬가지라……."

추위에 떨며 말을 더듬는 시카를 카서스가 꼭 끌어안으며 말했다.

"괜찮아. 그래도 지금 많은 사람들이 불에 타 죽는 것보다는 나으니까."

시카는 심장이 쿵쿵 뛰는 걸 느꼈다. 카서스에게서는 불과 연기, 그리고 서늘한 피 냄새가 났다. 그런데도 그의 품은 기분 좋아서, 그녀는 자신의 머리가 이상해진 게 아닌가 하는 의심마저 들었다.

'따뜻해서 그래, 따뜻해서.'

시카는 그렇게 생각하며 카서스의 팔을 밀어내려는 시도도 하지 않았다.

심장이 빠르게 뛰는 건 혈액순환에 좋을지도 몰라.

안 그래?

"가뭄이 올 거라는 이야긴가요?"

로웬그린이 눈을 살짝 찡그리며 말해 시카는 정신을 차리고 고개를 저으며 말했다.

"어쩌면요. 저도 확실하게는 몰라요."

로웬그린이 한숨을 내쉬고 자신의 비뚤어진 깃털 모자를 바로 쓰고 드레스 자락을 털어 낸 후에 손을 내밀었다.

"로웬그린 일리생이라고 해요."

"시카 울프입니다."

시카도 손을 마주 뻗어 둘은 가볍게 악수했다. 시카가 카서스를 돌아보고 말했다.

"난 바로 돌아가야 해. 갑자기 사라져서 다들 놀랐을걸. 그리고 나도 놀랐고."

퉁명하게 덧붙인 마지막 말에 카서스는 웃었다.

뭐라고 해야 할까, 부르면 올 건 알고 있었다.

그리고 그 '알고 있다.'라는 사실이 새삼스러웠다. 자신은 누군가에게 기대지 않고, 도움을 바라지 않는다.

신뢰.

그것도 이런 방식의, 이런 신뢰는 뭐라고 해야 할까…….

생각보다도 이 감각은 훨씬 더 달콤해서, 처음으로 초콜릿을 입에 넣었을 때처럼, 혀끝 미뢰에 농밀하게 번지는 그 관능적인 감각과 닮아 있었다.

거기에다가 신뢰에 보답해서 순식간에 날아오는 그녀는, 정말로. 정말—

카서스가 그녀의 뺨을 손으로 감쌌다. 차가운 뺨은 부드러웠다. 그는 입 맞추고 싶다는 생각을 꾹 누르며 속삭이듯 말했다.

"응, 불러서 미안. 고마워."

"미안할 거는 없어. 카서스가 부르면야 언제든지 오지만, 그렇다고 아무 때나 부르지는 말아 줘."

"지금은 비상사태였다고."

"알아."

대답하고 시카가 쑥스러운 얼굴로 덧붙였다.

"그리고 엄청 보고 싶었어. 사실 그렇게 떨어져 있지도 않았는데 말야. 봐서 기뻐. 무사해서 다행이고."

카서스는 이미 그녀를 안고 있지만, 더 힘줘서 으스러지게 안고 싶다고 생각했고 그대로 했다. 시카는 "꾸엑?" 하는 이상한 소리를 내고 낑낑거렸다.

"잠깐, 카서스. 숨 막혀—"

"응, 응."

들은 건지 어쩐건지, 카서스는 대답하면서도 팔에 힘을 빼지 않았다. 시카는 그의 가슴에 꽉 묻혀서 제대로 생각을 할 수가 없었다. 로웬그린은 만면에 웃음이 가득해서 헤벌쭉한 얼굴로 작은 소녀를 꽉 끌어안고 있는 카서스 리안에 대한 평가를 상향과 하향 어느 쪽으로 옮길지 고민하다가 그대로 그 자리에 두었다. 카서스가 그녀의 이마에 키스해 준 다음 말했다.

"그럼 난 가서 남은 사람들 좀 도와주고 올게. 곧 경비대가 올 것 같으니까."

그리고 마차에서 내리며 "일단 두 사람 다 여기에 엉덩이 딱 붙이고 있어요." 하고는 문을 닫고 나갔다. 로웬그린이 한숨을 내쉬고 말했다.

"첫 만남인데 엉망이네요."

시카가 자신의 차림을 내려다보며 말했다.

"저 역시도 엉망인 것 같은걸요."

로웬그린은 재킷 하나만 달랑 걸친 시카를 바라보았다. 카서스 리안이 그녀보다 훌쩍 커서 다행이지 아니었으면 재킷이 너무 짧았을 것이다. 지금도 재킷 아래로 맨다리가 고스란히 드러나는 상황이었다.

"그러네요."

로웬그린은 고개를 끄덕였다. 이 눈앞의 마법사와 저 방랑자가 무슨 관계인지 궁금했다. 하지만 먼저 질문을 던진 것은 시카 쪽이었다.

"대체 무슨 일이 일어난 거죠? 마수가 불을 뿜었나요?"

시카의 물음에 로웬그린은 "그게—" 하고 자기가 본 것을 간략하게 설명했다. 시카의 눈이 커다랗게 뜨였다.

"사람과 마수요……?"

"네. 정말로 끔찍했어요. 아마 제가 신께 부름을 받는 날에도 지워지지 않을 거예요."

"사람의 형상이 붙은 마수……. 사람……."

중얼거린 시카는 황급히 마차 문을 열고 뛰어내렸다. 진흙투성이가 된 바닥에 맨발이 닿자 찰팍 하는 작은 소리가 났다.

"잠깐, 마법사님?"

당황해 로웬그린이 그녀를 부르자 시카가 마차 문을 닫으며 "안에 계세요." 하고는 주변을 둘러보았다.

'마수, 사람?'

쏟아져 내리는 빗줄기가 너무 강해서 살갗이 따끔거렸다. 시카는 지팡이를 휘둘렀다. 그러자 그녀의 주변에 둥근 막이 생긴 것처럼 빗방울들이 그 막의 주변을 따라 흘러내렸다.

부서진 건물 잔해를 밀어내고 사람을 끌어내던 카서스가 그녀를 보고 기둥을 던져 버리고는 달려왔다.

"시카? 왜 나와 있어?"

그는 자신의 셔츠까지 벗어서 시카의 허리에 묶어 줘야 하나 고민하며 사람들의 시선으로부터 시카를 가렸다. 시카가 다급한 어조로 물었다.

"인간이 섞인 마수가 나왔다며."

그녀의 질문에 카서스는 '아.' 하고 고개를 끄덕였다.

"그래."

"죽였어?"

"응."

"내가 볼 수 있나?"

"저쪽에."

카서스가 가리킨 곳을 향해서 시카는 성큼성큼 걸어갔다. 카서스는 자신이 그녀의 동료 같은 것을 죽인 건가, 하고 저도 모르게 생각했다가 그 생각에 숨을 삼켰다.

'아냐.'

그것과 그녀가 같다는 것은 말도 되지 않았다.

그 로렌스인가 하는 멀쩡한 인간과 그녀는 한배에서 난 쌍둥이 아닌가?

'잠깐. 방금 나 이상한 스위치를 건드린 것 같은데.'

로렌스가 그녀의 존재를 그렇게 기뻐하는 이유를 카서스는 얼른 발로 밟아서 누르고 시카의 뒤를 따라잡았다. 시카는 반 토막 난 마수를 보고 숨을 삼켰다.

시카는 시체를 향해 손을 뻗었다. 카서스가 당황해 그녀의 팔목을 잡았다.

"잠깐, 그냥 건드리면 위험해."

간혹 마수 중에는 피와 살에 독성이 있는 것도 있었다.

"아—"

얼빠진 듯 시카는 중얼거리고 "미안. 그냥 보기만 할게." 하고 손을 내렸다. 한참 동안 이리저리 바라보던 그녀는 신음을 흘렸다.

시카는 자리에서 일어나 두세 걸음 물러서더니 한쪽 구석에서 토악질을 시작했다. 카서스가 다가가서 그녀의 등을 쓸어 주며 말했다.

"별로 좋은 광경은 아냐."

피와 내장이 흘러넘친 커다란 시체를 들여다보는 건 어지간한 비위로는 어렵다. 시카가 헉헉거리다가 속삭였다.

"사람이야……."

"그래, 나도 신기하더라."

"아니, 진짜 사람."

시카의 말에 카서스는 어딘가 숙 하고 바닥으로 꺼지는 기분이었다. 등을 쓸어 주던 동작이 멈췄다. 시카가 몸을 일으켜 그를 돌아보고 악을 쓰듯이 말했다.

"진짜 인간이라고! 인간을 저렇게!"

카서스가 그녀의 어깨를 끌어안았다. 시카는 방어막을 유지할 정신도 없어 그와 그녀의 위로 비가 하염없이 떨어졌다. 시카가 그의 품에 안겨서 흐느끼듯이 말했다.

"진짜 사람을 저렇게— 저렇게—"

"성악설을 지지한다고 한 건 시카잖아."

그 말에 시카는 흐느낌 사이로 웃는 듯하더니 그의 가슴에 얼굴을 묻고 중얼거렸다.

"끔찍해."

"그러네."

시카의 손가락이 그의 팔을 파고들듯이 꽉 붙잡았다. 매달릴 것이 그밖에 없다는 듯 매달린 채 시카는 한참 동안 숨을 골랐다. 카서스가 그녀의 등을 느릿하게 쓸었다. 푹 젖은 얇은 봄 재킷 너머 그녀의 몸의 굴곡이 고스란히 느껴졌다. 카서스는 그제야 그녀가 안에 수건밖에 걸치지 않았다는 걸 새삼 다시 깨달았다.

그때 소란스러운 소리가 들려왔다.

"다들 괜찮습니까! 수도 경비대입니다!"

그 소리에 카서스가 "이런." 하고 시카에게 말했다.

"지금 돌아갈 수 있겠어? 괜히 설명하고 그러려면 귀찮으니까—"

그 말에 시카는 망설이다가 고개를 저었다.

"부상자도 치료가 필요하고, 카서스가 그랬잖아. 쓸 거면 큰 마법이 좋다고."

그녀가 미소를 지으며 하는 말에 카서스는 한숨을 내쉬고 허리를 깊게 숙여 그녀의 이마에 자신의 이마를 살짝 가져다 대며 속삭였다.

"그건 이렇게 귀찮은 일에 휘말리라는 뜻은 아니었는데."

시카가 그를 슬그머니 밀어내고 작게 물었다.

"사람들이 여기저기서 소리 지르는데 '도와줘.'가 아니고? 불 끄라고 부른 게 누군데."

"불 끄는 건 시카가 아니면 불가능하지만, 치료와 구조는 누구나 할 수 있으니까."

그런 것보다 네가 괜히 표적이 될까 걱정이다, 하는 카서스의 말에 시카는 웃으며 그의 팔을 놓았다. 시카가 떨어지자 그는 허전함을 느꼈다.

그녀의 어깨 위로 옅게 김이 피어올랐다.

"너 감기 걸리겠다."

카서스가 신음처럼 말하자 시카가 허공에서 뭔가를 낚아채는 시늉을 했고 그녀의 만능 여행 가방이 손에 들려졌다.

"그러면 옷부터 갈아입을까."

어디서 갈아입어야 하나 하고 시카가 주변을 둘러보자 카서스가 마차를 가리켰다.

"마차 안에서 갈아입어. 그사이에 난 경비대에게 사정을 설명할 테니까."

"알았어."

시카는 다시 마차로 돌아왔고 로웬그린이 물었다.

"무슨 일이에요?"

"마수에 대해 확인할 게 있어서요. 그보다 경비대가 왔으니 일이 잘 처리될 것 같네요."

"빠른 출동이네요."

비꼬는 건지 칭찬인 건지 알 수 없는 어조로 말하고 로웬그린은 창밖을 내다보았다.

"신분이 높다는 건 참 거추장스러운 일이에요."

"그런가요? 잠시만요. 옷 좀 입을게요."

시카는 젖은 재킷을 벗어서 망설이다가 자신의 가방 안에 넣었다. 로웬그린은 놀라 마차 창을 탁 소리 나게 닫았다. 마차 안이 깜깜해졌다. 시카가 자신의 지팡이에 붙은 수정을 가볍게 건드리자 밝은 빛이 나오기 시작했다.

로웬그린이 시카의 알몸—수건을 둘렀지만—에서 눈을 돌리고 말했다.

"입고 있는 게 낫지 않겠어요?"

"아뇨, 갈아입으려고요."

그리고 작은 가방에서 자신의 옷을 쑥쑥 뽑아 입기 시작했다. 로웬그린이 눈을 크게 떴다가 말했다.

"제 친구가 그걸 꼭 가지고 싶어 하겠네요."

"그래요?"

"여행 다닐 때마다 옷 가방이 너무 많아서 말이죠."

그 말에 시카는 가볍게 웃었다. 그녀가 옷을 입으면서 물었다.

"그런데 신분이 높은 게 왜 거추장스러운가요?"

"지금 이런 상황에서도 나가서 도울 수가 없으니까요."

"왜요?"

"지금 나가서 돕는다고 설레발치다가 제가 다치면 그 책임은 누가 다 물겠어요? 제가 책임질 필요 없다고 해도 소용없겠죠."

냉소적인 목소리였다.

"그건 생각 못 했네요."

뽀송뽀송한 옷으로 갈아입은 시카는 재빠르게 자신의 머리카락을 말린 후 마차 창문을 열고 밖을 내다보았다. 다행히도 불은 다 꺼진 것 같다. 그녀는 바로 비를 그치게 했다. 로웬그린이 마차에 몸을 기대며 심드렁한 목소리로 이어 말했다.

　"그래서 이렇게 마차 안에 있으면 '귀족이란' 하고 욕을 먹고, 나가서 돕다가 일이 생겨도 '귀족 나으리가 괜히 나서서' 하는 말을 듣게 되니, 결국 나가서 일을 완벽하게 처리하는 수밖에 없는데. 그래 봐야 '다 된 테이블에 포크 없는다'는 소리를 듣게 되죠."

　"이유 없는 미움을 막을 수는 없어요. 그런 사람은 어차피 어디서든 미운 점을 찾아낼 테니까요."

　시카가 그렇게 말한 후 워커 끈을 묶고 마차 문을 열고 내리며 로웬그린을 향해 이어 말했다.

　"날 미워하는 사람을 신경 쓸 필요는 없지 않아요? 날 좋아하는 사람에게 맞춰 주기도 힘든데."

　말을 내뱉고 시카는 속으로 웃었다. 자신도 못하는 일을 남에게 충고랍시고 하고 있다니. 마치 어미 게가 옆으로 걷는 아기 게들을 혼내는 거나 진배없다.

　로웬그린이 그녀의 말에 짙은 갈색 눈을 깜박이더니 웃었다.

　"그러네요."

　시카는 마차에서 폴짝 뛰어내려서 머리카락을 올려 묶었다. 그녀는 곧 카서스와 이야기하고 있는 수도 경비대원을 찾아냈다. 성큼성큼 다가가 시카가 물었다.

"부상자는 어느 쪽에 있어?"

카서스가 뒤쪽을 가리켰고 시카는 고개를 끄덕이고는 뒤쪽으로 총총 달려갔다.

"저분이 마법사라고요."

경비대장인 아무가 중얼거렸다. 카서스가 고개를 끄덕였다.

"비를 내려서 화재를 진압한 것도 그녀야."

"안 그래도 하늘에서 뭔가 번쩍였다는 신고도 받았죠. 후작 부인께서는 무사하십니까?"

"아주 무사하십니다."

카서스의 말에 아무는 주변을 둘러보고 한숨과 함께 중얼거렸다.

"하지만 여기 사람들은 무사하지 않군요. 그래도 방랑자께서 근처에 계셨다니 다행입니다. 마수 세 마리에 화염이라니, 어마어마한 피해가 났을 겁니다."

"운이 좋았죠."

"정말로 그렇습니다."

아무가 힘주어 말했다. 대체 얼마나 큰 피해가 났을지 상상도 되지 않았다. 빈민가는 인구 밀집도도 높은데 전부 나무집이었다. 피해도 피해지만 그 후 민심이 흉흉해질 걸 생각하면 소름이 돋았다.

"그리고 시카 덕분이고요."

"그렇지요."

그가 고개를 끄덕였다. 아무가 마수의 시체를 끌어다 처리하는 병사들을 보다가 눈을 찡그리고 말했다.

"그나저나 인간의 모습이 섞인 마수라니. 저런 건 처음 봅니다."

"나도요."

카서스가 어깨를 으쓱해 보였다. 아직 저게 진짜 인간으로 만들어진 거라는 건 말하지 않는 편이 좋겠―

"제이! 제이!"

여자애 하나가 소리를 지르며 마수 시체로 달려들었다. 경비병들이 그녀를 저지했다. 여자애가 소리쳤다.

"제이예요! 제이라고요!"

경비병이 "위험하니까 물러나!" 하고 고함지르며 그녀를 억지로 밀어냈다. 아무가 "실례." 하고 카서스에게 눈인사한 후 소녀에게 다가갔다.

"제이라니, 무슨 말이지?"

"마, 마수에 있는 사람 말이에요. 없어진 제이예요. 하, 한 달 전에 갑자기 사라졌는데……."

"아는 사람이라고?"

아무의 목소리가 무거워졌고, 소녀는 창백한 얼굴로 고개를 미친 듯이 끄덕였다.

"갑자기, 괴물이 돼서― 분명 돌아오겠다고 했는데, 제이는 괴물이 아니에요, 좋은 아이라고요. 오빠 같은 친구였는데, 한 달 전에 갑자기 사라져서, 전 그냥 어디로 가, 간 줄 알고, 그런데,

왜, 왜―"

횡설수설하는 여자아이를 아무가 진정시켰다. 카서스는 '텄군.' 하고 생각하며 한숨을 내쉬었다. 그때 뒤쪽에서 작게 비명이 들려와 카서스는 날듯이 부상자가 있는 쪽으로 향했다. 바닥에 쓰러진 시카를 사람들이 둘러싸고 있었다.

"시카!"

소리 지르며 카서스는 그녀에게 달려갔다. 두세 걸음 되는 그 순간이 영원처럼 느껴졌다. 차갑게 피가 식는 기분이었다. 붙잡은 그녀의 몸이 차가워서 카서스는 다시금 위에 얼음이 차는 듯한 기분을 느꼈다.

"시카?"

그가 가볍게 그녀를 흔들자 시카가 눈을 떴다. 멍하니 초점을 이리저리 흔들다가 카서스를 보고 시카가 중얼거렸다.

"아…… . 마력 바닥났어."

그녀가 중얼거렸다. 카서스는 한숨을 내쉬며 고개를 떨궜다. 그때 뒤에 서 있던 한 사람이 떨리는 목소리로 중얼거렸다.

"기적이야……."

"맙소사, 신의 사도이신가 봐―"

"그 상처가 한 번에―"

"봐요! 내 상처가 다 나았어요!"

"이제 아프지 않아."

"성녀님―"

"성녀님이다!"

"신의 가호를!"

카서스가 당장이라도 무릎을 꿇고 경배를 올릴 것 같은 사람들을 향해서 소리 질렀다.

"아닙니다! 이건 마법입니다!"

그 말에 사람들은 입을 헤 벌렸고 카서스는 시카에게 속닥였다.

"설마 마법으로 단번에 낫게 해 준 거야?"

"응, 상처가 너무 심해서―"

시카가 숨을 헐떡이며 대답했다. 화상이 너무 심해서, 약을 써도 도저히 앞으로 고통 속에서 한 시간을 채 못 넘길 사람들을 보고 그냥 넘길 수가 없었다.

처음부터 아예 치료를 안 하는 거면 모를까, 이미 치료하기로 마음먹은 상황에서는 더욱더.

"맙소사."

카서스는 신음을 흘리고 그녀를 안고 일어났다. 그가 또렷하게 말했다.

"기적이 아니라, 마법입니다. 회복 마법이고, 만능은 아닌 한계가 뚜렷한 인간의 힘입니다. 제가 마스터라서 뭐든 할 수 있는 것 같아도 아닌 것처럼요. 그녀는 마법사입니다."

마법사.

생소한 단어에 사람들은 서로서로 얼굴을 마주 보았다. 카서스는 시카를 슬쩍 내려다보았다. 어느 사인가 그녀는 그의 품 안에서 쌕쌕 잠들어 있었다.

카서스가 말했다.

"할 수 있다면, 여기서 벌어진 일은 비밀로 해 주면 좋겠군요. 만약 소문이 나게 되면 그녀의 신상 안전을 보장할 수 없어지니까요."

그 말에 사람들은 작게 수긍하며 고개를 끄덕였다. 카서스는 그녀를 안아 들고 나갔고 사람들은 줄줄 그 뒤를 따랐다.

카서스가 휙 그들을 돌아보자 일행은 주춤거리며 시선을 돌렸다. 카서스가 다시 걷기 시작하자 더 이상 따라오지 않았다. 그는 마차 문을 열고 시카를 밀어 넣었고 로웬그린이 놀라 물었다.

"어떻게 된 거예요?"

"복잡하고 귀찮은 일이 생겨서요. 그럼 후작가로 돌아가겠습니다."

카서스가 문을 닫았다. 시카가 너무 창백해서 로웬그린은 숨은 쉬나, 가까이 다가가 확인하고서야 안도했다.

*   *   *

"나 이상하지 않아요?"

물음에 남자는 웃었다.

"하나도 안 이상해. 이렇게나 귀여운데."

그가 자신을 끌어안고 쪽쪽 뺨에 뽀뽀한다. 그게 간지러워 난 웃음을 터트렸다.

"시카는 귀여워."

"정말요?"

"정말, 정말."

금색에 가까운 녹색 눈이 다정하게 웃는다. 난 그의 품으로 파고들었다.

"시카, 시카."

그는 자신이 붙여 준 내 이름을 노래하듯 부르며 등을 천천히 쓸었다. 그게 너무 좋아서 난 숨을 고르며 눈을 감았다.

"……."

시카는 눈을 떴다.

'꿈속에서 잠들면 현실에서는 눈을 뜨는 건가.'

시카는 고개를 돌려 주변을 둘러보았다. 자신의 방은 아니고, 익숙한 곳도 아니다.

'어디지?'

아, 하고 시카는 치유 마법을 쓰다가 쓰러진 걸 생각했다. 심장 주변을 살펴보니 서클은 원활하게 돌아가고 있었고, 마력도 꽉 차 있었다. 그녀는 상체를 일으키며 기지개를 폈다.

'얼마나 지난 거람?'

갑자기 없어져서 탑에서도 놀랐을 텐데, 하며 시카는 침대에서 내려왔다. 그녀는 창가로 다가가 커튼을 걷었다. 창밖이 붉은빛으로 물들어 있었다. 수도의 전경이 한눈에 내려다보이는 높이라 시카는 넋을 잃고 그 광경을 멍하니 바라보았다. 밝고 붉은 금색 빛이 지붕을 비추며 강렬한 명암을 만들어 내고 있었다. 하지만 노을이 지고 있는 건지, 아니면 일출이 떠오르고 있는 건지 명확하게 알 수 없었다.

'저녁이 된 건가? 아니면 이튿날 아침인가?'

"카서스?"

시카는 목소리를 내서 그를 불렀다.

"카서스 리안? 방랑자님? 파트너 씨?"

"몸은 어때?"

들려온 목소리에 휙 돌아보니 안쪽 욕실에서 카서스가 나오고 있었다. 막 씻고 나온 듯했다. 그가 묘한 얼굴을 하더니 웃었다.

"왜인지 나 씻은 후에 자주 보는 것 같지 않아?"

"그러게."

"하지만 봐줘, 비를 잔뜩 맞아서 어쩔 수가 없었어."

"아, 맞다. 나도 씻어야……. 아니, 그 전에 돌아가야겠다. 얼마나 지난 거야?"

"아직 당일 저녁이야."

"다행이다."

가슴을 쓸어내리고 시카는 허둥지둥 지팡이를 꺼냈다. 카서스가 "벌써 가는 거야?" 하고 아쉬운 소리를 했고 시카가 곤란한 표정으로 말했다.

"그야 목욕하다가 뛰쳐나온 거라고 했잖아. 게다가 회복 마법은 금지인데 써 버렸으니. 이제 원로원에서 날 며칠 가둬 둘지도 모르겠군."

"빵과 물만 주면서?"

카서스의 물음에 시카가 피식 웃고 고개를 저었다.

"그건 아니지만."

"갇히게 되면 말해. 구하러 갈게."

"정말?"

"정말로."

카서스가 고개를 끄덕였다. 시카는 다시 웃고 "알았어." 하고 대답한 뒤에 지팡이를 붙잡고 망설였다. 왜인지 뿅 하고 사라지기에는 뭔가가 아쉬웠다. 카서스가 그런 시카를 보고 명랑하게 말했다.

"작별의 키스 정도는 하고 가 주지?"

그 말에 시카는 쪼르르 달려와 뒤꿈치를 들었다가 내리며 한숨을 내쉬었다.

"안 닿네."

"진짜 해 주려고?"

약간의 당혹을 담아 그가 묻자 시카가 되물었다.

"싫어?"

"싫지는 않지만—"

말하고 카서스는 순순히 허리를 숙였다. 시카가 그의 뺨에 가볍게 입술을 눌렀다. 어라? 이것뿐? 하고 카서스가 아쉬움을 느끼는데 시카가 속삭였다.

"그, 끔찍한 마수에 대해서도 알아볼게. 연락 넣을 테니까."

"알았어."

카서스가 고개를 끄덕이자 시카는 그 자리에서 사라졌다. 카서스는 반짝이는 빛 먼지를 손으로 훑듯이 어루만졌다가 꾹 손등으로 뺨을 눌렀다.

깃털같이 간지러운 숨결이 닿은 자리가 뜨거웠다.

'갈증 나.'

설마 키스 다음에 뺨 뽀뽀를 받을 줄은 몰랐지. 적어도 입술이 될 줄 알았는데―

하지만 이게 맞는 정도인지도 모른다. 뺨에 입술이 닿은 정도로도 어쩐지 달아오르는 기분이었다.

부족해.

이걸로는 부족해, 하고 마음속 깊은 곳에서 목소리가 들린다.

전부 손에 넣고 싶어. 독점하고 싶어. 내 걸로 만들고 싶어.

카서스는 한숨을 내쉬었다.

자신은 사람과 거리를 둔다. 거리를 두는 게 그렇게 어려운 일은 아니었다. 이런 식으로 사람을 좋아해 본 적은 없으니까. 상대가 갑자기 '이제 우리 보지 말자.' 하고 말해도 웃으며 '그래, 안녕.' 하고 손을 흔들어 줄 수 있는 자리에 서 있었다.

하지만 만약에 시카가 그런다면.

'와.'

상상하는 것만으로도 웃기가 힘들다. 표정 조절이 되지가 않았다.

'웃으며 안녕이라고 말하는 걸로는 끝나지 않겠지.'

이제 슬슬 결정해야 할 때인지도 모른다.

'하지만 지금 쌓인 문제도 태산이라.'

카서스는 푹푹 한숨을 내쉬며 고민에 잠겼다.

시카의 치유 마법에 대해서 소문을 내지 말라고는 했지만, 분명히 소문은 날 것이다.

마법이라고 못을 박아 뒀으니 성녀라며 신전에서 모시러 나올 일이야 없겠지만, 치유의 힘을 가진 마법사를 노리는 절박한 사람이라면 얼마든지 있을 것이다.

'그렇게 강한 힘을 가지고 있으면서 그렇게 취약하다니.'

모순이다.

만약에 보통 사람이 마스터를, 자신을 죽이려고 한다면 상당히 힘들 것이다. 오러가 없는 상황에서도 마스터는 일류 검사이며 자신의 몸은 지킬 수 있다. 하지만 마력이 떨어진 마법사는? 마력을 쓰지 못하는 마법사는?

일반인과 다를 바가 없다.

시카가 수도에 머물게 되면 딱 붙어 있어야겠다고 그는 생각하며 손을 내렸다.

'결국, 남동생에 관해서는 이야기 못 했네.'

이야기할 정신도 없었지만, 이야기하고 싶지도 않았다.

'좀 더 파고들어 보고, 그다음에 만나게 해 줘야지.'

그런데 인간과 마수의 합성이라—

'이거야말로 마법사가 할 만한 짓 아닌가.'

하지만 얼음탑에서 그런 일을 할 것 같지는 않았다.

'하지만 둘 다 사람의 손을 탄 일이겠지.'

어째 요즘 들어서 마수와 관련된 불길하고 기분 나쁜 일들이 줄줄 이어진다는 생각이 들었다. 카서스의 감이 슬그머니 고개를 들었다.

'둘이 연결된 일일까.'

전혀 다른 곳에서 벌어진, 전혀 다른 사건이지만 '마수'라는 키워드로 연결되어 있다. 카서스는 소파에 앉아 몸을 묻고 깊은 생각에 잠겼다.

'마수를 데리고 오지만 통제는 불가능, 하지만 그렇게 마수를 불러와서 인간과 섞어 통제를 가능하게 만든다면?'

최강의 군대가 될 것이다.

'목표를 인지할 수 있는 능력이 있었어.'

자신인지 아니면 품 안의 후작 부인이었는지는 모르겠지만 확실하게 이쪽을 인식하고 공격해 왔다. 다른 마수에게서는 볼 수 없는 현상이었다.

자신은 마스터이니 쉽게 해치웠고, 불은 시카가 껐지만 만약에 그런 불을 뿜는 마수를 넉넉히 만들어서 수도에 불을 지르고 다니게 한다면?

'끔찍하군.'

제국에 문제가 생기는 것은 순식간일 것이다. 그리고 동시에
국경의 이민족들이 쳐들어오거나, 왕국이 연합해서 공격해 온다
면.

"어라, 이거 장난 아닌데……?"

카서스는 멍하니 중얼거렸다. 그는 자리에서 벌떡 일어났다.
더는 '개인적 조사'라는 선 안의 일이 아니었다. 이미 선을 넘어
선 일이 된 듯싶었다. 카서스는 옷장을 열어 셔츠를 꺼내 입고,
코트를 걸쳤다.

일리생 후작, 하티엔은 충격으로 앓아누운 로웬그린의 옆에
붙어 있다가 집사의 부름에 아내의 이마에 키스하고 자리에서
일어났다.

응접실로 나간 그는 곧 카서스를 알아볼 수 있었다.

'화려한 액세서리가 이렇게 잘 어울리는 남자는 처음이군.'

하티엔을 보고 카서스는 자리에서 일어나며 싱긋 웃었다.

"면대면으로 뵙는 건 처음이네요, 후작님."

"그냥 하티엔으로 충분합니다."

"저도 카서스라고 불러 주시면 됩니다."

하티엔이 손으로 소파를 가리켜 자리를 권하고 자신은 맞은
편에 앉으며 물었다.

"마실 것을 드릴까요?"

"아뇨, 용건만 '간단히'를 실천할 예정이라."

"서부인의 미덕이죠."

카서스가 히죽 웃으며 "서부인은 아니지만요." 하고는 이어 말했다.

"고아원을 습격한 마수에 대해서는 들으셨겠지요?"

"네, 경비대장에게 보고를 받았지요."

그리고 로웬그린에게서도 설명을 들었다. 하티엔이 낮게 말했다.

"마수가 자신을 노렸다고 하더군요. 그게 가능한 일입니까?"

"불가능하다고 말하고 싶은데, 하여간 저나 아니면 부인분을 노린 건 확실합니다."

"인간의 형상이 '붙어' 있었다고 하더군요."

"네."

"누가 그런 짓을 할 수 있다고 생각하십니까?"

"사실은 그 이야기 때문에 왔습니다."

카서스는 서부에서 일어난 일과 자신이 조사하고 있던, 장막을 찢는 자에 대해서 간략하게 설명했다. 하티엔은 깍지를 끼고 생각에 잠겼다.

"마법사가 아니라고요?"

"네, 마법사 본인의 말로는요."

"아아, 그 마법사분에 대한 소문도 대단하더군요."

그 말에 카서스는 머리를 거칠게 쓸어 넘기며 말했다.

"벌써 거리 가득 풍문이 가득합니까? 아니면 후작가의 소문 수집에 감탄해야 하는 겁니까?"

그 말에 하티엔이 희미하게 웃으며 "아직은 후자에 가깝습니다." 하고 대답했다. 카서스는 약간, 아주 약간 안도했다.

"그럼 카서스 님의 의견에 따르면 둘이 연결된 것 같다는 거군요."

"마수, 라는 게 아무 곳에서나 튀어나오는 건 아니니까요."

"그렇지요."

하티엔은 지팡이로 툭툭 구두 끝을 두들기며 생각에 잠겼다가 말했다.

"빈민가에서 사라진 사람들이 어디로, 어떻게 사라졌는지를 조사해야겠군요."

"사람이 사라지는 건 쉽게 숨길 수 있는 게 아니죠."

카서스의 말에 하티엔이 고개를 끄덕이고 말했다.

"아는 정보가 생기면 바로 연락드리겠습니다. 그리고 일단, 황실에도 알려 두죠."

하티엔의 말에 카서스가 고개를 끄덕였다.

"그편이 확실히 소문이 나지 않겠지요."

황실에서 소문을 통제한다면 더할 나위 없다. 그 말에 하티엔이 희미하게 미소 지었다.

"괜히 민심이 흉흉해질까 걱정을 하지 않아도 될 테니까요."

"그렇죠."

대답하고 카서스가 자리에서 일어났다.

"용건은 이걸로 끝입니다."

"알겠습니다. 더 도와드릴 건 없을까요?"

"괜찮습니다."

카서스는 고개를 저었고 하티엔이 집사에게 손짓하자, 집사가 얼른 가죽 주머니를 쟁반에 받쳐 들어 가져왔다.

"나머지 돈입니다. 당신이 없었다고 생각하면 아찔하네요."

카서스는 거절하지 않았다. 그는 주머니를 들며 "고용해 주셔서 감사했습니다."라고 대꾸하고는 싱긋 웃은 후 후작가를 나섰다.

주요 정보 수집은 자신보다 후작가가 나을 테고, 그럼 자신은 이제—

'로렌스의 뒤를 캐 봐야지.'

*   *   *

시카는 얌전히 두 손을 모으고 아르카나의 말을 경청했다.

"대체, 어디로 가는지 정도는 쪽지로 남겨! 아니면 적어도 연락을 하든가!"

"응, 미안해."

"미안? 미안으로 끝날 일이야? 게다가 그런 대규모 마법을 대

중 앞에서—"

말을 하던 그는 한숨을 내쉬고 이마를 짚었다. 시카는 입이 두 개라도 할 말이 없어서 얌전히 고개만 주억거렸다. 아르카나가 입을 꾹 다물고 팔짱을 끼자, 이번에는 옆에 있던 로레인이 입을 열었다.

"얼마나 놀랐는지 알아?! 목욕물만 있고, 애는 없지. 옷이나 짐도 없어진 게 아니지. 하루 종일 돌아오지도 않지!"

온종일은 아니었다고 시카는 말하고 싶었지만 그게 현명하지 않다는 건 잘 알아서 그녀는 "미안해."라는 말을 다시 입에 담았다.

"정말이지 간 떨어지게 하지 마."

"다음부터 이런 일은 없을 거야."

"당연히 그래야지."

로레인이 눈을 가늘게 뜨며 말했다. 시카가 얼른 이어 말했다.

"진짜 미안. 하지만 정말로 연락을 잊어버릴 만한 상황이었어. 진짜로. 합성수가 있었어. 인간과 마수의."

합성수(合成獸).

그 단어에 아르카나도, 로레인도 동시에 얼굴을 굳혔다.

"그 둘을 합했다고? 그래서? 인간의 이성은 유지 중이었나?"

아르카나의 질문에 시카가 고개를 저으며 말했다.

"내가 본 건 시체뿐이야. 카서스가 이미 다 죽인 후였거든. 하지만 인간처럼 뚜렷한 이지를 가진 건 아니었던 것 같아."

"하지만 그건 불가능해!"

로레인이 비명처럼 소리쳤다. 그녀의 표정은 창백했다.

"다른 두 가지의 생물체를 붙여서 살려 두는 건 불가능하다고 이미 판명 났잖아!"

"마수로 시험해 본 적은 없었지."

아르카나의 차가운 말에 로레인이 휙 그를 돌아보며 말했다.

"마수면 더더욱 말이 안 돼! 그건 다른 세계의 생물이야. 서로 다른 생물— 아니, 심지어 같은 종끼리 이어 붙여도 거부 반응이 일어난다는 걸 알잖아. 마법으로 억누른다고 해도 한시적이야. 그런데 다른 세계의 생물을? 그건, 그건—"

로레인은 격렬한 추위라도 느끼는 것처럼 양팔로 자신을 감쌌다. 아르카나가 위로하듯 그녀의 어깨를 가볍게 두들기며 말했다.

"그래. 그러니 마법사가 저지른 짓은 아닐 거라 생각해."

보통은 로레인 같은 반응이다. 마법사에게 이론 확립이라는 것은 중요하고 소중한 것이다. 몇 번이나 점검해서 이론을 확립하고, 그걸 토대로 다른 이론을 쌓아 올린다.

그런데 그 바닥이 되는 이론을 뒤집는 일이 나타난다? 그건 있을 수가 없는 일이었다. 모든 물건이 바닥에 떨어진다는 것을 전제로 사과나무에 돌을 던졌는데, 가지에서 떨어진 사과가 공중으로 딸려 올라가는 걸 본 기분이랄까?

시카가 이어 말했다.

"그 장막을 찢어 마수를 부르는 사람과 관련이 있는 게 아닐까?"

"왜?"

"마수라는 같은 키워드가 연결되니까. 이런 게 흔한 일은 아니지. 게다가 확실히 그런 합성수를 만들려면 재료가 필요할 테고."

"점점 더 골치 아픈 일이 되어 가는군."

아르카나는 중얼거리며 한숨을 내쉬었다. 그가 물었다.

"그건 또 어떻게 알고 간 거야?"

그 질문에 시카의 얼굴이 빨개졌다.

"시카?"

"그, 카서스가 불러서……."

"불러?"

되묻고 아르카나는 한숨처럼 "시카 울프……." 하고 중얼거렸다. 시카가 항의하듯 말했다.

"하지만 들리는 건 어쩔 수 없잖아."

"네가 '들리게' 해 놨으니까."

타박하듯 말했다가 아르카나는 결국 그냥 웃고 말했다.

"뭐, 그게 이해 안 가는 것도 아니지만. 하여간 불렀다고 날아갔다는 말이지?"

"그야 전에 불렀을 때……."

시카는 입술을 깨물었다. 아직도 가끔 그 악몽을 꾼다. 고문당하는 카서스와 그를 구하지 못하는 자신. 아르카나는 더 캐묻지 않고 말했다.

"그 문제도 일단 원로원에 이야기해야겠다. 그런 일이 발생하면 보통 마법사가 그런 짓을 했다고 생각할 테니까."

'안 그래도 언론이 안 좋은데.' 하고 말하고 아르카나가 이어 말했다.

"이야기를 한 후에 난 다시 영지로 돌아갈 테니까."

"그래."

시카는 고개를 끄덕였다. 로레인이 불안한 얼굴로 아르카나에게 말했다.

"벌써?"

"벌써는 아니지, 돌아가면 할 일이 가득 있을걸."

웃으며 대꾸하고 아르카나는 그대로 사라졌다. 로레인이 한숨을 내쉬며 말했다.

"왜 아르카나가 백작가의 수석 마법사를 하는지 모르겠어. 원한다면 차라리 황실에 들어갈 수도 있잖아."

시카는 그 말에 황실에서 나온 오루트를 생각하며 "글쎄?" 하고 갸웃했다.

그는 분명히 질렸다고 말했다. 그리고 은발의 강직한 미녀인 시그리드 백작을 떠올렸다.

"아르카나는 자신의 길을 찾은 거지."

시카의 말에 로레인은 "그야……." 하고 중얼거리고는 어깨를 늘어트렸다. 시카가 그녀에게 물었다.

"장막 연구는? 잘 되어 가?"

"으응. 조금 더 시간이 있으면 아마 방식을 알아낼 수 있을 것 같아."

"그 조금 더, 라는 게 얼마나 긴 시간일지 궁금한데."

연구로 한평생을 보내는 마법사에게 '조금 더'는 하루 이틀도, 한두 주도, 그리고 십 년 이십 년도 될 수 있었다.

"한두 주 정도? 길어 봐야 한두 달일 거야."

"다행이다."

시카는 안심해 고개를 끄덕였다. 로레인이 시카에게 물었다.

"그 마수의 시체를 얼음탑으로 가져오는 건 문제가 되려나? 역시 직접 보고 해부해 보고 싶은데."

"글쎄……."

회의적인 표정으로 시카는 고개를 저었다. 로레인은 "역시 그런가." 하고 중얼거리고는 손가락으로 꾹 시카의 이마를 눌렀다.

"그래서, 서방님이 부르시니까 날아가서 얼굴 보니 좋더냐?"

"서방님 아냐. 그래. 보니까 좋더라."

놀림에 익숙해진 시카는 퉁명하게 대꾸했고 로레인은 "에이." 하고 웃고는 "그럼 난 가 볼게." 하고 순간 이동으로 사라졌다.

시카는 끙 하고 신음 섞인 한숨을 내쉬고 자신의 방으로 돌아갔다. 떠날 때 남겨 둔 그대로 가림막과 욕조가 남아 있었다. 욕조 물에 손을 넣어 보니 마법으로 유지되고 있는 욕조는 아직도 따끈했다.

'씻고, 자자.'

피곤했다. 옷을 벗다가 시카는 가방 안에 넣어 둔 카서스의 재킷을 떠올렸다. 그녀는 얼른 그 재킷을 꺼냈다. 축축하게 젖어 있는 재킷을 시카는 한쪽에 놔두었다.

'빨아서 돌려줘야지.'

옷을 바라보다가 시카는 슬그머니 자신의 옷을 벗어 크기를 비교해 보았다. 무슨 성인복과 아이의 옷만큼 차이가 난다.

시카는 거울을 보았다. 슬그머니 그녀의 손이 입술을 누른다.

'뺨, 생각보다 더 거칠었지.'

발끝이 붕 뜨는 것 같은 키스도 좋았지만, 이쪽이 더 간질간질한 마음이 드는 건 왜일까?

시카는 킥킥 소리 내어서 웃었다. 웃다가 그녀는 곧 시무룩해졌다.

'난 왜 키가 작을까.'

그녀는 까치발을 해 봤다. 조금 더 커지기는 했지만, 그래 봐야 카서스의 턱에도 닿지 않았던 걸 생각하니 슬퍼졌다.

'키가 160만 되어도 좋을 텐데.'

시카는 아래를 내려다보고 자신의 가슴을 만져 보았다.

'그래도 볼륨은 있으니까.'

여기마저 앞뒤로 납작했다면 더 어려 보였으리라. 그건 사양이었다. 그걸 작은 위안으로 삼으며 시카는 옷을 벗고 욕조로 들어갔다.

두 번째에서 첫 번째로

　로렌스는 기분이 썩 좋지 않았다.

　숨이 거의 끊어진 사람을 살렸다는 치유 마법.

　그래, 뭐 마법이라면 그렇다고 치자. 하지만 그 마법을 쓴 마법사가 문제였다.

　'시카.'

　자신의 누이다.

　그래, 뭐 시카가 치유 마법을 쓸 수도 있겠지. 그녀는 마법사라고 했으니까. 하지만 그는 왜 그녀가 사람을 살렸는지 이해가 가지 않았다.

　돈과 권력이 있는 사람은 뭐든지 할 수 있을 것 같지만, 생사는 인간이 어떻게 할 수 없는 업이다. 육체는 늙고, 약해지고, 병들고 망가진다.

그런데 거기서 사람을 단숨에 소생시켰다는 마법이 등장한다면?

누구든 거기에 시선이 가지 않고서는 못 배길 것이다. 물론 얼음탑은 만만한 상대가 아니며, 마법사라는 존재는 사람들에게 강력하게 인식되고 있지만, 탐욕이란 언제나 뒷길을 찾는 법.

그런 위험을 감수하면서까지 사람을 살릴 필요가 있을까?

우리가.

네가.

'게다가 날 보지도 않고 돌아갔다는 것도 화가 나.'

카서스에게 항의하는 편지를 보냈지만 돌아온 것은 '사태가 급박해서 당신에 대해 말할 시간이 없었다.', '얼음탑으로 돌아가야만 했다.' 하는 답변이었다.

'나에 대해서 말할 시간이 없었다고?'

로렌스의 입가가 삐뚤어졌다.

'말할 생각이 없었던 게 아닌가? 방랑자?'

면전에서 내뱉어 주고 싶었지만, 그건 시카와 만나고 나서 해도 늦지 않으리라. 정 안 되면 자신이 얼음탑으로 찾아가는 방법도 있고.

'하지만 실험은 성공적이었어.'

카서스가 설마 그 자리에 있으리라고는 생각 못 했지만, 마스터가 아니면 막을 수 없다는 것도 알았으니까.

로렌스는 희미하게 웃었다.

"아⋯⋯. 아아⋯⋯."

작은 신음과 함께 창살 사이로 가느다란 팔이 나와 그의 구두를 붙잡았다. 자비라도 구하듯이. 아니면 구해 달라고 하듯.

로렌스는 발을 뒤로 슬쩍 뺀 다음 지그시 그 손을 밟아 주었다.

우두득 하는 소리와 함께 창살 안에서 비명이 터져 나왔다.

"주인님."

뒤에서 작게 부르는 소리에 로렌스는 뒤를 돌아보았다. 그의 뒤에 서 있는 것은 젊은 여자였다. 검은색 머리카락은 단발로 가지런히 손질되어 있었다.

"신발 더러워지세요."

그녀의 말에 로렌스가 "아." 하고 발을 떼며 손을 뻗어 여자의 머리를 쓰다듬었다.

"레아 말이 맞네."

"제가 닦아 드리겠습니다."

"됐어. 너에게 그런 일은 안 시킬 거야."

그 말에 레아의 얼굴이 발그레해졌다. 그녀가 고개를 가볍게 숙였다. 로렌스가 이어 말했다.

"실패작들을 보냈는데도, 성과는 상당했어. 상대가 마스터라고 해도— 너희라면 상대할 수 있지 않을까?"

"주인님이 원하신다면요."

레아의 말에 로렌스가 경쾌하게 웃었다. 그렇게 웃자 그는 꼭 소년처럼 보였다.

그가 웃는 걸 보면 여기가 피와 신음, 간간이 비명이 들리는 어두운 실험장이라는 걸 잊을 정도였다.

수도의 외각에 로렌스는 원하는 실험을 실컷 할 수 있는 실험장을 만들었다. 수도에는 사람도 넘치니, 다른 곳보다 인간을 구하는 것도 쉬웠다. 시골 영지 같은 곳은 한 사람이 없어지는 것도 대소동이지만, 사람이 많이 오가는 곳에서는 한두 사람쯤 없어져도 모른다.

레아는 힐끗 '주인님'을 올려다보았다.

분명히 아프고, 괴로웠다. 너무 끔찍한 고통이 지나갔는데, 그 기억들은 희미하고 이제 자신을 그렇게 만든 사람이 무엇보다도 좋다니.

주인님의 말대로 다시 태어났다, 라는 말이 딱 맞는 것 같았다.

자신과는 비교도 되지 않게 강한 그에게 복종하는 것은 너무 당연한 일이라 그녀는 의문을 가질 생각도 못 했다.

자신만이 아니라 모두가 그랬다.

"슬슬 여기도 치워야겠어. 깨끗하게 치워 주겠니?"

"물론입니다."

레아는 고개를 끄덕였다. 로렌스가 묘하게 웃었다.

"요즘 꼬리가 따라다니는 것 같아서."

그 말에 레아가 눈꼬리를 치켜 올렸다.

"어떤 놈입니까."

"아니, 그냥 별거 아냐. 아니지만 신경 쓰이니까 여길 치우는 게 좋겠지."

말하고 로렌스의 얼굴이 밝아졌다. 약간의 수줍음까지 감돈다.

"게다가 이제 곧 시카를 만나는걸. 괜히 알게 하고 싶지도 않고."

말하고 로렌스는 두근거리는 심장가를 꼭 눌렀다.

시카를 만난다.

이제 얼마 남지 않았다.

무슨 말을 해야 할까, 어떤 얼굴을 해야 할까? 첫인사는 뭐로 할까?

몇 번이나 거듭 고민하며 그는 첫말을 준비했다. 어떻게 생겼을까? 역시 자신과 닮았을까? 아니면 전혀 다를까?

기다릴 수 있다고 생각했는데, 점점 기대감이 부풀어 올라서 참을 수가 없었다.

곧 5월이 끝난다.

시카는 그 전에 올 것이다.

그녀라고 칭할 수도 있고, 누이라고 부를 수도 있지만 로렌스는 드디어 알게 된 이름으로 몇 번이나 시카를 불렀다.

내 유일한 반쪽을 만난다.

＊　　＊　　＊

톡.

톡톡.

톡톡톡.

카서스는 뭔가가 창문을 두드리는 소리를 듣고 눈을 떴다.

'비 오나?'

하지만 빗소리와는 다른데? 꼭 손톱으로 유리창을 두들기는
것 같은—

'하지만 여기 4층인데?'

톡톡톡톡톡톡톡톡.

연속해서 이어지는 소리에 카서스는 침대를 박차고 일어났
다. 진원지로 다가가 커튼을 젖히니 거기에는 처음 보는 종류의
새가 창문을 부리로 두들기고 있었다. 새는 카서스를 보더니 두
들기는 걸 멈추고 고개를 갸웃거렸다. 분홍색 깃털이 특이하다
는 점만 빼면 한 번도 본 적 없는, 참새 크기의 귀여운 새였다.

'분홍색 새.'

카서스는 설마 하며 창문을 열고 물었다.

"시카?"

그러자 새가 부리를 열었다.

"카서스, 나 오늘 갈 거예요. 점심 같이 먹어요."

흘러나온 것은 낭랑한 시카의 목소리였다. 카서스가 놀라 물

었다.

"시카? 진짜 시카야?"

"카서스, 나 오늘 갈 거예요. 점심 같이 먹어요."

하지만 돌아오는 대답은 똑같았다. 카서스는 실망인지 안도인지 알 수 없는 감정을 느꼈다. 아마 앵무새처럼 말을 외워서 반복하게 하는 건가 보다.

"알았어."

저도 모르게 대답하자 새는 펑 하고 연기처럼 사라져 버렸다. 카서스는 멍하니 그걸 보았다가 창문을 닫았다.

"세수나 해야겠다."

마법사의 방식은 정말 영 괴상한 것투성이인 듯싶었다. 괴상하다고 생각하면서도 입꼬리는 저절로 올라간다.

'오는구나.'

그날 이후로 연락이 오지 않아서 정말로 탑에 갇힌 건가, 얼음 탑으로 쳐들어가야 하나, 어떻게 가지? 하는 고민까지 했었다.

'게다가 단서는 잡히지도 않고.'

로렌스를 따라 외곽으로 나갔었지만, 도중에 자꾸 놓침. 성과는 없음.

보고서를 보고 카서스는 역시 자신이 직접 따라갔어야 했나, 고민했다. 하지만 그 역시도 내내 바빴다.

'피엔샤 후작이 수도로 올라올 줄이야.'

하긴, 마수가 자주 나오는 서부로서는 마수의 출현이 상당히 위협적이고 중대한 일이겠지. 게다가 방랑자 카서스 리안이 수도에 와 있다는 소문 역시 쫙 퍼져서 그가 묵고 있는 호텔로 초청장을 든 시종들이 끊임없이 찾아왔다.

정중하게 작성된— 자신의 살롱에, 파티에, 차 모임에 참여해 달라는 편지들이었다.

'이걸 다 거절해 버릴 수도 없고.'

전부 거절해 버리면 편하겠지만, 제국의 귀족에게 미움을 사 봐야 좋을 일은 없다. 게다가 전부 모르는 사람인 것도 아니고.

결국 고르고 골라 참석했는데도 기가 쭉쭉 빨렸다.

사람들 사이에 있는 건 좋고, 이야기를 나누는 것도 즐겁지만, 꼭 파고들려는 사람들이 있어서 피곤하다.

어젯밤도 파티에 참석했던 참이었다.

'보고 싶다.'

카서스는 시카의 얼굴이, 목소리가 그리웠다.

워낙 바쁘니까 시카에 대한 생각은 나지 않을 거라 생각했다. 하지만 오히려 만나고 싶다는 생각이나 갈증은 뚜렷해져서 어리둥절할 정도였다.

눈에서 멀어지면 마음에서도 멀어지는 게 아닌가?

'마음을 정리하자고 하지 않았었나, 나.'

어차피 시카가 좋아하는 건 그 검사님인지 뭔지 하는 나부랭이다. 카서스는 아직도 시카가 자신을 처음 봤을 때의 그 얼굴을 뚜렷하게 기억할 수 있었다.

그 인상 깊은 표정이 마음속 한가운데 칼날처럼 박혀서 빠지지도 흐려지지도 않는다.

'그런 거 싫다고 했던 주제에.'

스스로가 한심해져 카서스는 한숨을 다시 내쉬었다. 그리고 그는 옷장으로 눈을 돌렸다.

'뭘 입지.'

점심때라고 하기에는 좀 이른 시간에 시카는 카서스의 방에 도착했다. 시카는 방에 발을 딛자마자 소리쳤다.

"카서스!"

"아, 왔어?"

태연한 어조로 카서스가 대꾸했다. 그는 막 들어온 듯 코트를 벗고 있었다. 시카는 카서스를 바라보고 눈을 크게 떴다.

"어, 어디 다녀온 거야?"

시카의 물음에 카서스는 "조금." 하고 말하고는 눈썹을 찌푸리며 웃었다.

"왜?"

"아니, 그게."

카서스는 제복을 입고 있었다.

검정에 가까운 남색에, 금 단추와 금줄 장식. 넓은 어깨도, 훌쩍 큰 키도, 늘씬한 팔다리도 전부 멋있어서 옷을 입은 것만 봐도 심장이 두근거렸다. 살짝 묶은 청색 머리카락 밑으로 드러난

귀걸이조차도 그의 매력을 더하면 더했지 빼지는 못했다.

"옷이—"

시카의 말에 카서스는 "아." 하고 자신의 옷차림을 내려다보았다가 "이상해?" 하고 되물었고 시카는 고개를 붕붕 저었다.

"아니, 멋있어."

"아하~ 시카 제복 좋아하는구나?"

카서스가 놀리듯 말해서 시카는 "그런 거 아냐." 하고 간신히 내뱉었지만, 그는 그저 웃을 뿐이었다.

그런 모습마저도 멋졌다.

평소에는 여행에 편한 차림이니, 이런 제복을 갖춰 입은 모습을 보는 건 처음이었다. 갑자기 시카는 자신의 차림이 한없이 초라하게 느껴졌다.

'그러고 보니 카서스가 사 준 옷 외에는 제대로 된 옷이 없구나.'

게다가 그건 다 겨울옷이라 이제 여름이 되어 가는 수도의 날씨에 적합하지 않았다.

"시카?"

카서스가 슥 허리를 숙였다. 정면으로 그 얼굴을 보게 되자 저도 모르게 시카는 손이 먼저 나갔다.

"윽—!"

얼굴을 푹 밀려서 카서스는 작게 소리를 냈고 시카는 반사적으로 말했다.

"그, 얼굴 내밀지 말라니까!"

"아야야, 그야 상태가 이상하니까 그렇지."

"이상하지 않아."

"이상한데~ 얼굴만이라도 반했어?"

카서스의 놀림에 시카는 "바보." 하고 차갑게 내뱉었다.

"너무하네."

카서스는 어깨를 으쓱했고, 시카는 '내면에도 반했어.' 하는 소리를 꿀꺽 삼키며 얼른 화제를 돌렸다.

"그런데 왜 제복이야? 무슨 일 있었어?"

"어? 응, 오늘 아침에 너에게 소식 듣고 그냥 여관에 처박혀 있으려고 했는데 근위대에서 이야기가 들어와서, 아침 훈련에 조금 어울려 주고 오는 중."

"그럼 근위대 제복이야?"

"응? 어. 표식은 안 달려 있지만. 아무래도 평상복을 입고 황궁을 어슬렁거릴 수는 없어서."

싱긋 웃으며 카서스가 대답하고 장갑을 벗었다. 그가 의자에 털썩 앉으며 손을 뻗어 머리끈을 풀었다. 짧은 머리카락이 부드럽게 흘러내렸다.

"시카가 마음에 들면 계속 입고 있어야겠네. 그래서—"

말끝을 길게 늘리고 카서스가 웃으며 팔을 벌렸다.

"보고 싶었어."

그 말에 시카는 활짝 웃으며 다다닥 달려왔다가 그의 앞에서 우뚝 멈춰 섰다. 카서스는 그녀를 안아 들 만반의 준비를 하고 있다가 의아해졌다.

"시카?"

"아니, 카서스 옷이 구겨지는 게 아닐까 싶어서."

쭈뼛거리는 그녀에게 카서스는 팔을 뻗었다. 몸이 가볍게 붕 뜨는 감각이 잠깐, 다음 순간 시카는 그의 무릎 위에 앉아 있었다.

"구겨지는 것 정도는 상관없어."

웃으며 그가 말하는데 시카는 저도 모르게 그를 뚫어져라 바라보다가 시선을 내렸다. 어떻게 사람이 반짝반짝 빛나는 것처럼 보일 수 있을까?

'카서스는 진짜 잘생겼구나.'

항상 얼굴을 보면 검사님과 닮았다, 라고만 생각했는데— 뭐랄까 이건 좀 더 다른 느낌이었다.

'아니, 진짜 닮기는 했지만.'

기억은 아무래도 닳듯 희미해지니까, 눈앞의 카서스와는 다르다. 시카는 다시 고개를 들었다. 카서스가 미소 지은 채로 갸웃했다. 시카는 손을 뻗어 그의 뺨을 살짝 어루만졌다. 카서스가 꾸욱 그쪽으로 몸을 기울이듯 고개를 기울여 그녀의 손바닥을 뺨으로 누르면서 말했다.

"난 만져 주는 거 좋아하나 봐."

그 말에 시카가 뚱하니 대답했다.

"그래서 잔뜩 만지게 하는 거야?"

"응?"

"여자들에게."

카서스는 눈을 깜박이다가 하핫 하고 가볍게 웃었다. 웃을 거라고는 예상 못 한 시카가 손을 떼려고 했지만 그가 그녀의 손목을 잡았다. 카서스는 시카의 손바닥에 가볍게 입술을 눌러 키스를 하고 말했다.

"나 말야, 고양이 같으니까."

손바닥에 입술이 닿는 감각이 생경해서 움찔한 시카는 되물었다.

"어?"

"고양이 몰라, 고양이?"

"알아. 알지만—"

시카의 표정에 카서스가 아, 하고 물었다.

"실물을 본 적이 없구나. 귀여운데~ 나중에 한 마리 보여 줄게."

카서스가 자리에서 일어나며 그녀를 들어 내려놓았다. 앉은 자리에서 사람을 하나 안고 일어나는 건데도 별로 어려워 보이지 않았다.

"고양이 같은 게 어떤 건데?"

시카의 물음에 카서스가 "와— 너무하네." 하고 웃으며 말했다.

"'나 고양이 같은데'라고 말한 것도 우스운데 거기에다가 '고양이란 생물은 이러저러하지'라고 설명하는 건 더 웃긴 거라고 생각합니다."

아마 베라무드가 들었다면 이상한 표정을 지었겠지, 하고 카서스는 고개를 끄덕였다. 우툴루라면 이미 손이 날아왔을 거다.

"그런가."

시카는 한숨을 내쉬었다. 그야 삽화와 이야기 속에서 고양이를 본 적은 있지만, 소설 속의 고양이는 그냥 한가롭게 돌아다니는 생물이었으니까.

'사실 별로 신경 써 본 적도 없고.'

대체 고양이 같다는 건 어떤 거야?

궁금증을 마음속에 묻고 시카는 총총 카서스의 뒤를 따라갔다. 카서스가 그녀를 위아래로 훑어보고 말했다.

"그럼 일단 외출부터 할까?"

"응?"

"점심 아직 안 먹었지?"

"응!"

시카는 고개를 끄덕였다.

"밥 먹으러 가자면서."

시카는 거울을 바라보며 물었고 카서스는 "금방 끝나잖아." 하고는 거울 속 그녀를 바라보았다. 확실히 치수를 재는 건 금방 끝나겠지. 하지만—

"옷 같은 거 사 주지 않아도 괜찮은데."

"앞으로는 필요할 거야."

카서스의 말에 시카는 그를 바라보다가 고개를 작게 끄덕였다. 이어 힘주어 말했다.

"하지만 이번에는 내가 돈 낼 거야."

"알았어."

카서스는 순순히 고개를 끄덕였고 시카는 허를 찔려 그를 바라보았다. 그 얼굴에 카서스가 "왜? 사 줄까?" 하자 시카는 얼른 "아니야." 하고 단호하게 대답했다.

치수를 재고 나서, 가게 점원은 여러 가지 샘플을 가지고 나와 시카 앞에 펼쳤다. 형형색색의 천 조각과 단추들, 단추 모양, 드레스의 디자인 등등 생각지도 못한 것의 물결에 시카는 멍해졌다. 그렇게 멍해진 시카를 대신해서 카서스가 점원과 이야기를 나눴다.

'이야기를 못 알아듣겠어.'

"아니, 핑크. 이런 거 말고— 혹시 옷감 중에 견(絹) 있어?"

"네? 네, 가지고 있습니다."

"그러면 그걸로 하자. 더 옅은 색으로, 아, 그 색 좋겠네. 그리고 단추는 금이나 은 말고— 상아? 아, 이거 괜찮다. 시카, 상의는 좀 긴 쪽이 나아? 아니면 딱 맞게?"

"기, 긴 쪽일까."

"그런가. 그러면 긴 쪽으로."

도대체 몇 벌을 맞추는 건지 알 수가 없었다. 시카가 슬슬 '내 지갑으로 괜찮을까?' 하는 시점에서 이야기는 끝났다. 카서스가 말하는 대로 예약금을 지불하고 시카는 가게를 나왔다.

"예약금이라 조금 냈지만, 그러면 얼마를 더 내야 하는 거야?"

"예약금은 전체 가격의 십분의 일이야."

"그렇구나."

시카는 저도 모르게 가슴을 쓸어내렸다. 그 정도 가격이라면 아슬아슬하게 세이프다. 동시에 전에 그 셔츠에 얼마나 돈을 뜯겼나 생각하니 눈물이 나올 지경이었다.

'아니, 지금 흘렸어. 마음속에 피눈물이 한 방울쯤.'

앙케르트나 백작에게도 면목이 서지 않는다. 받은 돈을 바가지에 다 날려 버렸어요, 라니.

'죄송합니다.'

속으로 사죄하고 시카는 뭔가 선물이라도 만들어서 그녀에게 줘야겠다고 생각했다. 카서스가 흔들흔들 그녀와 맞잡은 손을 흔들었다.

"어?"

"나랑 있을 때는 나에게 집중해."

"하고 있어."

"하지만 방금 딴생각했잖아."

"그야, 항상 카서스 생각만 하고 있을 수는 없잖아?"

"없어?"

지그시 그가 시카를 바라보았다. 시카는 보석 같은 그의 눈을 바라보았다.

'햇빛 비친 토파즈, 햇빛 비긴 페리도트, 아니면 햇빛에 반짝거리는 여름 해변.'

조금은 괜찮아졌을 거라고 생각했다.

탑 안의 지인들이 잔뜩 놀려대서 면역이 생겼다던가, 아니면 연구하면서 마음의 평온을 얻었다던가.

이제 그를 봐도 아무렇지 않아서 좋은 파트너로 있을 수 있을지도 몰라, 하는 가느다란 헛된 생각.

그야 키스하면 심장이 두근거리는 건 당연하잖아?

안 그래?

그러니까 친구처럼 행동하면 괜찮을 거야.

하지만 눈동자만 봐도 두근거리는 건 뭐라고 해야 하는 걸까?

'심장 터질 것 같아.'

시카는 간신히 눈을 돌렸다. 머릿속이 텅 빈 것처럼 아무런 생각도 할 수가 없었다.

'하지만 카서스는 이런 거 싫어한다고 했어.'

첫 만남에서 그는 분명히 말을 했다.

—그런 감정 나는 싫어.

선을 그었다. 사람들과 엮이는 걸 싫어한다고 말도 했다. 게다가 자신을 파트너라고 생각해 줬다.

"시카?"

카서스가 의아해하며 답을 재촉하듯 물어서 시카는 정신을 차렸다.

'카서스가 방금 뭐라고 했었지? 뭐라고― 아.'

"카서스만 생각하면 바보가 될걸."

대답하고 시카는 먼저 걸음을 옮겼다. "에이~" 하고 카서스가 그 뒤를 쫓아왔다. 카서스의 반응에 시카는 안도했다. 지금 대답한 게 정답이었어.

카서스는 시카의 뒷모습을 바라보았다. 성큼성큼 빠른 걸음으로 걷는 게 귀엽다.

'빨리 걷는데도 느리네.'

분홍색 머리카락이 걸을 때마다 나풀거린다.

'만지고 싶다.'

만지고, 쓸어내리고, 손가락 사이로 흘러가는 걸 느끼고, 키스하고, 혀를 엉키고, 옷 아래 맨살을 느끼고 싶다.

카서스는 우뚝 자리에서 멈춰 섰다.

"카서스?"

앞서가던 시카는 그가 오지 않자 뒤를 돌아보았다. 하지만 카서스는 여전히 그 자리에 서 있을 뿐이었다. 평소처럼 웃고 있지도 않았고, 놀리는 얼굴도 아니었다.

"카서스……?"

다시 조심스럽게 시카가 그를 불렀다. 갑자기 불안감이 밀려왔다. 카서스가 눈치챈 걸까? 내 감정이 이렇다는 걸? 내가 카서스를 좋아한다는 걸 알았을까?

안절부절못하고 있는데 카서스가 성큼 걸어왔다. 그는 평소와 똑같이 웃고 있었다.

"미안, 미안. 이제 곧 임계점이 보인다는 생각에."

"이, 임계점?"

"임계점, 물질의 구조와 성질이 다른 상태로 바뀔 때 온도와 압력."

"설명이 필요한 게 아니라아—"

저도 모르게 안도가 되면서 목소리가 늘어진다.

알아챈 게 아니었구나.

카서스가 가볍게 웃었다.

"아니면 한계점이라고 해야 하나."

"무슨 일인데?"

시카의 조심스러운 질문에 카서스는 허리를 숙여 가볍게 그녀의 입술에 스치듯 키스했다. 졸지에 수도 한복판, 길거리에서 기습 키스를 당한 시카는 멍하니 카서스를 보다가 소리쳤다.

"카서스 리안!"

카서스가 소리 내어 웃었고 얼굴이 빨개진 시카가 연신 주먹으로 그를 때렸다.

"진짜! 정말! 뭐하는 거야!"

"기운 없으면 해 주는 거 아니었어?"

"그—!"

목구멍이 꽉 막힌 듯이 소리가 나오지 않는다. 하지만 주먹은 멈추지 않았다. 한참을 그러고 나서야 시카는 손을 내렸다.

만족스럽다기보다는, 자신이 지쳤다. 사람에게 주먹을 휘두르는 건 꽤 힘든 일이었다. 그에 비해서 아야, 아야, 소리를 내면서 얻어맞기만 한 카서스 쪽은 멀쩡해 보이는 게 더 화가 났다. 그녀가 헉헉 숨을 몰아쉬며 말했다.

"카, 카서스에게는 아무렇지도, 않은—"

그녀는 다시 숨을 골랐다.

"일일지도 모르지만, 난 아니란 말야."

다시 숨 고르기.

"그때는, 나도, 필사적이었다고."

카서스를 위로해 주고 싶었다. 그 마음을 자신에게 열어서 보여 줬으면 했다. 좀 더 잘, 그의 상처를 다독여 줄 수 있었으면 하고—

"실수한 거니까, 그걸로 장난치지 마."

그래서 카서스가 농담한 것도 알아채지 못하고 키스했으니까.

'어라? 하지만.'

너무 부끄러워서 다시 떠올릴 생각을 못 했는데, 그때 카서스는 자신을 밀쳐 내지도 않았고 굳지도 않았다. 오히려―

'웃!'

생각하니 얼굴이 확 달아올라 시카는 양 뺨을 감쌌다. 카서스가 손을 뻗어 그녀의 머리를 가볍게 쓰다듬고 말했다.

"미안. 그리고 나라고 해서 아무렇지도 않은 거 아니라고."

뒷말에 시카는 "흥." 하고 고개를 돌렸다. 카서스가 "어, 진짠데―" 했지만 믿기지가 않았다. 그와 다른 여자가 붙어 있는 모습을 생각하니 괜히 화가 나 그녀는 다시 주먹으로 그의 옆구리를 때리고 말했다.

"쓸데없는 소리 말고 배고프니까 얼른 밥이나 먹으러 가자."

카서스는 그렇게 주먹을 쥐고 사람을 때리면 아프지 않다는 걸 알려 줄까, 하다가 말았다. 대신 그는 그녀의 손을 잡았다.

"예약해 뒀으니까, 지금 가면 딱 음식 나오겠다."

시카는 "예약?" 하고 되물었고 카서스는 고개를 끄덕였다.

"예약하는 식당을 가는 건 처음이야."

"그렇게 좋은 곳은 아니지만."

"상관없어. 기대된다."

시카가 활짝 웃었다.

카서스가 고른 곳은 캐주얼한 식당이었다. 고급스러운 곳일까, 긴장했던 시카의 마음은 오히려 편해졌다. 카서스가 옷을 사러 들른 것도 이해가 되었다. 다들 밝고 화사한 봄옷을 입고 있었고 그 사이에서 시카의 칙칙한 옷이 오히려 튀었다. 게다가 카서스와 나란히 앉아 있으니 더욱더. 시카는 쉽게 여자들의 시선이 이쪽을 향하는 걸 알 수 있었다.

대놓고 노골적인 시선은 없었지만 다들 힐끔힐끔 카서스를 보고, 귓속말로 소곤거리고, 앞자리 사람이 슬쩍 뒤돌아본다.

'그 마음 이해합니다.'

시카는 속으로 깊이 고개를 끄덕였다. 그녀가 헛기침을 하고 말했다.

"실내에도 식물이 있네."

"요즘 유행인 것 같던데. 실내에 큰 나무를 가져다 두거나 하는 거."

"그렇구나. 삭막한 것보다는 좋다."

"그보다 왜 연락이 없었던 거야? 진짜로 갇혀 있었어?"

"아니, 그건 아니고. 연구가 막바지에 들어가서 완전히 잊어버리고 있었어."

"잊어……."

카서스는 중얼거리고 "하." 한숨을 내쉬었다.

난 바빠도 네 생각으로 꽉 찼었는데, 그래 그쪽은 연구하느라 날 까맣게 잊어버리셨다?

시카가 그의 한숨에 당황해 손을 저었다.

"아니, 그, 실험 중에는 다른 생각할 겨를이 없기도 하고, 집중하지 않으면 안 되니까— 게다가 여러 가지 이론도 상당히 복합적으로 얽혀 있는 일이라—"

연구할 때는 무아지경에 빠진다. 잡생각을 할 시간도 없고 틈도 없다.

"서류를 들여다보고 있을 때는 머리에 누가 컵을 올려 둬도 모른다니까."

시카가 변명처럼 조그맣게 말했고 카서스는 그 말에 "아." 하고 고개를 끄덕였다.

"그런 거라면 좀 이해는 되지만. 그 정도의 집중 상태를 며칠이나 이어 가면 부하가 상당하지 않나?"

검을 휘두를 때도 그럴 때가 있다. 검을 휘두르는 것 자체도 무아지경이지만, 더 깊게 들어가서 모든 것이 뚜렷하게 선명해지고 상대방의 움직임이 예측되면서 그동안 막혀 있었던 부분이 스르륵 자연스럽게 이해되면서 풀리는 느낌.

하지만 계속 그 상태로는 있을 수 없다.

"그야 상당히 지치기는 하지만, 덕분에 끝냈으니까."

시카가 싱긋 웃었다. 웃었다가 그녀의 얼굴은 다시 어두워졌다.

"우리가 누굴 상대하고 있는 건지 모르겠어."

그녀는 한숨을 내쉬곤 그나마 나은 소식을 전했다.

"그래도 어떻게 장막을 찢는 것인가는 알아냈어. 마법사들은 생각도 못 할 난폭한 방법이라고 할 수도 있겠고, 천재라고 할 수도 있겠지. 전에 카서스가 상대했었던 합성수도 그렇고……."

"상대의 방법을 알아냈다면 막을 수 있는 거 아냐?"

카서스는 가볍게 되물었다. 상대의 전략을 알아냈다면, 반격은 손바닥 뒤집듯이 간단하다.

"막는다기보다는, 다음에 그 일이 어디서 일어날지 예측하는 정도는 가능하지."

"예측이라."

카서스가 그걸 어떻게 활용할 수 있을까 고민하는데 때마침 주문한 식사가 나왔다. 두툼한 스테이크에 크림을 듬뿍 넣은 으깬 감자, 구운 콩, 아삭한 샐러드. 간소하다면 간소하고 제대로 되었다면 제대로 된 음식이었다.

주문한 포도주까지 한 잔씩 따라 주고 웨이터는 물러났다.

시카는 침이 꼴깍 넘어가는 걸 느꼈다. 포도주를 한 모금 마시고 크게 썬 고깃덩어리를 입 안에 넣었다. 적당히 익힌 소고기 육즙이 입 안 가득 흘러넘쳤다.

"맛있다."

"입에 맞는다니 다행이네."

"아, 진짜 배고팠어."

허겁지겁 커다란 스테이크를 반쯤 먹어 치우고서야 시카는 속도를 늦췄다. 그에 비해 느긋하게 칼질을 하던 카서스가 물었다.

"그러면 미리 가서 기다리고 있으면 상대를 잡을 수 있는 거 아냐?"

"으음— 이미 결과가 나오도록 진행되고 있는 상태에서만 현상을 잡아낼 수가 있어서."

"그야 당연하지?"

"그러니까야. 상대는 장막이 찢어지게 설치해 두고 그 자리에서 도망가면 끝. 우리가 움직임이 시작된 걸 확인하고 그곳에 도착했을 때는 이미 사라지고 없는 거지."

"결과가 나올 때까지 옆에 있어야 하는 게 아니라는 거군."

"그래. 불씨를 던져두고 도망가는 셈이지."

"그럼 합성수는?"

그 말에 시카의 포크가 멈칫했다. 그녀가 당근을 푹 찌르며 말했다.

"마법사에게는 불가능해."

"그럼 어떻게 한 건데?"

"그러니까 정체를 모르겠다는 거야."

"주술사라던가?"

"아냐. 이런 말은 오만하게 들릴지도 모르지만, 정보량부터 시작해서 이 세계에 법칙이나 마법에 대한 모든 건 얼음탑이 최고야. 단순히 제국 내에서의 이야기가 아니라 전 대륙에서. 장막을 찢는 정도는 어떻게 시도해 볼 수 있을지도 몰라. 하지만 합성수라면 이야기는 완전히 달라져."

"하지만 그건 존재했잖아."

분명히 눈으로 살아 움직이는 걸 봤다.

"그러니까."

시카의 얼굴이 어두워졌다.

"정체불명의 존재를 상대하고 있는 거지."

한숨을 내쉬고 시카가 물었다.

"그래서 조사는 어떻게 됐어?"

"아, 실종자 조사 말이지? 상당히 진척이 되었다고 생각했는데, 전부 다 죽었어."

"아니, 그 조사 이야기는 아니었는데. 전부 죽었다고?"

"그래. 인신매매단이 죽어 줬으니 감사한 이야기겠지만, 이쪽으로서는 단서가 통으로 날아간 거라고. 그래서 어떤 놈들이 죽인 건가, 의뢰인이 있겠지— 하고 암살단 쪽을 족쳐 봤는데 그쪽에서 움직인 게 아니더군."

"그럼 막힌 거야?"

"막힌 거지."

카서스가 으쓱하며 한 말에 시카는 다시 푹 한숨을 내쉬었다. 카서스가 이어 말했다.

"그리고 찾았어."

"어? 진짜?"

시카가 눈을 휘둥그레 떴다. 그 상황에서 단서를 찾아내다니, 역시 카서스 리안.

"아니, 그쪽이 아니라 네—"

"시카!"

갑자기 모르는 목소리가 자신을 불러 시카는 놀라 뒤를 돌아보았다. 역시나 모르는 남자가 서 있었다. 자신을 본 남자의 얼굴에 단박에 기쁨이 새겨진다. 그는 성큼성큼 달리듯 걸어왔다.

"안녕, 시카."

시카는 그의 얼굴에서 눈을 떼지 못하며 "안녕하세요." 하고 마주 인사했다. 저런 표정을 짓고 있으니, 모르는 사람일 리가 없을 것 같은데…….

시카의 멍한 얼굴에 로렌스는 카서스를 바라보았다.

"아직 이야기 안 한 겁니까?"

"막 하려고 했습니다만. 여기는 또 어떻게 아신 건가요."

"저라고 눈과 귀가 없는 건 아니죠."

로렌스가 날카롭게 말하고는 시카를 돌아보며 웃었다.

"그, 음. 아, 진짜 준비 많이 했는데 뭐라고 해야 할지 모르겠다. 정말로 내가 누군지 모르겠어?"

그의 말에 시카는 찬찬히 그를 바라보다가 중얼거렸다.

"그…… 설마…….."

"맞아."

시카는 자리에서 벌떡 일어났다. 어찌나 기세 좋게 일어났는지 의자가 나뒹굴 정도였다. 그녀의 눈에 금방 눈물이 고였다.

"정말? 정말?"

"진짜야. 다시 만나서 기뻐. 누이."

로렌스는 그녀를 꽉 끌어안았다.

시카는 믿을 수가 없었다.

사실, 그가 자신의 존재를 알 거라고 기대하지도 않았다. 하물며 이렇게 반겨 줄 거라고는 생각도 못 했다. 하지만 기쁘지 않다면 거짓말.

"시카, 시카, 시카."

로렌스는 몇 번이나 그 이름을 속삭였다. 아, 진짜다. 진짜 내 반쪽이다. 단순한 기쁨을 넘어선 안도감이 물밀듯이 밀려들었다.

혼자가 아니야.

시카가 눈물을 닦고 고개를 들었다.

"그, 이름이—"

"아참. 로렌스 트라벨. 그냥 로리라고 불러 주면 돼."

로렌스는 얼른 자신의 애칭을 내밀었다. 시카가 "로리." 하고 입 안으로 한 번 읊조리고 활짝 웃었다.

"그렇구나. 로렌스 트라벨, 로렌스. 로리. 그래, 그런 이름이었구나."

몇 번이나 이름을 시카는 되새겼다. 이름도, 얼굴도 아무것도 모르는 상대를 그리워한다는 것은 힘든 일이었다. 적어도 부를 이름이 있으면 낫지 않을까 하고 시카는 생각했다.

'그러고 보니 두 사람 다 이름을 몰랐네.'

이제 로렌스는 알게 되었지만, 검사님의 이름은 아직도 모른다. 어째서 알려 주지 않았던 걸까?

"잘 지냈어?"

저도 모르게 질문하고 시카는 웃었다. 로렌스 역시 웃었다. 시카가 멋쩍게 말했다.

"이상한 질문이네. 아, 모르겠다. 사실 날 반겨 줄 거라고 생각도 못 해서."

"어째서? 하나뿐인 혈육인걸."

"어? 그래?"

"응."

로렌스가 고개를 끄덕였다. 시카가 "그랬구나……." 하고 말끝을 흐렸다. 분명히 두셋은 더 낳지 않을까 생각했는데. 아니었구나.

괴물이 아닌 평범한 아이를 낳을 거라고 생각했는데.

"일단 앉지 않겠어? 엄청나게 시선을 모으고 있는데."

카서스의 말에 시카는 흠칫하며 로렌스를 밀어냈다. 로렌스는 그녀의 팔을 쥐었다가 놓아주었다. 시카는 나뒹군 의자를 보고 아차 하며 얼른 의자를 세웠다.

"진짜 놀랐어. 아니 지금도 놀라는 중이지만—"

시카가 자리에 앉자 로렌스는 그녀의 옆자리에 앉으며 말했다.

"저 남자가 진짜 한마디도 안 했구나."

"좀 더 확인해 보고 알려 주려고 했던 거지."

"뭘 더 확인하죠?"

로렌스가 날카롭게 말했다. 시카는 "왜 말하지 않았어?" 하고 카서스에게 되물었고 그는 "재확인했을 뿐이야." 하고 대답했다. 그 목소리에 시카는 로렌스를 돌아보았다.

"로렌스는—"

"로리."

로렌스가 정정하자 시카가 머뭇거리고 물었다.

"로리는 내 존재를 알고 있었어……?"

"어머니가 말씀해 주셨었거든."

"어머니가—?"

절대로 자신에 대해서 좋은 이야기를 했을 리가 없었다. 시카의 얼굴에 드러난 당혹감을 보고 로렌스가 웃으며 말했다.

"이런 이야기는 둘이 있을 때 하고 싶은데. 언제 집에 돌아올 거야? 나 시카의 방 다 꾸며 놨어. 취향을 모르겠어서, 어떻게 해야 할까 고민했지만 그래도 마음에 들었으면 좋겠어."

"어? 내 방?"

"그래."

로렌스의 말에 시카는 더더욱 당혹스러웠다. 그가 그녀의 표정에 물었다.

"왜? 마음에 안 들어? 이상한가? 하지만, 나 계속 시카를 기다려 왔으니까, 아, 이상해 보이나."

그가 안절부절못하는 모습에 시카는 웃으며 고개를 저었다.

"아냐. 가서 볼게."

"보는 게 아니라, 나랑 같이 살았으면 좋겠어."

로렌스의 말에 시카는 "어?" 하고 되물었다. 뭔가 상대의 페이스를 따라갈 수가 없다. 카서스가 손을 들어 말을 가로막으며 말했다.

　"일단 점심부터 먹고 나서. 그리고 일방적으로 밀어붙이지 말래?"

　"제삼자는 빠지시죠."

　로렌스는 짜증이 섞인 목소리로 카서스에게 말하고 시카에게 고개를 돌렸다. 어떻게 저렇게 표정이 획획 변하는지 시카는 신기할 정도였다. 카서스에게 말할 때는 분명히 냉정해 보였는데 자신을 바라보자 금방 시무룩한 큰 개 같은 표정이 되었다.

　"싫어……?"

　"그럴 리가!"

　"그럼 오는 거지?"

　시카는 잠시 생각에 잠겼다가 고개를 끄덕였다. 어차피 수도에 묵는 동안은 여관을 잡아야 하니, 그사이 로렌스와 함께 지내는 것도 나쁘지는 않으리라.

　"하지만 일단 가서 이야기를 나누고 나서, 묵을지 말지는 그다음에 정하는 거야."

　"알았어."

　로렌스가 고개를 끄덕였다. 시카가 머뭇거리며 물었다.

　"그런데─ 부모님은 네가 이러는 거 아시나……?"

　부모님, 이라는 단어를 입에 올리는 것 자체가 생경했다. 로렌스가 고개를 흔들었다.

"부모님은 내가 어렸을 때 돌아가셨어."

"정말?"

"응, 그러니까 진짜 난 시카 하나뿐이야."

"그랬구나……."

부모님을 다시 만난다면 어떨까? 하는 상상도 해 봤지만, 그다음은 알 수가 없었다. 하지만 이제는 영영 알 수 없겠구나.

안도가 되기도 하고 슬프기도 했다.

정말로 자신의 출생에 대해서 알아볼 길이 완전히 없어진 것이었다. 아니면, 로렌스에게 이야기를 했었을까?

어머니가 로렌스에게 자신에 대해서 이야기를 했다고 한다.

―괴물, 괴물이 내 배 속에 있어요!

그 히스테릭한, 공포에 가득 찬, 자신을 정말로 무서워하고 끔찍해하는 비명이 귓가에서 떠나지 않는데. 그 사람은 자신에 대해서 뭐라고 이야기했을까.

시카는 느리게 스테이크를 먹었다. 이미 고기는 식어 있었다. 몇 점 더 먹고 그녀는 포크를 내려놨다. 카서스는 더 권할 상황도 아니어서 그 역시도 식사를 멈췄다.

"그럼 일어날까?"

카서스의 말에 시카가 고개를 끄덕이며 따라서 자리에서 일어났다. 로렌스가 얼른 시카에게 자신의 팔을 내밀었다.

"밖에 마차 있으니까, 타고 가자. 그럼, 방랑자님. 감사했습니다."

"카서스랑은 같이 안 가는 거야?"

"같이 가야 해? 둘만 해야 할 이야기가 잔뜩 있잖아."

로렌스의 말에 시카는 "그야……." 하고 중얼거렸다. 카서스가 그녀에게 손짓해서 시카는 그쪽으로 다가갔다. 로렌스의 눈이 가늘어졌다. 카서스가 시카의 뺨에 보란 듯이 가볍게 키스하고 말했다.

"갔다 와. 위험하면 내 이름 부르고."

그 말에 시카가 쿡쿡 웃고 "알았어." 하고는 로렌스에게 다가갔다. 로렌스는 그녀의 손목을 낚아채듯이 잡고는 식당을 나섰다.

"잠깐, 로리―"

마차에 오르자 로렌스가 문을 닫으며 뚱하니 말했다.

"왜 나보다 더 그쪽이랑 가까운 거야?"

"어?"

"나는 혈육인데……."

입을 내민 그를 보자 시카는 귀엽다는 생각이 들었다. 그녀가 찬찬히 그를 바라보며 말했다.

"하지만, 우리는 이제 처음 만난 거잖아. 음, 그러니까 아무래도―"

"난 시카를 잊어버린 적 한 번도 없어."

"⋯⋯나도 없어."

시카의 답에 로렌스는 희미하게 웃었다. 마차 바퀴 구르는 소리가 경쾌하게 났다. 로렌스가 낮게 말했다.

"시카는 어디서부터 기억해?"

"응?"

"난 배 속에 있을 때부터 시카를 기억하는데―"

그 말에 시카는 눈을 크게 떴다.

"나, 나도―!"

"정말?"

"응, 진짜로. 로리도? 정말? 기억하는 거야?"

"응, 어머니가 알려 줬다는 건 거짓말이었어. 다른 사람이 듣기에는 이상하잖아."

"그랬구나⋯⋯."

역시 이상하다고 생각했다. 어머니가 자신의 이야기를 할 리가 없지.

"그래서 계속 찾고 있었어. 계속 시카만 생각했어. 난 남과는 다르니까, 시카는 날 이해해 줄 거라고 생각해서."

로렌스가 손을 내밀며 속삭이듯 말했다. 시카는 홀린 듯이 그 손을 잡았다.

"나, 나도, 나도. 난―"

마수의 아이.

괴물의 아이.

로렌스가 잡은 손에 힘을 주며 말했다.

"이제 혼자가 아니야. 너도, 나도."

그 말에 시카는 멈칫했다. 새끼손가락의 반지가 손가락 힘에 눌리는 것처럼 느껴졌다.

정말로? 그도?

"하지만, 버려진 건 나 하나야."

목소리를 낸 건 자신이 아닌 다른 사람인 것 같았다. 로렌스가 그 말에 시카를 빤히 바라보았다. 자신이 어떤 표정을 짓고 있는지 시카는 알 수가 없었다.

"겉모습만 보고 판단하는 건 어리석지."

로렌스는 그렇게 말하고 허리를 숙여 그녀의 손등에 키스했다. 그의 갈색 머리카락이 순식간에 흰색으로 변했다. 시카는 숨을 삼켰다. 고개를 들자 그의 붉은 눈이 반짝였다.

"안 그래?"

시카는 멍하니 그를 바라보았다. 그러니까, 그는, 그냥—

"어떻게……?"

시카의 되물음에 오히려 로렌스가 당혹스러운 얼굴을 했다.

"시카는 안 돼? 못 하는 거야?"

"아냐. 그게 아니라, 어떻게 그렇게 자유롭게……."

그건 자신의 비인간적인 부분이었다. 봉인해야 하는 힘이었다. 하지만 지금 눈앞의 로렌스는 아무렇지도 않게 그걸 꺼내서 보여 주고 있었다. 심지어는 외양이 괴물처럼 변하지도 않는다.

"그럼 보여 줘."

로렌스의 요구에 시카는 흠칫하며 손을 잡아 뺐다. 로렌스가 눈을 찌푸렸다.

"시카?"

"하지만, 그건…… 마수의 힘이고……."

"그런데? 그것도 나잖아."

너무나도 태연한 로렌스의 목소리에 시카는 저도 모르게 외쳤다.

"그건 내가 아냐!"

"무슨 말이야. 그것도 너야. 시카. 설마 못 꺼내는 거야?"

"아니야. 안 꺼내는 거야. 그건 제어가 되지 않으니까―"

"어째서?"

어째서, 라니…….

시카는 저도 모르게 반지로 시선을 돌렸다. 처음 얼음탑에 들어갔을 때에 탑주가 만들어서 끼워 주었다. 그때부터 계속 반지를 끼고, 그 힘을 누르면서 살았다.

괴물인 자신을 억눌렀다.

로렌스는 한숨을 내쉬었다. 그의 머리와 눈이 원래대로 돌아왔다.

"어떻게 된 거야, 시카."

시카는 얼떨떨했다. 평생 간직했던 비밀이었다. 그녀야말로 되묻고 싶었다.

"어떻게─ 그러고 있으면 이상해지지 않아?"

"뭐가?"

"이성이 날아가고─ 얼마 전에 반지를 뺐을 때도 그랬어. 제대로 생각을 할 수가 없었는걸."

그 말에 로렌스가 그녀의 손을 휙 낚아챘다. 반지가 반짝거렸다.

"이런 걸로 봉인하고 있는 거야?! 대체 왜? 왜?"

로렌스는 이해가 되지 않아서 여러 번 되물었다. 그의 반응에 시카는 당황했다.

로렌스는 그런 시카를 바라보다가 손목을 놓아주고는 말했다.

"이해는 해. 나랑 시카는 다르니까."

그의 목소리는 부드러웠다. 시카는 자신이 전혀 생각해 보지 못한 부분에 다다른 기분이었다. 이걸 터놓고 서로 이야기할 상대는 한 명도 없었다.

같은 일을 겪고 있는 사람이 없으니까.

"내 생각에는 말야. 태어났을 때 나랑 시카는 정반대였던 게 아닐까 싶어."

"정반대?"

"시카는 힘이 꺼내져 있는 채로 태어난 거야. 난 안에 숨겨진 채였고. 내가 내 힘을 꺼내게 된 거는 내가 어느 정도 자라고 나서였거든."

"그랬구나…… . 그럼 네 스스로 제어할 수 있다는 거야?"

"그래. 보다시피."

"난, 난 시도해 본 적이 없어."

"그럼 이제부터 해 보면 되지."

"무서운걸."

"뭐가?"

"내가 아닌 다른 뭔가가 돼 버릴 것 같아서."

"그게 너지."

로렌스의 말에 그녀는 입을 다물었다. 로렌스는 그런 시카를 바라보며 기묘한 기분을 느꼈다. 만나면 분명히 자신과 같을 거라고 생각했는데.

서로 이해할 수 있는 세상의 유일한 사람인데. 어째서 그걸 숨기고 있는 걸까?

어째서 인간 흉내를 내고 있는 거야?

로렌스는 한숨을 내쉬며 마차에 몸을 기댔다. 시카는 더 이상 아무 말도 하지 못했다. 마차는 얼마 지나지 않아 트라벨 남작가에 도착했다.

로렌스는 직접 그녀의 방으로 안내했다.

"아—!"

시카는 방을 보고 작게 탄성을 터트렸다. 호화스럽다, 라는 느낌까지는 아니었지만 그래도 최선을 다해서 꾸몄다는 걸 알 수 있었다. 동화책을 보면서 자신의 방을 꿈꿔 왔던 여자라면 누구나 좋아할 만한 방이었다.

시카는 천천히 장미목으로 짜 맞춘 가구를 어루만졌다. 로렌스가 잔뜩 긴장한 어조로 물었다.

"마음에 들어?"

"응."

목이 막히는 기분이었다. 좀 더 말을 잘할 수 있을 텐데, 나온 대답은 고작 '응'이라는 말뿐이다.

'누군가에게 이렇게 환대를 받는 건 처음이야.'

마법사는 종종 환대받는다.

그건 '마법사'니까. 자신에게 이득이 될 사람에게 잘해 주는 것이 나쁘다는 말은 아니다. 하지만 로렌스가 주는 호의는 득실을 따지는 호의가 아니다.

'엄청 기분 좋은 거였구나.'

부모가 자식에게 주는 것 역시 대가 없는 사랑이다. 시카는 책을 보면서 상상해 보곤 했었다. 어머니의 무릎 위에 앉아 있는 자신. 하지만 그건 그냥 상상일 뿐이다.

늑대 가족들과 있는 것은 즐거웠지만 늑대는 늑대. 이성이 통하는 상대는 아니었다. 검사님을 만나서 행복하고 즐거웠지만, 이름도 모른 채로 헤어졌다.

얼음탑에서 동료들을 만나서 가족 대신이라고 생각했지만, 부모에게 받아야 하는 애정이 채워지는 건 아니다.

'진짜 가족.'

새삼 떨리는 기분이었다.

진짜, 진짜, 정말로 피가 통하는 가족이다.

"고마워, 로리. 정말로 마음에 들어."

시카는 활짝 웃었다. 로렌스가 가슴에 손을 얹으며 안도의 숨을 내쉬었다.

"마음에 든다니 다행이다. 그럼 앞으로는 여기에서 사는 거지?"

"아, 그건. 일단 난 얼음탑 소속이고……."

시카는 감정적인 부분을 누르려고 애쓰며 말했다.

"하여간 오늘은 일단 이야기하자. 그동안 어떻게 지냈는지 같은 거. 응?"

시카의 말에 로렌스는 "알았어." 하고 순순히 고개를 끄덕였다.

테이블에 나란히 앉자 침묵이 돌았다. 시카가 어색하게 웃으며 "어디서부터 이야기해야 할지 모르겠네." 하고 말하자 로렌스가 물었다.

"배 속에 있을 때 기억 있다고 했었지?"

"응."

"그럼 그 여자가 뭐라고 했는지도 기억나?"

'그 여자' 하는 냉정한 단어지만 누구를 지칭하는지는 알 수 있었다. 시카는 고개를 끄덕였다.

로렌스가 입을 내밀며 말했다.

"멋대로 괴물이니, 죽이라느니. 너무하지 않아?"

"그보다는 진짜로 죽일까 봐 무서웠어."

"실제로 시카는 죽이려고 했잖아. 아마 나도 부모를 닮지 않았으면 바로 내다 버렸을걸. 그래서 난 시카가 죽었을지도 모른다고 생각했어. 어떻게 된 거야?"

"늑대가 돌봐 줬어."

"늑대가?"

"응."

"그거 고마운 늑대네……. 하지만 계속 늑대랑 살았던 건 아니지?"

시카는 고개를 끄덕이고 간단하게 검사님을 만나서 마법사의 탑으로 간 걸 설명했다. 로렌스가 갸웃했다.

"왜 얼음탑에 널 데려다준 걸까, 그 사람은."

"글쎄……. 내 상태가 이상해서 그런 게 아닐까?"

"그렇다면 보통 신전으로 데려가지 않아?"

시카는 말문이 막혔다. 한 번도 그런 생각은 해 본 적이 없었다. 검사님은 자신을 얼음탑에 데려다주었고, 자신은 마법에 재능이 있었다.

"신전에 가면…… 내가 죽게 될지도 모르니까……. 나름대로 날 보호해 주려고 그랬던 게 아닐까? 신전이 아니면 내 상태를 봐줄 곳은 마법사들뿐이니까."

시카의 말에 로렌스는 "그런가." 하고 고개를 갸웃했다.

"그래서 쭉 마법사 노릇을 하고 있는 거야. 로리는?"

"나? 나도 별건 없는데. 머리는 좋았으니까, 다들 트라벨 남작가의 후계자 걱정은 없다고 그랬고, 내가 열셋? 열넷쯤 됐을 때 부모가 둘 다 죽어서…… 나이가 어리니까 후견인이 붙겠다고 했지만 내가 거절했지. 그때부터 쭉— 남작가를 맡아서 하고 있는 거야."

"어쩌다가 돌아가신 거야?"

"마차 사고로."

"그랬구나……. 그…… 뒤로 어머니는 괜찮으셨어?"

"어머니? 그 여자를 그렇게 부르는 거야? 그런 호칭을 받을 자격이 없지 않나. 뭐 딱히 부를 이름도 없기는 하지만. 전 트라벨 남작 부인은 괜찮지 않았어. 그 뒤로도 나만 보면 발작을 하지 않나, 날 죽이려고 시도하지 않나."

어휴, 하고 로렌스는 손을 저었다.

정말로 귀찮고 짜증 나는 여자였다. 적어도 얌전히 있어 줬다면 좋았을 텐데, 그렇지도 않고 보는 면전에서 괴물이라고 소리치는데 좋아질 리가 없다.

지나치게 영리한 것도 그 사람에게는 '괴물이라서'라고밖에는 비춰지지 않았다. 비위를 맞추면 조금 나아질까 싶어서 애교를 부려 본 적도 있지만 돌아온 것은 적의였다.

아버지는 그런 자신을 위로했지만, 그도 자신과 거리를 두고 있다는 것쯤은 알고 있었다.

"힘이 발휘된 것도 덕분이었어."

자신이 네 살쯤 됐을 때, 그 여자가 자신을 욕조 안에 밀어 넣었다. 죽는다고 생각하니 생각지도 못한 힘이 솟구쳤다.

그리고 그때야 알았다. 정말로, 그 여자가 거짓말하지 않았다는 걸.

자신은 괴물이라는 걸.

'일종의 해방감마저 들었지.'

괴물이 아니라는 것을 끊임없이 증명해야 하는 삶보다 차라리 괴물인 삶이 훨씬 나았다. 그 뒤로 또 바로 힘이 들어가 버려서 제어하는 데에 고생을 좀 하기는 했지만 십 대 후로는 자유롭게 쓸 수 있었다.

"……."

시카는 멍하니 로렌스의 이야기를 들었다.

"그랬구나……."

그래도 다른 형제는 행복할 거라고 생각했다. 그래서 약간 질투도 했었다. 그럼에도 행복하기를 바랐었다. 그런데 나란히 두고 보니 그렇게 다르지 않은 인생이라 시카는 웃음마저 나왔다.

로렌스가 손가락으로 시카의 반지를 가리켰다.

"그러니까 그거 지금 빼."

"어어?"

놀란 시카가 주먹을 쥐자 로렌스가 손을 뻗었다.

"그런 쓸데없는 제어 장치를 달고 있을 필요가 없잖아. 왜 그런 걸 하는 건지 모르겠어."

"그야 괴물이라고 불리고 싶지 않으니까 그렇지."

시카가 팔을 뒤로 빼자 로렌스가 자리에서 일어나 그녀의 손목을 붙잡았다. 시카가 당황해 소리쳤다.

"잠깐, 잠깐. 뭐하는 거야!"

"손가락 좀 펴 봐. 뺄 거야."

"싫어!"

로렌스가 억지로 손가락을 펴기 시작하자 시카는 이를 악물었다.

펑ㅡ!

작은 소리와 함께 로렌스의 몸이 퉁겨져서 날아갔다. 시카가 지팡이를 붙잡고 씩씩거리며 말했다.

"이게 무슨 짓이야!"

"나도 보여 줬잖아. 시카도 보여 줘. 괴물이라도 상관없어."

눈으로 확인하고 싶었다. 정말로 그녀가 자신과 같다는 걸 확인받고 싶었다. 혼자가 아니라고 확신하고 싶었다.

하지만 시카는 거부하며 소리쳤다.

"난 싫어!"

"왜?"

"싫으니까!"

로렌스는 초조해져서 그녀에게 손을 뻗었다. 시카는 후다닥 뒤로 물러서더니 지팡이를 휘둘렀다. 앗 하는 사이에 그녀의 모습은 사라졌고 로렌스는 멍하니 허공을 보다가 "제길." 하고 바닥을 내리쳤다.

"어째서야……?"

카서스는 갑자기 머리 위에서 기척이 느껴져 피하려다가 상대가 누군지를 파악하고 한 걸음 뒤로 물러서며 팔을 뻗었다. 마치 맞춘 것처럼 시카가 그의 팔 안에 떨어졌다.

"시카?"

시카의 손에서 지팡이가 굴러떨어졌다. 그녀가 양팔로 그를 꽉 끌어안았다. 카서스는 놀라 되물었다.

"시카? 괜찮아?"

시카는 대답 없이 그를 안은 팔에 힘을 줬다. 궁지에 몰리니까 생각나는 얼굴은 카서스뿐이었다.

괴물이어도 상관없어.

그 말은 확실히 '괴물인 사람'에게는 달콤한 말일지도 모른다. 하지만 시카는 괴물이고 싶지 않았다.

그럼 그 말을 해 준 사람은 누구지?

"카서스—"

"무슨 일이야?"

카서스는 당황해 그녀의 모습을 살폈다. 자신을 꽉 끌어안고 있기는 하지만 출혈이 있거나 어딘가 부자연스러운 모습도 없었다. 뼈가 부러지거나 한 것도 아니고……

동생과 이야기하러 간 시카가 갑자기 왜 공중에서 뚝 떨어졌단 말인가.

'아니, 그보다 내 방이었으니 다행이지.'

"카서스, 카서스, 카서스—"

계속 그녀가 이름을 부르며 안아 와서 카서스는 자리를 옮겨 근처 소파에 앉았다. 자세를 바꾸자 좀 더 편하게, 그녀가 덥석 안겨 왔다.

"얼굴 안 보여 주는 거야?"

그가 장난스럽게 물었지만, 시카는 여전히 고개를 들 생각이 없어 보였다. 카서스는 더 묻기를 그만두고 그녀의 등을 부드럽게 쓸어내렸다.

"시카는 괴물 같은 거 아냐."

그 말에 시카가 흠칫하며 퐛 고개를 들었다.

"어, 어떻게—?"

"이래 봬도 눈치는 좋아서."

카서스가 히죽 웃었다.

로렌스에게서 시카가 도망칠 일이 뭐가 있을까? 더해서 이렇게까지 시카가 동요할 만한 일.

'반쯤은 찍은 건데.'

"로리는……"

뭔가 말을 하려다가 시카는 말을 멈췄다. 그녀가 다시 푹 그에게 안겼다. 카서스는 아무 말도 하지 않고 그녀의 등을 느긋하게 계속 쓸어내렸다.

시카는 조금씩 마음이 가라앉는 걸 느꼈다.

'안정된다.'

어떨 때는 한없이 당황스러울 정도로 심장을 뛰게 만들면서, 왜 또 이렇게나 안심이 되는 걸까?

로렌스는 같은 피가 흐르고 있는 가족이다. 그러니까 같은 고민을 하고, 같은 생각을 하지 않을까 생각했었다.

'하지만 아니었어. 당연한가? 그렇구나…….'

동류라고 해서 상대를 이해할 수 있는 것은 아니다.

'인간끼리도 마찬가지니까.'

인간이라고 해서 모두가 모두를 이해하는 것은 아니겠지. 자신과 로렌스 역시 그런 것이고.

"로리는 좋은 애야."

시카가 변명처럼 중얼거렸다. 카서스는 그 말에 눈썹을 치켜올렸지만 그녀는 그의 얼굴을 보지 못했고, 카서스 역시 굳이 정정할 필요는 느끼지 못했다.

아직까지는.

"가족이라는 건 좋아. 받아 줄 상대가 있다는 건 기뻐. 혈연이기 때문에 주고받을 수 있는 애정이 있다는 것도 알아. 하지만—"

시카가 한숨을 내쉬었다. 카서스의 어깨 너머로 손을 뻗어 시카는 반지를 바라보았다.

"그래도 결국은 타인인 거야. 게다가 우리처럼 각각 오래 떨어져 있었던 경우에는 더더욱."

"이해에는 오랜 시간이 필요한 법이니까."

카서스의 말에 시카는 그를 바라보았다. 그의 손은 아직도 천천히 시카의 등을 쓸고 있었다.

"사실 남이나 다름없잖아. 혈연이라는 게 그렇게 대단한가? 같은 피가 흐르고 있을 뿐이고— 물론 그 점이 시카에게는 대단하게 느껴질 수도 있지만. 글쎄. 같은 피가 흐른다고 해서 같은 생각을 가졌다는 건 아니지. 핏줄 같은 건 시간을 오래 들인 인연에 비하면 별거 아냐."

'그러고 보니 카서스는 모친과 사이가 안 좋았었지. 하긴, 그 것과 마찬가진가.'

멍하니 생각하다가 갑자기 시카는 몸을 벌떡 일으켰다.

"시카?"

"아니, 그, 미안합니다."

시카는 넙죽 사과했다. 이성이 돌아오고 나니 이게 무슨 추태인가 싶었다.

'텔레포트로 머리 위로 떨어질 뻔했어!'

게다가 주변이 어디인지도 파악하지 않고, 멋대로 안기고, 상황 설명도 하지 않고—

카서스가 완전히 질린 게 아닐까?

카서스는 자신의 손가락을 바라보며 꼼지락거리다가 말했다.

"이리 와."

"어? 어?"

"아까처럼, 이리, 이리."

휙휙 손바닥을 까닥거리며 하는 말에 시카는 슬금슬금 그에게 다가갔다. 한 대 때리기라도 하려는 걸까. 지금 자신의 행동은 아무리 생각해도 비상식적인 짓이었다.

그의 근처까지 다가가자 카서스가 "더 오라니까?" 하고 말했고 시카는 "더 어떻게……." 하고 중얼거렸다. 카서스가 가볍게 혀를 차고 그녀의 허리를 잡아당겼다.

"왁?!"

이상한 소리를 내며 시카는 그에게 반쯤 쓰러졌다.

"카서스?"

"시카는 허리도 가늘지."

"히엑?"

손가락이 부드럽게 타고 올라와서 시카는 숨을 삼켰다.

"얼굴은 어린애 같은데 가슴도 크고─ 그래서 스물다섯이라고 해도 금방 납득했다니까."

그 말에 시카는 멍하니 카서스를 내려다보았다. 잠깐, 지금 이 사람 뭐라고 한 거야?

"그러니까 충분히 이득?"

"~~~!"

시카는 얼굴이 확 달아오르는 걸 느꼈다. 말이 나오지 않았다. 그녀는 옆의 쿠션을 집어 들어 카서스의 얼굴을 있는 힘껏 눌렀다.

"윽, 잠깐—"

"죽어! 성희롱범 따위는 이 세상에서 사라져 주세요!"

"죽어, 라니. 먼저 안긴 건 그쪽— 아야, 잠깐. 그만 눌러—"

소파에 쓰러진 카서스를 시카는 있는 힘껏 눌렀다. 얼굴이 화끈거렸다. 아니 얼굴이 아니라 목까지 화끈거리는 것 같다. 쿠션에 눌린 카서스는 '으음, 이거 좀 곤란하네.' 하고는 그대로 축 늘어졌다. 시카는 깜짝 놀라 쿠션을 들었다.

너무 눌러서 질식했나?

"카서스?!"

카서스가 그녀의 팔을 잡아당기며 반대쪽 어깨를 밀었다. 간단한 동작으로 시카와 카서스의 위치가 뒤바뀌었다.

"그 정도 힘으로 누른다고 질식하지 않아."

카서스가 히죽 웃으며 말했다. 웃었다가 카서스는 "아." 하고 말했다.

"시카, 새빨개."

"카서스가 놀리니까—"

시카가 팔로 얼굴을 가렸다. 카서스가 그녀의 손목을 잡았다. 가늘다. 잡고도 손이 남는다.

"얼굴 보여 줘."

"싫, 어."

시카는 버둥거렸지만, 카서스는 간단하게 그녀를 제압했다. 마법을 쓰지 않는 이상 육체적으로는 그의 상대가 되지 않는다. 별로 힘을 쓰지도 않으며 카서스는 시카의 팔을 밀었다. 시카는 휙 고개를 돌렸다.

힐끗 바라본 카서스의 얼굴에는 웃음기가 전혀 없었다. 화나 있는 것 같지도 않았다.

"시카."

시카는 눈을 질끈 감았다.

이게 다 저 사람 얼굴, 얼굴 때문이야.

애써 변명하지만 심장에는 소용없었다.

"시카."

다시 그가 자신의 이름을 부른다.

목소리가 몸에 달라붙는 것 같다는 감각은 이런 거구나.

"시카 울프."

카서스의 손가락이 천천히 시카의 뺨에 닿은 그녀의 머리카락을 쓸어 넘겼다. 만지는 곳마다 불이 붙는 것 같은, 아니 짜릿한 느낌에 시카는 몸을 움츠렸다. 그의 손가락이 천천히 귀 뒤로 머리카락을 넘기고 거기서부터 목덜미 선을 쓸며 내려왔다.

카서스가 몸을 숙였다.

"시카, 눈 안 뜰 거야?"

뜰 수 있을 리가 없잖아!

마음속으로 소리를 지르며 시카는 눈을 더 꽉 감았다.

"안 뜨면 더 만진다?"

시카는 붕붕 고개를 저었다. 여전히 눈은 감은 채였다.

"흐음— 그렇다면야."

카서스의 손이 목덜미를 지나 쇄골을, 어깨를 부드럽게 쓰다 듬듯이 내려왔다. 그의 손가락이 그녀의 팔을 쓸어내린다.

손가락으로 팔을 만지는 것뿐인데도, 전신에 소름이 돋았다.

"카, 서스—"

그만하라고 하는 말은 헐떡여져서, 어쩐지 더 유혹하는 것처럼 들렸다. 팔 안쪽의 부드러운 살을 엄지로 쓸고, 손목까지 내려온 손가락이 소매 안으로 미끄러져 들어왔다.

"시카."

그가 한 번 더 이름을 불렀다. 시카는 심장이 터질 것 같았다.

"그만—!"

눈을 뜨자, 코앞에 그의 눈동자가 있었다.

예쁜 연녹색.

웃는 것도 아니고, 놀리는 것도 아니고, 보석 같다고 생각한 눈동자는 전혀 보석 같지가 않았다. 불꽃이 그 안에 있었다. 똑바로 바라보는 눈 안쪽에는 뭔가, 다른—

시카는 눈을 내리깔았다가 다시 그를 바라보았다. 그리고 눈을 감았다. 카서스가 부드럽게 입술을 겹쳐 왔다.

쿵쿵쿵.

'심장 소리 다 들리겠어! 하지만 기분 좋은걸—'

전과는 전혀 다른 키스였다. 부드럽고, 녹아 버릴 것 같아. 입술을 거듭해서 겹치는 걸로 어째서 누워 있는데도 공중에 떠 있는 것 같은 기분이 드는 걸까.

소파라던가, 누워 있다던가, 다른 모든 것은 사라져 버리고 카서스만이 뚜렷하게 느껴진다. 가볍게 입술이 닿았다가 떨어졌다가 다시 무는 듯한 가벼운 버드 키스.

이거라면 숨도 쉴 수 있다.

이성이 날아가거나, 생각을 못 하게 된다거나, 그런 게 아니라—

카서스의 냄새가 좋다거나, 붙잡고 있는 손이 단단하다거나, 닿아 있지 않은 곳에서도 그의 체온이 느껴졌다. 눈을 감고 있는데도 어째서인지 더 잘 그를 느낄 수 있었다.

그가 키스를 멈췄을 때는 아쉬운 기분마저 들었다.

"시카, 시카 울프."

카서스가 불러 주는 이름은 어딘가 간지러운 느낌.

'이러다가 좋아한다는 거 들키겠어.'

시카는 고개를 돌리며 있는 힘껏 그를 밀어냈다. 그래 봐야 시카의 힘으로 밀었다기보다는, 카서스가 순순히 밀려 줬다는 느낌이었지만.

"나, 난 좋아하는 사람 있으니까—"

어떻게든 변명하지 않으면 안 될 것 같아, 시카는 최악의 변명을 꺼냈다.

"―그렇지."

숨을 삼키듯, 아니면 내뱉듯 카서스는 한 박자 쉬고 대답했다. 카서스는 희미하게 떨리는, 자신을 밀어내고 있는 시카의 손을 붙잡았다.

"하지만 지금은 없잖아."

"그건, 그렇지만―"

"시카."

카서스가 다시 그녀를 불렀다. 시카가 어깨를 움찔했다. 그가 속삭였다.

"눈 떠. 네 눈이 보고 싶어."

유혹하는 듯한, 달콤한 목소리. 내가 좋아하는 사람의 목소리. 거부할 수도 없었고, 이유도 없었다. 시카는 천천히 눈을 떴다.

'어?'

시카는 몸을 벌떡 일으켰다. 카서스가 재빠르게 상체를 뒤로 빼지 않았다면 서로 이마를 박았을 거다.

"시카?"

"카서스, 아니, 그게―"

체념, 상처, 그런 얼굴이었는데.

일어나 보니 그의 얼굴은 멀쩡해서 시카는 자신이 잘못 읽었다고 생각했다. 그녀가 어깨를 늘어트리고 속삭이듯 말했다.

"놀리는 건 그만해."

"놀리는 거 아닌데."

"하지만, 이렇게 키스하고……."

"기분 나빴어?"

그 질문에 시카는 으으 하고는 사실대로 말했다.

"기분 나쁘지 않았어."

"그럼 사귈까?"

"어? 하지만—"

카서스는 그런 거 싫어하잖아?

"그래, 넌 좋아하는 사람이 있지. 그러니까, 세컨드로 어때?"

"뭐?"

시카가 눈을 동그랗게 뜨자 카서스가 웃으며 그녀의 입술을
누르듯 가볍게 키스하고 말했다.

"첫 번째로 그 사람을 좋아해도 좋아. 하지만 두 번째 자리는
내가 하지. 어때?"

"자, 장난치지 마."

"장난 아닌데."

"하지만 두 번째라니—"

"어쩔 수 없잖아? 시카의 첫 번째는 그 사람이니까."

시카는 카서스의 말이 농담인지 아닌지 알아내기 위해서 그
를 빤히 바라보았다. 카서스는 웃으며 말하고 있었지만, 농담을
던지는 것 같지는 않았다.

"농담이라면, 지금이 '농담이었어.'라고 말할 타이밍이야, 카서스 리안."

시카가 진지하게 하는 말에 카서스의 얼굴도 따라 진지해졌다.

"농담 아냐."

"그러니까, 사귀지만, 두 번째라도 괜찮다고?"

"그래."

카서스는 어깨를 으쓱했다. 시카는 뭐라고 대답해야 할지 알 수가 없었다. 아니, 그 전에 혼란스러웠다.

두 번째라고?

"왜?"

저도 모르게 나온 질문에 카서스는 태연하게 대답했다.

"사귀자고 하는 데 다른 이유는 없잖아?"

좋아하니까 사귀자고 하는 거다.

카서스의 대답은 간결했다. 하지만 시카는 여전히 해소되지 않는 의문을 내뱉었다.

"하지만, 좋아하면 두 번째 같은 걸 말할 이유가……."

좋아하면 그 사람의 최고가 되고 싶지 않나? 지금의 자신이 카서스에게 그렇게 되고 싶은 것처럼 말이다.

'아, 그건가?'

시카는 멍하니 생각했다.

그쪽이 부담되지 않으니까?

두 번째라면 그렇게 많이 좋아하지 않아도 괜찮으니까?

시카는 '두 번째라도 좋으니까 사귀어 달라고 할 만큼 날 좋아한다.'라는 선택지는 생각하지도 못했다.

시카의 얼굴은 혼란으로 가득 차 있었고 그 얼굴을 보며 카서스는 한숨을 삼켰다.

'이거 꽤 비참한데.'

가볍게 말하는 편이 좋겠지.

시카는 그 검사인지 뭔지 하는, 그녀를 데려다가 얼음탑에 팽개쳐 두고 그 뒤로 얼굴 한 번 보지 않은 개새끼를 좋아한다. 하지만 그렇다고 그녀가 자신을 싫어하는 건 아니었다.

시카가 자신을 좋아한다는 건 알 수 있었다.

하지만 둘 중 한 명을 고르라고 하면 누구를 고를까? 거기에 카서스는 자신이 없었다. 그렇다면 두 번째라도 어떤가?

어차피 지금 그 자식은 없고, 꽤 오랜 시간이 지났으니까 지금쯤 어딘가에 죽어 나자빠져 있을지도 모르지. 그래, 그럴 가능성이 크다.

그러면 두 번째라도 그녀의 첫 번째나 다름없잖아?

아, 그런데 이거 진짜 비참하네.

처음으로 이런 식으로 사람과 닿고 싶다고, 깊은 관계가 되고 싶다고 생각했다.

십수 년간 계속, 사람과 깊은 관계를 맺는 걸 피해 왔는데, 처음으로 맺고 싶다고 생각한 상대의 세컨드라니.

"하지만—"

시카는 입을 열었다가 다물었다. 초조함을 느끼며 카서스가 그녀의 손등에 키스하고 말했다.

"더 애걸하게 만들 거야?"

"애걸이라니······. 카서스는 그걸로 괜찮은 거야?"

"그래."

"하지만, 하지만."

시카는 더듬더듬 입을 열었다.

"카서스는 싫어하잖아."

"뭐?"

"사람이랑 이렇게 얽히는 거 싫어, 한다고."

"맞아. 안 좋아해."

"그럼 대체 뭐야?"

시카는 저도 모르게 목소리가 날카롭게 나왔다. 카서스의 손이 그녀의 뺨을 감쌌다. 그의 손은 단단한 굳은살도 많고 거칠었지만 뜨거웠고, 기분 좋았다.

"하지만 너랑은 얽히고 싶어."

시카의 눈이 둥그레졌다.

"자유로운 걸 좋아해. 하지만 너에 대해서 자유로운 건 싫어. 권리는 책임과 동반되는 거라서."

카서스는 가볍게 숨을 내쉬었다.

"너에게 묶이고 싶어. 내게 목줄을 채워 줘."

야생의 늑대도 좋지. 자유로운 것도 좋아.

하지만 목줄을 채우지 않고서 네 집에 들어갈 수 없다면, 어쩔 수 없지.

아니, 어쩔 수 없다기보다는 '얼른 채워. 너에 대한 권리를 주장하게.'라고 해야 하나.

"그래 봐야 뭐, 두 번째지만. 적당히 좋잖아?"

웃으며 카서스가 말하자 시카의 눈에서 눈물이 후두둑 떨어졌다. 마치 눈물샘에 모아 뒀던 눈물이 터지기라도 한 것처럼 말이다.

"시카?!"

"카서스는 바보 멍청이."

시카는 허윽, 허윽 하고 울며 말했고 카서스는 곤란한 얼굴로 말했다.

"울지 마. 거절해도 상관없어. 그래도 우리는 계속 파트너일 거고―"

"사귀자."

시카는 대답했다.

두 번째라도 좋다면, 그래 사귀자.

난 카서스를 좋아하니까, 카서스가 언제나 첫 번째겠지만. 카서스가 두 번째인 게 편하다면 그걸로도 괜찮아.

시카는 그렇게 생각하고 피식 웃었다.

'아니, 좋아하는 건 내가 더 좋아하는데 어째서 내가 주도권을

잡은 듯한 모양새일까?'

하지만 너무 좋아한다는 걸 티내면, 카서스는 부담스럽겠지.

어디까지 가까이 가도 되고, 어디까지가 아닌 건지 시카로서는 거리를 가늠할 수가 없었다.

카서스가 그녀의 어깨를 잡아 소파에 눕히며 물었다.

"그런데, 두 번째는 어디까지 괜찮아?"

"응?"

"키스는 해도 되고, 그러면— 그다음은 어디까지 가도 돼?"

"다음, 힉—?!"

시카가 소리를 내며 어깨를 움츠렸다. 카서스의 손이 부드럽게 옆구리를 쓸고 셔츠 안으로 미끄러져 들어왔다.

"카, 카서스?"

"되는 데까지 말해 줘."

말하라고 해도?

시카가 혼란에 빠진 사이 카서스는 착실하게 손을 움직였다. 그냥 등을 어루만지는 것뿐인데 위로할 때와는 완전히 느낌이 달랐다.

"앗—"

카서스가 그녀의 귓바퀴를 가볍게 물자 저절로 소리가 나왔다.

"귀가 약해?"

속삭임에 시카는 휙 고개를 돌렸다. 심장이 다시 미친 듯이 뛰기 시작했다.

뭐야? 뭐야? 지금 뭐가 일어나고 있는 거야?

카서스가 그녀의 눈물자국을 가볍게 핥았다. 시카가 카서스
의 어깨를 붙잡았다. 카서스는 잠깐 동작을 멈췄다. 하지만 그
녀는 밀어내지도 않았고, 잡아당기지도 않았다.

'그럼 진행해도 된다는 이야기렷다.'

카서스는 편한 대로 해석하고 그녀의 목덜미에 입술을 묻었
다. 부드럽고 좋은 냄새가 났다. 그의 손이 셔츠 단추를 풀기 시
작했고 그의 입술이 목덜미에서 쇄골로, 쇄골에서 윗가슴으로
내려왔다.

시카는 숨을 헐떡였다. 속옷 위로 카서스가 부드럽게 그녀의
부푼 가슴을 어루만지며 속삭였다.

"그럼 벗겨도 돼?"

"카서스……."

시카는 대답 대신 그의 이름을 불렀다. 흐느끼듯 그 이름이 나
왔다.

배 속이 짜릿해져 왔다. 열기가 아랫배에 몰렸다. 부끄럽고,
창피해서 죽을 것 같은데, 그 이상으로 기분이 좋아.

만져 주는 건 창피한데, 기분 좋고, 뜨거운 손은 안심이 되면
서도 도망치고 싶다.

모순된 감정 사이에서 시카는 갈팡질팡하며 카서스의 팔을
붙잡은 손에 힘을 주었다.

카서스는 별다른 노력이나 헤매는 일도 없이 그녀의 윗 속옷을 손쉽게 벗겨 냈다. 뽀얀 가슴이 고스란히 드러났다. 분홍색 젖꼭지가 자신을 향해 빳빳이 서 있는 모습을 보다가 카서스는 허기를 느끼며 그녀의 가슴을 빨아들였다. 혀가 닿자 시카는 전신을 움츠렸다.

"앗, 아—"

입에서 저절로 달콤한 소리가, 자신의 목소리 같지 않은 교태를 담은 소리가 나와서 시카는 입술을 깨물었다. 그러자 카서스의 손가락이 그녀의 입술을 누르듯 갈랐다.

"목소리 듣고 싶어."

완전히 탁해진 카서스의 목소리에 시카는 침을 삼켰다. 그녀는 있는 힘껏 그를 밀어냈다.

"카서스—!"

잠깐 동안, 시카는 카서스가 꿈쩍도 하지 않을 거라 생각했다. 하지만 카서스는 느리게 몸을 일으켜서 그녀가 미는 대로 밀려 주었다.

시카는 숨을 몰아쉬며 자신의 앞섶을 움켜쥐었다.

"처, 처, 첫날부터 이건—"

눈앞이 빙글빙글 돌고 열이 나는 것 같았다. 카서스는 자리에서 일어나 옷걸이에 걸린 자신의 재킷을 시카에게 던져 주고는 그대로 화장실로 들어가 버렸다.

'뭐야.'

시카는 멍하니 소파에 앉아 있다가 울컥 화가 나는 걸 느꼈다.

'자지 않는 나는 필요 없다는 거야?'

소파에서 일어나려고 했는데 다리에 힘이 들어가지 않아 그대로 시카는 앞으로 굴러떨어졌다.

"아야야……."

심장이 아직도 두근거리고 있었다. 시카는 자신의 셔츠를 내려다보았다. 왜 카서스가 재킷을 던져 줬는지 알 수 있었다.

단추를 풀었다고 생각했는데 지금 보니 거의 뜯어냈나 보다.

'몰랐어.'

게다가 울긋불긋한 흔적들이 보여서 시카는 다시 얼굴이 새빨개졌다.

'이, 이거 그거지.'

로맨스 소설에서 본 적 있다. 키스 마크.

어떻게 생기나 궁금해서 스스로 팔에다가 만들어 본 적도 있다. 하지만 팔이 아니라 가슴과 쇄골에 새겨진 마크는 전혀 다른 느낌이었다. 게다가 이걸 만들려면, 음. 그래, 카서스가 그렇게 했지.

시카는 부끄러움에 그대로 바닥에 푹 엎드렸다.

'카서스야 익숙하니까―!'

사귀면 바로 그날 이렇게 하는 건가?

그에게는 그런 걸지도 모른다. 하지만 난 아니란 말야. 난 초보라고. 초보의 마음을 좀 알아주면 어디가 덧나나?

아까 같은 가벼운 키스만으로도 이미 가득 찬 것 같은데.

"카서스 바보 멍청이."

중얼거리는데 머리 위에서 목소리가 들렸다.

"미안하네요, 바보 멍청이라."

시카가 고개를 번쩍 들었다. 언제 나왔는지 카서스는 약간 피로한 얼굴로 자신을 내려다보고 있었다. 시카는 고개를 팩 돌렸다.

"시카?"

시카는 대답하지 않고 입술을 꾹 다물고 있었다. 카서스가 그녀의 앞에 앉아서 시선을 마주 보며 말했다.

"싫었어?"

그 말에 시카는 그를 바라보았다가 고개를 저었다.

"그럼 무서웠어?"

시카는 역시 고개를 저었다.

무섭다니. 전혀 무섭지 않았다. 자신이 원한다면 카서스가 바로 멈춰 줄 거라는 것 정도는 알았다. 카서스가 자신을 해치지 않을 거라는 것도 알고 있었고.

"카서스는 내가 싫어졌어?"

"아니."

"그럼 왜 내팽개치고 간 거야?"

시카는 마지막 말에서 울먹이지 않으려고 애썼다.

"어, 조금 진정할 시간이 필요해서?"

카서스의 목소리에 약간의 당황이 섞였다.

"진정할 시간이라면 나도 필요해. 하지만 카서스가 같이 있어 주면 좋겠어."

"아니, 네 옆에 있으면 진정이 안 되지."

"왜?"

카서스는 잠시 생각에 잠겼다가 말했다.

"시카."

"응?"

"시카가 본 연애 소설 말야. 거기에 같이 자는 거 뭐라고 나와?"

시카는 이게 뭔 질문인가 싶었지만 성실하게 대답했다.

"겨, 결혼하고 침대에서 키스하고…… 서로 어루만지고…… 자는 거지……."

뒤쪽을 말할 때는 얼굴이 빨개졌다.

"그래, 자는구나."

"이튿날 아침까지."

"그래, 아침에 새가 짹짹하고? 둘이 한 침대에서 눈 뜨고?"

"응."

시카가 고개를 끄덕이자 카서스는 손으로 얼굴을 눌렀다.

"왜? 뭔가 잘못됐어? 왜 그러는데?"

시카의 물음에 카서스는 손을 내리고 웃어 보였다.

"아니, 아무것도 아냐. 알았어."

그가 손을 뻗어 시카를 가볍게 안아 올렸다. 그가 파티션 뒤쪽에 그녀를 내려놓고 말했다.

"옷 갈아입고 나와."

"응."

시카는 고개를 끄덕였다. 카서스는 잠시 천장을 바라보았다가 한숨을 삼키며 고개를 숙였다.

'이건 생각도 못 한 맹점인데.'

자신은 용병이었고, 주변의 여성들은 당연히 귀족집 아가씨가 아니었다. 그러다 보니 카서스는 상대방이 무지할 거라고는 생각도 못 했다. 게다가 시카는 마법사고, 세상물정을 모르기는 하지만 책도 많이 읽었을 거고, 음⋯⋯음⋯⋯.

'아, 그런데.'

카서스는 웃음이 치밀어 오르는 걸 억눌렀다. 이런 걸 음험한 즐거움이라고 해야 하나? 시카가 모른다는 게 즐겁다는 것이?

두 번째지만, 첫 번째지.

그리고 세 번째를 만들 예정은 없다. 시카의 감정과는 상관없이 카서스는 그렇게 정했다. 지금 자신이 두 번째라는 것도 매우 양보한 거다.

파티션 너머에서 그가 그런 생각을 하고 있는 동안 시카는 가방에서 옷을 꺼내 갈아입었다.

'빨리 새 옷이 나왔으면 좋겠다.'

카서스와 있을 때는 예쁜 차림으로 있고 싶은데, 가지고 있는 옷들은 다 영 아니다. 시카는 속옷도 갈아입었다. 왜인지 팬티가 축축해서 부끄러웠다. 옷을 가지고 고민하다가 시카는 결국 예전에 카서스가 사 줬던 긴 팔을 꺼내 입었다.

옷을 갈아입고 시카는 생각을 정리했다.

파티션 뒤에서 나오자 카서스가 시카를 보고 싱긋 웃었다.

"그 옷 덥지 않겠어?"

"괜찮아."

말하고 시카가 손을 들었다.

"나 할 말 있습니다."

"뭔가요."

"카서스는 익숙할지도 모르지만, 난 이렇게 누군가와 사귀고 그런 거 처음이야. 그러니까 익숙하지도 않고……. 그러니까 진도는 나에게 맞춰 주면 좋겠어."

"나도 누군가를 사귀는 건 처음이야."

카서스가 부드럽게 대꾸했다. 그 말에 시카는 "정말?" 하고 되물었고 그는 고개를 끄덕였다.

"정말."

"하, 하지만 카서스는 익숙해 보이고……."

"전혀 익숙하지 않은데? 익숙했으면 거기서 시카를 눕히지 않았을 거라고 생각해."

시카는 저도 모르게 소파로 시선을 줬다가 얼른 다시 카서스에게로 시선을 돌렸다.

"하지만 난 다 처음인데…… 카서스는 키스도 익숙하고, 이, 이것도 엄청 기분 좋게 하고."

그 말에 카서스는 웃음을 터트렸다.

"그런 말이 더 남자를 자극하는데. 순진한 얼굴로—"

카서스가 가볍게 그녀의 뺨을 잡아당겼다가 속삭였다.

"내 비밀 하나 말해 줄까?"

시카는 망설임 없이 고개를 끄덕였다.

"내 별명, 알지?"

"키서."

"맞아. 아, 나 그 별명 진짜 싫어하는데."

"왜? 키스를 잘해서 붙은 거라며."

"누가 그래?"

"피오나가……."

그녀를 생각하니 갑자기 우울해져서 시카는 말끝을 흐렸다.

"그거 사실 아냐. 걔도 참 별 이야기를 다 꾸며내는군."

그 말에 시카가 고개를 반짝 들었다.

"정말?"

"그래. 그 별명은 남부 이민족 언어야. 그러니까 키스랑 전혀 관계가 없어."

"무슨 뜻인데?"

"순결하다는 뜻이지."

동정이라는 단어를 말할 수 없어, 그는 슬쩍 뜻을 돌렸다. 카서스의 말에 시카는 멍하니 그의 얼굴을 바라보다가 소리쳤다.

"거짓말!"

"아냐, 진짜야."

왜 이런 걸로 거짓말을 하겠니?

"그러니까, 카서스. 한 번도? 그러니까―"

"그래."

카서스는 한숨을 내쉬며 말했다.

"왜? 하지만 카서스는 인기도 좋고―"

"맞아. 노는 것도 좋아해. 하지만 난 사생아잖아?"

카서스는 가벼운 어조로 말했지만 시카는 진지한 얼굴이 되었다. 그가 그녀의 얼굴을 보고 살짝 미소 짓고 말했다.

"사생아의 인생은 그렇게 좋은 게 아니어서. 그리고 난 그런 준비도 되지 않았어. 그렇다면 가장 좋은 방법은 하지 않는 거지."

그의 대답은 간단했다.

여자랑 키스하는 것도, 손장난하는 것도 좋지만 그는 결코 끝까지 가지 않았다. 그냥 거기까지였다.

깊은 육체적 관계는 감정적인 관계로 이어지기 마련이다. 물론, 그렇지 않은 사람도 있고 성욕을 소모하는 방식 중 하나로 택하는 사람도 있지만 '아이'가 생길 가능성은 언제나 있다.

피임하면 된다지만, 만에 하나라면? 아니면 상대가 '아이'를 무기로 자신을 잡으려 한다면?

그래서 카서스는 아예 관계를 가지지 않았다.

게다가 무엇보다도, 그렇게까지 좋은 사람도 없었다. 기본적으로 잘 노는, 경박한 사람이라는 꼬리표를 위해서 애쓰기는 하지만 거기까지였다.

몸을 겹칠 만큼 친밀한 관계라니.

생각만 해도 소름이 돋는다.

그걸 안 사람이 그런 별명을 붙여 준 거고 말이다.

시카가 멍하니 카서스를 보다가 더듬더듬 말했다.

"저기, 카서스."

"응?"

"나 기분 좋다고 하면 이상한가?"

"뭐?"

"그게, 엄청 기뻐. 그, 그런데 처음인데 카서스는 왜 그렇게 잘하는 거야?"

"중간까지는 경험이 있어서?"

"?"

혼란에 빠진 얼굴로 자신을 바라보는 시카를 보고 카서스는 웃었다. 그가 가볍게 그녀의 뺨에 키스하고 말했다.

"하여간 그래. 천천히 가자."

실컷 간질간질하고, 설탕처럼 달콤하고, 한없이 날아오를 것 같은 연애를 하자.

시카는 활짝 웃으며 그에게 안겼다. 카서스가 한숨을 내쉬고 그녀의 등을 쓸어내리며 덧붙였다.

"하지만 너무 천천히는 말고."

"응."

대답하고 시카는 머뭇거리다가 몸을 빼며 말했다.

"그리고 고마워. 덕분에 용기가 생겼어."

카서스가 고개를 갸웃하자 시카가 한숨을 내쉬었다.

"로리 말이야. 이렇게 도망쳐 오면 안 됐는데……."

그 문제만 되면 마치 눈앞에 누가 횃불을 들이댄 야생동물처럼 펄쩍 뛰듯이 반응하고 만다. 과민 반응이라는 건 자신도 알고 있다. 하지만 알고 있다고 해서 고칠 수 있는 것도 아니다.

"다시 제대로 이야기해 볼래."

"그래."

카서스는 그녀의 머리카락을 손가락으로 쓸어 넘기며 조용히 대답했다. 시카가 숨을 크게 들이켜고 말했다.

"그리고, 그리고—"

"응."

"가능하면, 혹시 내가 반지를 빼면— 빼지 않을지도 모르지만, 하여간 만약에 그러면……."

"옆에 있을게."

시카는 그 말에 고개를 끄덕였다. 로렌스가 제어할 수 있다면 자신도 제어할 수 있지 않을까? 그러면 이렇게 불안해하지 않아도 되지 않을까?

"그런데 시카."

카서스가 조용히 그녀에게 물었다.

"왜 그 모습으로 변했을 때 괴물이라고 생각하는 거야?"

"그야 괴물이니까……."

시카가 무슨 소리를 하는 거냐는 듯이 물었다. 카서스가 갸웃하고 되물었다.

"그때 자신의 모습을 본 적 있어?"

시카는 고개를 저었다. 흐르는 시냇물에 비춰 본 정도밖에 없지만, 잘 보이지 않았다. 카서스는 "그렇구나." 하고 힘주어 말했다.

"변했을 때 시카도 아주 예뻐."

그건 상상 이상의 말이라 시카는 "어?" 하고 얼빠진 소리를 냈다. 카서스가 히죽 웃으며 말했다.

"정말로, 진짜 예뻐."

"하지만 다들 괴물이라고 그랬는데……."

"그 사람들 눈이 어떻게 됐나 보지."

게다가 편견을 가지면 그렇게 보인다. 펄럭이는 흰 천이 한밤중에는 거대한 유령으로 보이는 게 사람의 시각 아닌가?

'생각해 보니.'

시카는 로렌스를 떠올렸다. 그도 머리카락과 눈 색만 변했을 뿐, 다른 게 변하지는 않았다. 괴물처럼 보이지도 않았고.

자신도 그 정도인 걸까?

아니면 조절하면 그렇게 할 수 있는 걸까?

갑자기 마음속에서 희미한 희망이 솟아올랐다.

'반지가 없어도 괜찮을지도 몰라.'

그게 없어졌을까 봐 불안에 떨지 않아도, 매일매일 무의식적으로 반지를 찾지 않아도. 무엇보다도 언제 그 힘이 흘러넘칠까 불안해하지 않아도 된다니.

"나, 해 볼래."

시카는 힘주어 말했다가 슬그머니 덧붙였다.

"일단 로리와 좀 더 이야기를 해 보고서……."

카서스가 그녀의 말에 조심스럽게 물었다.

"트라벨 남작도 너와 비슷한 거야?"

시카는 카서스의 질문에 어떻게 대답을 해야 할까 알 수가 없어졌다. 그녀가 대답하지 않고 우물거리자 카서스가 손을 들고 말했다.

"됐어. 그걸로 충분해."

시카의 반응으로 봐서 로렌스도 그녀와 같은 '약점'을 가졌을 가능성이 높았다. 아마 확실하겠지.

'좀 더 파 보는 게 좋겠어.'

기분 나쁜 촉이 카서스의 목덜미를 툭툭 건드렸다.

1. 장막을 찢고 마수를 부르는 자가 있음.

2. 그자가 마수와 인간을 합성하는 것 같음.

3. 마수와 관련 있는 인간이 있음.

4. 그 인간이 외곽으로 자주 돌아다니지만, 뒤를 쫓을 수
가 없었음.

가리키는 방향이 너무 뚜렷해서 기분 나쁠 정도였다.

물론 전혀 상관없는 일일 가능성도 있다. 하여간 조사는 해
봐야 할 일이다. 카서스는 일리생 후작에게 이 일을 알려야겠다
고 생각했다.

'그런데 문제는.'

로렌스가 그 일과 연관되어 있고, 그의 출생에 대해서 밝혀지
면 시카 역시 주목받을 것이다. 카서스 자신은 꿈도 꾸지 않을
일이지만 범인의 자리에 로렌스 대신 시카를 끼워 넣어도 맞아
들어간다.

심지어 시카는 마법사다.

최대한 조용히 증거를 모으는 것이 좋을 터였다.

"카서스, 나 로리에게 돌아가 볼래."

"뭐?"

카서스가 그녀의 팔을 붙잡았다.

"왜?"

그의 목소리에 날이 섰고 시카는 의아한 듯 그를 보며 말했
다.

"하지만 갑자기 눈앞에서 순간 이동으로 도망쳤잖아. 가서 제대로 사정을 설명해야지. 아니면 갑자기 그냥 사라진 걸로 보일 테니까……."

시카의 설명은 합리적이었고, 반대할 명분도 없었다.

"알았어. 하지만 같이 가자."

"괜찮아. 마법으로 얼른 다녀올게."

웃으며 말하고 그녀는 카서스가 붙잡기도 전에 사라져 버렸다. 카서스는 쯧 혀를 찼다. 재킷을 챙기고 그는 바로 여관을 나섰다.

목적지는 당연히 트라벨 남작가였다.

* * *

시카는 조심스럽게 컵을 로렌스에게 건넸다. 로렌스는 붉어진 눈으로 컵을 받아 들었다. 시카가 다시 한 번 사과했다.

"미안해. 그렇게 사라지는 게 아니었는데."

"시카가 날 버린 줄 알았어. 내가 그런 모습을 보여서."

"아냐! 그럴 리가 없잖아!"

시카가 소리쳤다.

순간 이동으로 다시 로렌스의 방으로 돌아와서 본 것은 울고 있는 로렌스였다. 그런 그를 보자 시카는 죄책감이 물밀듯이 밀려들었다.

"정말? 안 떠날 거야?"

로렌스의 물음에 시카는 힘껏 고개를 끄덕였다.

"당연하지. 로렌스와는 남매인걸."

그 말에 로렌스가 활짝 웃었다. 그걸 보니 시카는 어쩐지 찡해졌다. 게다가 이렇게 보니 자신과 닮은 부분도 있는 것 같다.

'남매는 남매구나.'

시카가 자신이 괴물이라는 것에서 도망쳤다면, 로렌스는 정면으로 그걸 받아들인 것일 터.

그렇게 생각하니 남동생이 대단하게 느껴졌다.

"나도 반지를 빼 보려고."

시카의 말에 로렌스가 반색했다.

"정말?"

"응. 아, 하지만 지금은 아니야."

말하고 시카가 가볍게 웃었다. 로렌스는 그런 그녀를 빤히 보았고 시카가 손을 저으며 말했다.

"아니, 로리 때문에 웃은 건 아냐. 그게 아니라, 음, 카서스가—"

변한 나도 예쁘다고 했다고, 하는 말을 직접 하는 건 어려웠다. 로렌스가 빤히 그런 그녀를 바라보다가 물었다.

"시카랑 그 사람 많이 가까운가 봐?"

"응?"

"방랑자 카서스 리안."

"어? 어어."

시카는 얼굴을 붉히며 수긍했다. 사귄다고 이야기해야 하는 걸까? 하지만 어딘지 실감이 나지 않아서…….

내가 카서스와 사귄다니.

그것도 카서스가 두 번째다.

새삼 생각하니 어처구니가 없는 일이었다. 카서스는 자신이 두 번째라고 말했지만, 시카에게는 꼭 자신이 두 번째인 것처럼 느껴졌다.

카서스의 첫 번째는 자유. 그리고 두 번째가 연인인 자신이겠지.

하지만 그걸로도 괜찮다.

얼굴을 붉힌 시카를 본 로렌스의 눈이 가늘어졌다. 불쾌감이, 분노가 마음속에서 똬리를 틀고 올라온다.

그녀는 자신의 것인데.

처음 배 속에서 같이 태어났을 때부터 그녀는 자신의 반쪽이었다. 영원한 짝이었다.

서로가 서로에게 유일무이한 완벽한 한 쌍이다.

'그런데 감히.'

인간 따위가.

"나는, 시카밖에 없는데."

저절로 목소리가 흘러나왔다. 시카는 그 말에 조심스럽게 손을 뻗어 로렌스의 머리카락을 쓰다듬었다.

"그런 슬픈 소리 하지 마. 로리에게도 좋은 사람들이 많이 있을 거야."

"슬퍼? 슬프지 않아."

로렌스는 그렇게 말하며 시카의 손을 잡았다.

"평생 정말 소중한 거 하나 없이 살아가는 사람도 많아. 진짜 자신의 반쪽을 찾지 못하는 사람이 수두룩해. 다들 적당히 눈을 가리고 '이쯤이면 괜찮아.' 하면서 살아가. 그런데 나에게는 무엇과도 바꿀 수 없는 소중한 사람이 있어."

목소리에 점점 더 열기가 더해졌다.

"그러니까 난 시카로 충분해."

단호한 말에 시카 역시 단호하게 대꾸했다.

"그건 안 돼."

"어째서?"

"사람의 관계는 여럿이어야 건강한 거야. 난 로렌스의 누나지만, 로렌스에게는 친구도, 연인도, 동료도 필요한 거라고. 한 사람으로 충분한 건 없어."

로렌스는 그 말에 그녀의 손을 만지작거리며 말했다.

"시카는 나 하나로 충분하지 않구나."

시카는 손을 잡아 빼며 말했다.

"로렌스는 소중한 가족이야."

로렌스가 자신의 빈손을 바라보다가 싱긋 웃었다.

"나에게도 소중한 가족이야. 뭐랄까, 나나 시카나 다른 사람이랑은 다르잖아. 그래서 보통 사람들과 거리를 두는 게 없을 수는 없잖아."

로렌스의 말에 시카는 공감해 고개를 끄덕였다. 하지만 자신에게는 검사님이 있고, 또 카서스가 있다.

'하지만 로렌스에게는 아무도 없었어.'

생각하니 가슴이 아파 왔다. 가족과 있었지만, 아무도 그에게 사랑한다고 말해 주거나 괴물이 아니라고 말해 주지 않았다.

"나는 계속 로렌스 편이니까."

시카는 조용히 말했다. 적어도 자신이라도 그의 편이 되어 주고 싶었다. 자신에게는 검사님이 있었던 것처럼, 로렌스에게도 그런 사람이 있었으면 했다.

"정말? 버리지 않을 거지?"

로렌스의 질문에 시카는 힘주어 대답했다.

"당연하지."

"응."

로렌스는 웃으며 고개를 끄덕였다. 그걸 보니 또 천진한 얼굴이라 시카는 마주 웃음이 나왔다. 그녀가 명랑하게 말했다.

"생각해 보면 조금 특이한 힘을 가진 사람인 거잖아. 로리의 경우에 머리색이랑 눈 색이 달라지는 것만 빼고는 큰 변화도 없고."

"그렇지."

로렌스가 맞장구를 쳤다.

"그러니까 너무 그렇게 다르게 생각하지 않아도 될 것 같아."

"그런가?"

"그렇지."

시카의 말에 로렌스는 그저 웃기만 했다.

그때 문을 두드리는 소리가 났다.

"들어와."

로렌스의 말에 하녀가 들어와 고개를 가볍게 숙여 보이며 말했다.

"방랑자 카서스 리안 님께서 오셨습니다."

"아, 나 데리러 왔나 보다."

그러고 보니 금방 돌아가겠다고 했는데—

"오늘은 이만 가는 게 좋겠다. 다음에 또 와. 그때는 좀 더 이야기하자."

로렌스의 말에 시카는 고개를 끄덕이고 말했다.

"응, 방 고마워. 다음에는 꼭 와서 묵을게."

"꼭이야."

말하고 로렌스는 아래층까지 시카와 함께 내려갔다. 현관에서 앉지도 않고 서서 기다리던 카서스는 로렌스에게 가볍게 목례했다.

로렌스는 별말 없이 순순히 시카와 카서스를 배웅했다. 둘이 나가자 하녀가—레아가 조심스럽게 입을 열었다.

"저분이 기다리던 아가씨이신가요?"

"응."

"하지만······."

생각했던 것과는 다르다, 하고 레아가 고개를 갸웃하자 로렌스가 손을 뻗어 그녀의 머리를 쓰다듬으며 말했다.

"너무 인간과 섞여 살아서 그래. 정체가 알려져서 인간이 우리에게 어떻게 나오는지 보면 금방 돌아올 거야. 상처 주고 싶지는 않지만······."

그것도 통하지 않으면 머릿속을 살짝 만져 주면 된다.

로렌스는 그렇게 생각하며 한숨을 내쉬었다.

당장에라도 카서스 리안을 찢어발기고 싶은 살의를 억누르기가 힘들었다. 하지만 여기까지 온 계획을 망칠 생각은 조금도 없었다.

"성녀라."

로렌스는 웃었다.

"그게 얼마나 간발의 차이로 마녀가 되는지, 시카는 알까?"

카서스는 시카의 손에 깍지를 끼웠다.

'너무 순순해.'

로렌스가 별말 없이 시카를 보내 주는 것이 수상쩍기 그지없었다. 간혹 그의 표정에서 보이는 맹렬한 적의 쪽이 카서스에게는 더 신빙성 있게 느껴졌다.

'무슨 꿍꿍이속인 거지?'

단순히 시카에게 잘 보이기 위한 포석인 걸까?

고민하는데 시카가 그 자리에서 멈춰 섰다. 카서스는 팔이 당겨져서야 그녀가 멈춘 걸 깨달았다.

"시카?"

"내 말 들었어?"

그녀의 질문에 카서스는 솔직하게 대답했다.

"미안, 못 들었어."

"무슨 생각을 그렇게 하는 거야?"

시카의 질문은 타박이나 공격이 아니었다. 단순히 궁금하다는 어조의 질문에 카서스는 한숨을 내쉬었다.

"그냥 마수 일이나 여러 가지로."

그 말에 시카의 얼굴이 빨개졌다.

"시카?"

"아냐. 아니, 그렇구나. 그렇지. 그런 문제가 있지."

카서스와 사귄다는 걸로 들떠서, 그런 문제는 까맣게 잊고 있었다. 생각해 보니 사귀는 것보다 훨씬 더 중요한 문제 아닌가?

"나 너무 한심해."

중얼거리며 시카가 그의 곁으로 다가와서 섰다.

"왜?"

"카서스가 이야기하기 전까지는 완전히 까먹고 있었어……."

소매로 입가를 가리며 시카가 중얼거렸다.

"카서스 생각으로 꽉 차서……. 나 바보인가 봐. 그래, 맞아.

그 이야기를 해야지."

그 말에 카서스가 그녀의 팔을 잡고 허리를 숙여 스치듯이 키스했다. 시카가 "카서스!" 하고 소리치자 그가 웃었다.

"내 생각으로 가득 찬 시카가 좋은걸."

"기, 길거리에서 무슨 짓이야?"

"그러면 안에서는 마음대로 해도 돼?"

"이미 마음대로 하고 있으면서."

시카의 말에 카서스는 "마음대로라니, 그 무슨 말씀을." 하고 그녀의 손을 다시 잡아끌며 걷기 시작했다.

시카는 "아이참." 하고 그를 따라 걸으며 말했다.

"그러고 보니 아까 이야기하다가 다 못 끝냈잖아. 그 마수 말야."

시카가 가방에서 둥근 나침반 같은 것을 꺼냈다.

"이런 걸 만들었어."

"뭐야, 이제 내 생각은 끝난 거야?"

그 말에 시카는 카서스를 보았다가 시선을 슬그머니 아래로 돌리며 작게 말했다.

"카서스 생각이야 항상 하고 있는걸."

그리고는 얼른 큰 목소리로 덧붙였다.

"일단 이거 열어 봐. 안에 나침반이랑 똑같이 바늘이 들어 있는—읍?!"

이상한 소리는 카서스가 키스를 했기 때문에 나온 것이었다.

말을 하던 열린 입술 사이로 그는 쉽게 들어왔다. 밀어내려고 해도 금방 힘이 빠져 버린다.

입 안을 훑는 혀 때문에 금방 확 열이 오른다. 발가락이 오므라들고 허리가 저릿한 기분이었다. 다른 사람의 혀가 입 안에 들어오는 느낌은 다시 겪어도 생경했다.

자신의 혀가, 입 안이 이렇게 민감한 곳일 거라고는 생각도 하지 못했다. 카서스가 키스를 하기 전까지는 말이다.

숨이 막히기 전 카서스는 키스를 멈췄다.

숨을 몰아쉬는 시카의 붉어진 눈가를 카서스가 슬쩍 손가락으로 쓸며 물었다.

"바보가 됐어?"

"안 됐어."

냉정하게 말하고 시카는 그의 가슴에 팍 나침반을 밀어붙였다. 그녀가 빨개진 얼굴로 말했다.

"또다시 길거리에서 이런 짓을 하면—"

"개구리로 만들 거야?"

난 개구리가 돼도 잘생긴 개구리겠지만, 하는 카서스를 보고 시카가 입을 내밀었다.

"다시는 키스 안 할 거야."

그 말에 카서스는 진지한 얼굴이 되어 물었다.

"그럼 충동을 참을 수 없을 때는 어떻게 합니까?"

"참아."

"하지만 시카가 그런 말로 유혹하니까~"

"유혹한 적 없거든?!"

"에이."

입을 내밀며 카서스는 나침반을 받아 들고 말했다.

"주의할게."

안 한다고는 하지 않는 카서스였다. 시카는 한숨을 내쉬었다.

창피하고 부끄럽지만, 정말로 싫지 않다는 게 문제였다.

카서스가 나침반 뚜껑을 열자 안은 정말로 나침반처럼 바늘이 있었다. 다른 점은 나침반이 북쪽을 향해 고정된다는 것과 달리, 이 바늘은 계속 빙글빙글 돌고 있다는 것이었다.

"에테르 폭풍이 일어나면, 그쪽으로 바늘이 고정돼."

"에테르 폭풍?"

"응, 마나와 오러의 원천. 이 세계를 공기처럼 가득 채우고 있는 자연의 힘. 하지만 그게 비정상적으로 한 군데에 모일 때가 있거든. 그럴 때 장막이 약해지지."

"그렇군. 그런 범위는 어디까지야?"

"반경 10km 정도?"

"넓다면 넓고, 좁다면 좁고……."

"자연적으로 일어나는 폭풍도 있지만, 이건 인위적인 폭풍에만 반응하게 해 놨어. 그렇게 장막이 약해졌을 때에 마수를 부르면, 장막이 찢어지면서 넘어오는 거지."

"그렇군. 그럼 그다음은?"

"그런 일이 생기면 날 불러. 그러면 나는 장막이 찢어진 걸 닫을 거야."

"그런 게 가능해?"

"응."

시카가 고개를 끄덕였다. 그녀가 한숨을 내쉬며 말했다.

"그래 봐야 임시방편이야. 상대가 누구든, 어떤 계획이든 이미 진행하고 있는 거고."

"터진 후에 잡을 수밖에 없는 건가."

"터질 거라는 걸 알고 있으니, 그 후에 어떻게 빠르게 대처할 것인가를 준비해 놓는 게 좋겠지. 그리고 그 납치된 사람들 조사하는 거 말인데. 마법적으로 도울 수 있지 않을까?"

"죽은 사람을 살릴 수 있어?"

카서스의 질문에 시카가 한 박자 멈췄다가 물었다.

"다 죽은 거야?"

"그래. 처음에는 빈민가의 연고 없는 사람만 노렸던 것 같은데, 그러다가 어린아이를 노렸지. 하지만 지금은 빈민가에서 운영하는 고아원 때문에 연고 없는 아이도 없어. 그러니 할 수 없이 고아원 출신의 아이도 노렸던 거고……. 인신매매단을 닥치는 대로 족쳤는데, 그 일을 했다고 생각되는— 놈들이 다 죽었어."

"그런……."

"죽지 않고 정보를 알고 있는 놈이 있을지도 모르지만, 그런 일이 있었는데 무서워서 말도 못 하는 것 같고."

"그, 나라면 어떻게 할 수 있을 거야."

시카의 말에 카서스는 "뭘?" 하고 물었고 시카가 답했다.

"그 사람들이 죽은 현장에 말야……. 거기서 단서를 찾아낼 수 있을지도……. 정확히는 설명할 수 없지만."

그 말에 카서스는 고민하다가 고개를 끄덕였다.

"알았어. 내일 같이 가자."

"응."

"아, 시카가 바보였으면 좋았을걸."

카서스의 말에 시카의 눈이 샐쭉해졌다.

"뭐야, 그거."

"그러면 위험한 일 같은 건 하지 않아도 되고. 하지 말라고 하고—"

커다란 저택 같은 걸 사서, 그 안에서 손가락 하나 까딱하지 않고 살면서, 어디에도 나가지 못하게 하고, 집에 돌아오는 자신만 기다리게—

'음, 완전 악당이네.'

카서스가 턱을 문지르며 생각하는데 시카가 그의 팔을 잡아당기며 말했다.

"그리고 카서스만 위험한 곳에 일하게 보내고? 그건 진짜 싫어. 난, 난 내가 마법사라서 좋다고 생각해 본 적이 없지만— 카서스를 만나고 나서는 좋다고 생각해."

옆에 있을 수 있다는 것.

그의 곁에서 같이 싸울 수 있다는 것이 기쁘다.

카서스는 그 말에 웃으며 "그러네." 하고 속삭였다. 생각해 보면 시카가 마법사가 아니라면 처음부터 만나지도 못했을 것이다.

그리고 그렇게 얌전히 있는 사람이라면 흥미도 느끼지 못했을 거고.

"그럼 내일은 현장에 다시 가고…… 주말에는 무도회인가."

카서스의 중얼거림에 시카는 눈을 크게 떴다.

"무도회?!"

저도 모르게 목소리가 확 높아졌다. 카서스가 고개를 끄덕이고 씩 웃으며 그녀의 이마를 툭 눌렀다.

"유명한 치유의 마법사님을 만나고 싶다는 서신이 끝없이 들어오니 말야."

"하, 하지만—"

"비밀스러운 것보다는 오히려 이렇게 오픈하는 편이 나아. 제대로 된 무도회고, 내가 곁에 있을 거고. 게다가 앞으로는 수도 기사들과 협력하게 될 텐데, 귀족들과 안면을 터 두는 게 좋고."

"귀족…… 기사……."

시카는 믿을 수가 없다는 듯이 중얼거렸다.

"하지만 세 번째는 만들면 안 돼?"

카서스의 말에 시카는 웃었다. 그의 농담에 긴장이 풀렸다.

"안 만들어."

카서스가 곁에 있다면 괜찮을 거야.

시카는 그렇게 생각했다.

*　　*　　*

수도 기사단은 황실의 삼대 기사단 중 하나다.

그 중요성에 비해서 저평가 받고 있다는 언론이 대다수를 차지하기는 했지만, 수도 기사단은 어느 틈인가 수도 경비대와 하나로 취급을 받았다.

물론, 수도 경비대원이 되고 싶어 하는 귀족은 드물었기 때문에 여전히 저평가, 저임금, 평민. 세 가지 특징이 맞물려 사실상 수도 경비대가 황실 직속이라는 것도 묻힌 감이 있었다.

하지만 수도 경비대장인 아무는 자신의 일을 허투루 하지 않았고, 신뢰도 높았다. 카서스가 그와 함께 현장에 온 이유였다.

시카는 카서스가 왜 손수건을 건네주나 했더니 악취 때문이라는 걸 금방 알았다. 그녀는 손수건으로 코와 입을 틀어막았다.

시체도 없는데 피에 절은 현장은 썩은 피 냄새 때문에 숨쉬기가 어려웠다. 빈민가에 있는 지하 창고에는 빛이 거의 없었다. 아무가 랜턴을 높이 치켜들자, 어슴푸레하게 주변이 비춰졌다.

시카가 자신의 지팡이를 치켜들자, 황수정이 환한 빛을 발했고 주변의 사물이 뚜렷하게 구별되었다. 아무는 지팡이를 보았다가 눈부셔서 눈을 다시 돌리며 말했다.

"그거 편하군요."

"랜턴을 꺼도 되겠네요."

카서스의 말에 아무는 랜턴의 창을 열고 불어서 초를 껐다. 시카는 주변을 둘러보았다. 카서스가 물었다.

"뭐 찾는 게 있어?"

"응, 유리나 보석이나 뭔가 사람이 비춰졌을 만한 것."

"저거면 되겠습니까?"

아무가 벽을 가리켰다. 벽에는 횃불이 아니라 유리를 끼운 랜턴이 달려 있었다. 피가 튀어 잔뜩 말라붙어 있기는 하지만 말이다.

"오, 횃불이 아니라 이런 걸 썼네?"

카서스가 중얼거리고는 성큼 걸어가 랜턴을 고리에서 빼 왔다. 아무가 말했다.

"여기는 천장이 낮은 편이니까요. 횃불을 쓰면 그을음과 냄새가 너무 심했을 겁니다. 그렇다고 해도 유리를 끼운 제품이라니, 행운이네요."

시카는 이 악취 속에서 태연하게 말하는 두 사람이 신기하기만 했다. 그래도 처음보다는 후각이 마비돼서 괜찮은 것 같았다.

"게다가 공중에 달려 있어서 그런가 깨지지도 않았네."

아무가 얼른 옆에 쓰러진 책상을 바로 세우자 카서스가 랜턴을 내려놨다.

"이제 어떻게 할 거야?"

"음, 비춰졌던 모습을 재생해 볼 거예요."

시카의 말에 아무가 놀라 물었다.

"그게 가능합니까?!"

"네, 하지만 보석 같은 경우가 가장 확실하고 이런 유리는 어떨지 모르겠어요."

그래도 시도는 해 봐야겠죠, 하고 시카는 가볍게 지팡이를 흔들었다. 마치 지팡이 머리에 있는 먼지를 털어 내려는 듯한 동작이었는데 지팡이 안의 빛 덩어리가 슥 빠져나왔다. 시카는 수정으로 그걸 툭툭 쳐서 자리를 옮겨 머리 위에 조명이 잘 비치게 한 다음 지팡이로 랜턴을 가리켰다.

고개를 치켜들고 신기한 눈으로 그녀가 하는 것을 지켜보던 두 남자는 다시 랜턴으로 시선을 내렸다.

"루아르 루아 딜루아."

시카가 지팡이 머리로 툭 랜턴을 두들기자 랜턴이 덜그럭거리기 시작했다. 아무는 흠칫하며 뒤로 물러났고 카서스는 움찔했지만 움직이지 않았다.

랜턴은 덜그럭거리며 안에 쥐가 든 것처럼 움직이다가 갑자기 움직임을 멈췄다.

―*뭐하는 짓, 야!*

갑자기 사람 목소리가 들려 카서스는 검 손잡이를 잡았다. 시카가 그의 팔에 손을 얹고 고개를 저었다. 카서스가 물었다.

"랜턴에서 나오는 거야?"

"저, 저것도 마법입니까?"

아무의 떨리는 목소리에 카서스와 시카가 뒤를 돌았다. 거기에는 유령이 서 있었다. 사람의 형태와 비슷한데 이목구비도, 옷도 뚜렷하지 않았다.

"역시 유리라서 뚜렷하지는 않네요."

시카의 목소리는 태연했다.

"벽 쪽으로 붙어서 상황을 보죠."

그녀의 말에 두 남자는 얼른 벽에 등을 대고 섰다. 그러자 좀 마음이 진정되는 것 같았다. 시카는 카서스의 옆에 섰다.

―*당신, 그런 말은…… 괴물을…….*

대화 역시 띄엄띄엄하게 들렸다.

목소리도 누구의 목소리인지 알아듣기 힘들었다.

―*귀족이면…… 돈은…….*

'귀족?'

카서스는 날카롭게 단어를 집어냈다. 아무의 얼굴 역시 심각해졌다. 인신매매단원들은 상대에게 뭔가 항의를 하는 듯했다. 그에 비해 의뢰인―아니면 의뢰인의 끄나풀인 것 같은 사람은 태연하게 서 있었다.

'두 사람, 그리고 한쪽은 더 작아. 여자인가?'

—쓰레기를 처리하러…….

의뢰인이 입을 열자 인신매매단원들이 자리에서 일어났다.

—뭐!

—죽어!

그들이 무기를 꺼내 드는 동작을 하자 의뢰인이 옆의 여자에게 말했다.

—처리해.

그다음은 일방적인 학살이었다.

작은 몸집의 여자는 무기를 꺼내지도 않았다. 아무는 저도 모르게 숨을 들이켜며 입을 막았다. 왜 시체가 그렇게 갈기갈기 찢긴 모양인지 그는 이제 알 수 있었다.

카서스의 얼굴은 딱딱하게 굳었고 시카는 숨을 삼키고 고개를 돌렸다. 그리고 팍 하는 작은 소리와 함께 유령 같던 사람들의 모습이 사라졌다.

"랜턴 유리에 피가 튄 거예요."

시카가 작게 말했다. 모습은 사라졌지만 소리는 계속 흘러나왔다. 공포에 찬 비명은 얼마 지나지 않아 끊어졌다. 침묵이 세 사람 사이에 감돌았다. 셋은 랜턴을 노려보다시피 바라보았다.

—잘했, 레아.

목소리가 들리고 바스락거리는 소리가 났다. 그다음은 상황을 발견한 사람들의 목소리였기 때문에 시카는 마법을 멈췄다.

아무가 침을 삼키고 말했다.

"이 마법이면 미결 사건을 몇 건 해결할 수 있겠군요."

"도움이 된다면요. 하지만 이게 증거로 채택될 수 있을지는 모르겠네요."

시카의 말에 아무가 눈을 찌푸렸다가 어깨를 늘어트렸다.

"확실히…… 눈으로 보지 않으면 믿기가 힘들군요."

"좀 더 마법이 보편화가 되면 증거로 받아들여지겠죠."

카서스가 어깨를 으쓱했다. 아무가 심각한 얼굴로 말했다.

"하지만 그렇다면 이 증거도 쓸모없는 거 아닙니까?"

"이건 비상시국이니까요. 어차피 공표할 것도 아니고……. 조사에는 충분히 쓸 수 있겠지요."

카서스의 말에 아무는 고개를 끄덕였다.

"하지만 귀족이라니. 인간이 그런 짓을 벌였다는 건 생각도 못 했습니다. 게다가 '레아'라고 불렀죠? 어떻게 평범한 인간 여자가 그런 힘을 낼 수 있는 건지……. 마스터일까요?"

"마스터라면 가능하기는 하지만—"

카서스는 눈을 찡그렸다. 그가 낮게 말했다.

"전에 봤던 그런 합성수일 가능성이 더 높겠지요. 하지만 저번과 달리 이번에는 인간과 거의 흡사한 모습을 했을 것 같군요."

카서스의 말에 시카가 "왜 그렇게 생각해?" 하고 물었고 카서스가 어깨를 으쓱하며 말했다.

"그 인신매매범들이 그 여자를 보고 아무 말도 안 했잖아. 겉보기에는 평범해 보였으니까 그렇겠지. 옷차림은 잘 보이지 않았지만, 펑퍼짐한 옷도 아니었고."

"아, 그러네."

시카는 고개를 끄덕였다.

"얼른 여기를 나가자. 기분 나빠. 냄새에 머리도 아프고."

카서스가 투덜거리며 하는 말에 시카는 동의했다. 아무가 먼저 사다리를 타고 위로 올라갔고 그다음 시카와 카서스 순으로 지상층으로 나왔다.

아무가 말했다.

"일단 보고서를 만들어 이 사실을 상부에 보고하겠습니다."

"나도 일단 이야기할 예정이니까. 하지만 상대가 귀족이라는 게 걸리는군. 그 보고서를 몇 명이나 보지?"

"직권으로 올릴 생각이니 폐하께서 보시겠지요."

아무의 말에 시카는 숨을 삼켰다.

황제 폐하.

사실 실감도 나지 않는 권력이었다. 카서스가 웃었다.

"그런가. 뭐, 그것도 괜찮겠지. 나도 일리생 후작과 앙케르트나 백작에게 이야기할 생각이니까."

"그 두 분이면 믿을 만하죠."

아무는 순순히 고개를 끄덕였다.

"그리고 피엔샤 후작에게도. 일단 서부 연합에 고용된 몸이라."

아무는 한숨과 함께 알겠다고 말했다. 건물을 나서자 대기하고 있던 경비병들이 경례를 붙여 왔다. 카서스가 손을 뻗어 시카의 후드를 씌웠다. 시카가 후드를 양손으로 잡아당겨 깊게 쓰며 말했다.

"이렇게 해야 해?"

"분홍색 머리의 치유자님, 얼른 그 머리를 숨기세요."

카서스의 말에 시카는 끙 하는 소리를 내고 나온 머리카락이 없게 전부 후드 안으로 밀어 넣었다. 아무가 옆에서 거들었다.

"빈민가에서는 아무래도 마법사님의 소문이 많이 났으니까요. 다행히 빈민가는 그들만의 커뮤니티를 만들고 있어서 바깥에는 소문이 많이 퍼지지 않았지요."

"하지만 이 안에서는 아니니까."

카서스의 말에 시카는 "알았어." 하고 작게 대답했다.

그리고 빈민가를 반도 가로지르기 전에 카서스의 말이 사실이라는 것이 드러났다.

"치, 치유의 마법사님이죠."

덜덜 떨면서 남자아이가 튀어나왔다. 카서스가 시카의 앞을 가로막았다. 남자아이가 바닥에 넙죽 엎드리며 말했다.

"아버지를 고쳐 주세요!"

"미안하지만 사람 잘못 봤어."

카서스의 냉정한 말에 시카는 움찔했지만, 나서지는 않았다.

"제발 부탁드려요!"

하지만 아이는 물러서지 않았다. 시카가 카서스의 팔을 부드럽게 잡았다. 그게 무슨 뜻인지 아는 그는 눈을 찌푸리며 고개를 저었지만, 시카 역시 마주 살짝 고개를 저었다. 그녀가 입을 열었다.

"어디가 아프신 건데?"

"모, 모르겠어요. 처음에는 그냥 배탈이 났다고 생각했는데…… 열이 너무 심하고, 계속 토하시고―"

그 말에 시카는 입술을 가볍게 깨물었다가 말했다.

"미안, 그렇다면 그건 내 영역이 아냐. 내가 고칠 수 있는 건 외상뿐이야. 병은 고칠 수가 없어. 그건 의사를 찾아가 보는 게 좋겠다."

카서스는 혀를 찼다. 이건 무시하고 가느니만 못하다. 그가 시카를 잡아끌었고 아이는 손을 뻗어 그녀에게 매달리려고 했지만 카서스에게 저지당했다.

"어디에 살지? 의사를 보내지."

대신 그는 날카로운 어조로 말했다. 카서스는 원하는 때에는 확실하게 자신의 존재를 드러낼 수 있는 능력이 있었다. 아이는 더 손을 내밀 생각을 하지 못하고 덜덜 떨었다. 큰 키와 그가 주는 위압감에 아이는 간신히 입을 열었다.

"빨간 굴뚝 오른쪽 집이요."

제대로 된 주소가 아니지만, 이곳에서 사는 사람이라면 알 수 있겠지. 카서스는 알겠다고 답하고 시카의 손을 잡아끌었다. 시카는 걸어가며 아이를 돌아보았고 원망 가득한 눈과 마주치자 얼른 고개를 바로 했다.

"나서지 않는 게 좋았을까."

시카가 작게 중얼거리자 카서스는 대답하지 않았다. 시카는 더 우울해져서 이마를 앞서 가는 그의 팔에 가볍게 부딪쳤다.

"하지만 내가 할 수 있는 일과 할 수 없는 일을 알려야 할 필요가 있어."

"지금 저 꼬맹이는 그걸 믿지 않을 거야. 네가 해 줄 수 있는데 안 해 줬다고 생각할 거고."

"그건 내가 감수해야 하는 일이지."

"네가 감수해야 하는 일은 내가 감수해야 하는 일이야."

카서스의 말에 시카는 눈을 찌푸렸다. 그녀는 그의 '문젯거리'가 되고 싶지 않았다.

"왜 그렇게 되는 건데? 이건 내 문제야."

그 말에 카서스가 구슬픈 어조로 말했다.

"세컨드가 관여할 일은 아닌 거야?"

시카는 "카서스!" 하고 그를 불렀다가 입을 내밀었다.

"그런 식으로 말하지 마."

"왜?"

"난 그냥, 카서스의 짐이 되고 싶지 않을 뿐이라고."

시카의 말에 카서스는 어이가 없어졌다.

"넌 짐이 아냐. 장담하는데 난—"

잠시 고민하다가 카서스가 말했다.

"난 코끼리도 들 수 있다고. 한 손으로, 땀 한 방울 안 흘리고."

"그런 의미가 아니잖아. 그리고 한 손으로 코끼리를 들면 그 코끼리는 바늘에 찔린 것처럼 아프지 않을까."

중얼거리며 뒷말을 덧붙였다가 시카가 손을 저었다. 시카는 카서스가 자신 때문에 너무 심각한 일에 얽혀 들거나 하지 않기를 바랐다. 그랬다가 그가 질려서 금방 떠날 수도 있으니까.

'아니, 생각하니까 이미 심각한 상황인가.'

"우리 사귀는 거 아닌가?"

카서스가 물어 시카는 고개를 끄덕였다.

"그런데 왜 난 네 일에 타인처럼 물러서 있어야 하는데?"

"카서스는 이런 거 싫어하니까?"

시카가 갸웃하고 내뱉은 말에 카서스는 울컥했다.

"시카 울프."

그의 어조는 낮았다. 거기에는 경고성의 울림이 섞여 있어서 시카는 움찔했다. 카서스는 딱 소리 나게 입을 다물었다가 한숨과 함께 말했다.

"돌아가서 이야기를 좀 하자. 도대체 왜 나를 그런 개새끼로 생각하는지 궁금해 죽겠으니까."

"개?!"

생각지도 못한 발언에 시카는 입을 벌렸다. 카서스는 다시 걷기 시작했고 시카는 말없이 그 뒤를 따랐다.

둘이 도착한 곳은 카서스가 아예 통째로 렌트한 저택이었다.

시카가 수도에 도착하고 나서 여관을 나와 카서스는 집을 빌렸다. 수도에서 집을 빌리는 것은 결코 쉬운 일이 아니다. 하지만 카서스는 인맥으로 별 어려움 없이 저택을 빌렸다.

정원이 딸린 이 층짜리로, 귀족의 눈에는 그렇게 호사스럽지 않은 저택이었지만 시카에게는 충분히 호사스럽게 보였다.

도착한 카서스는 시카를 현관 안으로 밀듯이 넣고 문을 닫았다. 시카는 그가 문을 쾅 닫을 거라 생각했지만 카서스는 숨을 들이마시고 부드럽게 문을 닫았다.

하지만 화가 풀린 것은 아니었다. 단지 그는 그걸 잘 조절할 수 있을 뿐이었다.

"일단 옷부터 벗고 이야기할까? 내가 뭐 마실 거라도 만들게."

시카는 슬쩍 말머리를 돌렸지만 카서스는 넘어가지 않았다.

"시카 울프."

그녀는 눈을 내리깔았다가 다시 들었다.

아니, 내가 왜 카서스에게 쫄아야 해?

카서스는 성큼 다가와서 그녀와 가깝게 붙어 섰다. 보통이라면 위압감을 느낄 거리지만 시카는 다리를 벌리고 당당하게 섰다.

"왜?"

그녀의 어조에 카서스는 기가 찼다. 그가 느릿하게 말했다.

"왜? 왜라는 소리가 나와? 내가 세컨드라서 넘을 수 없는 선이 있다면 말해 봐. 어디까지 너에게 관여할 수 있는데? 어디서부터 안 되는데?"

말하면서도 그는 쓴물이 넘어오는 기분이었다. 하지만 물어
볼 건 물어봐야 한다. 시카는 그 말에 눈을 찌푸렸다.

"그런 거 없어. 왜 자꾸—"

시카는 입술을 깨물었다가 말했다.

"두 번째가 되고 싶은 건 카서스가 원하는 거였잖아."

"그야 첫 번째는 이미 정해졌으니까."

"카서스에게도 첫 번째가 있겠지."

"무슨 첫 번째?"

"카서스는—"

자신의 자유가 첫 번째잖아, 하는 말을 시카는 내뱉지 못했
다. 이걸로 카서스를 비난하면 안 된다. 카서스는 자신과 첫 만
남에서부터 그걸 명확하게 했다. 카서스는 재촉했다.

"나는 뭐? 말해 봐."

"카서스는……."

"시카 울프. 말해."

그는 부드럽지만 단호한 어조로 말했다. 시카는 파르르 숨을
내쉬었다. 그녀는 이를 악물고 고개를 들었다.

"카서스에게도 자유가 첫째잖아."

"뭐?"

"난, 모르겠어. 카서스를 내가 어디까지 구속하면 되는 거야?
어디까지 하면 나에게 질리지 않을 건데? 이런 질문 자체가 이미

질리나? 감정적으로 깊어지는 거 싫어하잖아. 그런 거 싫어한다고 그랬잖아. 그러면서 왜 나에게 그렇게 화를 내는 거야? 난 모르겠어."

낮게 시작된 말은 중간쯤에서는 격앙되었다가 마지막에는 힘이 빠진 듯한 중얼거림이 되었다.

시카의 말에 카서스는 멍하니 그녀를 바라보았다.

대체 어디서부터 잘못되었다고 말해야 할지 그는 알 수가 없었다.

시카는 이제 자포자기하는 심정이 되어 말했다.

"그러니까 세컨드라고 해도 괜찮은 거잖아! 딱 그 정도의 책임과 권리만 가지고—"

카서스가 그녀의 양손을 잡아끌며 키스했다. 시카는 놀라 눈을 크게 떴다. 눈물이 뺨을 타고 흘렀다. 그의 손이 그녀의 손을 잡은 채로 자신의 목을 감쌌다. 꼭 시카가 그의 목을 조르는 듯한 모습이었다. 카서스가 마지막으로 그녀의 입 안을 훑고 웃으며 말했다.

"어디까지 줬냐고? 이 빌어먹을 마법사 아가씨야. 목줄을 채우라고 했잖아. 내 목숨까지 네 것이라고."

카서스가 자신의 손을 떼어 내자 시카는 카서스의 목덜미의 맥박을 느낄 수 있었다. 자신의 손바닥 밑에서 가볍고 빠르게 팔딱인다.

"하지만, 하지만—"

"두 번째라도 줄 설 정도로 네가 좋아."

카서스의 말에 시카는 입을 다물었다. 카서스는 자신의 목을 감싼 그녀의 손에 힘이 들어가는 걸 느꼈다. 다음 순간 시카는 그를 끌어안았다.

"시카?"

그가 놀라 묻자 시카는 그를 꽉 끌어안고 속삭였다.

"미안."

카서스는 순간 쿵 하고 어딘가가 꽉 조이는 기분이었다. 카서스는 애써 가볍게 웃으며 말했다.

"아냐. 두 번째라도 괜찮아. 부담스럽게 만들 생각은 없어. 그냥 좀 봐주면 안 될까?"

"아냐, 아냐, 아냐. 그게 아니라—"

시카는 뭐라고 말해야 할지 말을 골랐다.

카서스는 진심인데, 자신이 믿지 않았다. 진심이 아니라고 생각해서 상처 줬다. 시카는 간신히 속삭였다.

"첫 번째인 게 좋아."

"어—?"

"카서스가 첫 번째야. 미안, 나 겁쟁이라서—"

내가 상처 받기 싫으니까 뒤로 물러섰다. 카서스와 거리를 뒀다. 그와 똑바로 맞서지 않았다. 카서스가 천천히 그녀의 팔을 잡아서 자신에게서 떼어 냈다. 시카는 그의 얼굴을 제대로 볼 수가 없었다. 카서스가 그녀의 턱을 부드럽게 들어 올렸다.

눈이 마주친 순간 시카는 움찔했다.

'잡아먹힌다.'

저도 모르게 그녀는 그렇게 생각했다. 카서스가 인간을 먹을 리가 없는데도, 그런 생각이 들어 그녀는 저도 모르게 몸을 빼려 했지만 그에게 간단히 붙잡혔다.

하지만 전신을 긴장시킨 것에 비하면 키스는 부드러웠다. 그녀는 카서스가 자신을 물어뜯거나 하지 않는다는 걸 깨닫고 안심했다. 방금 했던 키스보다도 더 달콤했다. 카서스가 혀를 가볍게 빨아들일 때마다 시카는 움찔거렸다. 어쩐지 허리에 힘이 빠진다. 시카는 뒤로 뒤로 밀려서 소파에 걸려 털썩 주저앉았다. 그는 잠시 그녀의 목과 어깨 사이에 얼굴을 묻고 깊게 숨을 들이켰다. 그리고 그는 손을 뻗어 시카의 무릎을 벌리고, 그 사이에 앉아서 그녀의 허리를 끌어안았다.

"카서스?"

그녀가 작게 취한 듯 그의 이름을 불렀다. 카서스는 목 안쪽으로 웃었다.

"천천히 갈 거야."

그가 가볍게 한숨을 내쉬었다.

"그러니까 오늘은 여기까지 할까."

그러면서도 그녀의 허리를 감싼 그의 손이 그녀의 옷 안으로 밀려 들어왔다. 그녀의 척추를 따라 만지는 손가락에 시카는 저도 모르게 몸을 떨었다. 카서스가 그녀의 부드러운 배에 머리를 문지르듯 비볐다. 마치 늑대가 자신의 냄새를 묻히는 듯한 동작이라고 생각하며 시카는 손을 뻗어 그의 머리카락을 쓰다듬었다.

딱 쓰다듬기 좋은 위치였다.

"시카 울프."

"응."

"내가 첫 번째야."

그의 말에는 만족감이 섞여 있어서 시카는 웃었다.

"카서스가 첫 번째야."

"그리고 두 번째는 없을 거야."

그는 선언하듯 말했다. 카서스는 손을 빼서 옷 위로 그녀를 끌어안고 무릎을 폈다. 카서스의 키는 그녀보다 훨씬 커서 그것만으로도 시카와 그의 눈높이는 거의 비슷해졌다.

그의 표정은 이의가 있으면 지금 이야기하라는 듯해서 시카는 잠시 고민하는 척하다가 말했다.

"카서스 하나로도 충분한 것 같아. 지금은."

놀리듯 덧붙인 말에 카서스가 히죽 웃었다.

"지금은?"

"지금은."

"아, 시카 울프."

카서스가 그녀의 오른 다리를 잡아당겨 그의 허리를 감게 하고 웃었다.

"'지금은' 나도 봐주고 있으니까. '나중에' 체력적으로 나 하나도 감당을 할 수 있을지 궁금한데."

"왜, 왜?"

체력적으로?

시카는 의아해하며 물었고 카서스는 그녀의 목덜미를 가볍게 물었다. 그녀는 힉 하고 움찔하며 숨을 삼켰다. 이가 목에 닿는 느낌은 정말로—

완전히 무방비해진 기분이었다.

늑대는 자신보다 위 서열인 늑대에게 그렇게 한다. 알파인 늑대가 상대의 목을 물면, 상대는 배를 보여 줌으로써 자신이 낮은 서열임을 인정한다.

시카는 늑대와 함께 오 년간 살았었고, 그래서 그가 그렇게 할 때마다 묘한 기분이었다. 하지만 카서스는 가볍게 목을 무는 것으로 끝내지 않았다.

그가 가볍게 목덜미를 빨아들이며 혀로 약한 부분을 핥자 시카는 힉 하고 숨을 삼켰다. 그의 손이 괜찮다는 듯이 잡고 있던 그녀의 허벅지를 부드럽게 어루만졌다. 시카는 저도 모르게 그의 허리를 감은 다리에 힘을 줘서 그를 더 가까이 밀착시켰다.

한순간 카서스의 몸이 굳었다가 다시 천천히 움직이기 시작했다. 그녀의 다리를 만지는 손은 여전히 느릿했다. 일인용 소파에는 완전히 누울 수가 없었고 그래서 시카는 몸을 뒤틀었다. 그가 손마디로 부드럽게 그녀의 가슴을 문질렀다. 시카는 숨이 가빠 오는 걸 느꼈다. 저릿저릿하고 왜인지 다리를 모으고 싶은 기분이라 그녀는 왼쪽 다리를 모으며 슬쩍 카서스를 밀어냈다.

카서스는 불평인지 불만인지 모를 신음을 흘리며 슬쩍 하체를 뒤로 뺐다. 시카는 그녀의 왼쪽 무릎—카서스와 닿아 있는—에 뭔가가 닿는 걸 느꼈다.

"……?"

카서스가 주머니에 뭘 넣었나? 하고 시카는 저도 모르게 무릎으로 그걸 슬슬 문질렀다. 카서스의 입에서 욕설인지 뭔지 모를 말이 그르렁거리듯 흘러나오며 그가 그녀의 무릎을 휙 잡아 밀어냈다. 시카는 놀라 눈을 동그랗게 뜨고 그를 보았다.

카서스의 연녹색 눈은 거의 금색에 가깝게 보였다. 시카는 뭔가 잘못됐나? 하며 순진한 얼굴로 그를 바라보았다. 약간 흥분한 그녀의 호흡은 빨랐고 눈가는 붉어져 있었지만, 얼굴에는 의아함이 가득했다.

카서스가 불만스럽게 말했다.

"이건 불공평해."

그의 목소리는 완전히 탁하고 낮아서 시카는 한 박자 늦게 대답했다.

"뭐가?"

"이 상황이."

"왜?"

카서스는 한숨을 내쉬었다. 그는 시카의 팔을 잡아당겨 자신의 목에 두르게 하고 그녀의 엉덩이를 받쳐 앉아 들었다.

"이걸 다 내가 설명을 해야 한다는 상황이 말야. 그리고 내가 설명하면 네가 어떻게 반응할지도 모르겠고. 좀 더 괜찮은 조언 자를—"

그가 중얼거리며 걸음을 옮겼다. 시카는 뭔가가 엉덩이를 찌르는 걸 느끼며 자세를 좀 더 고쳤다.

"카서스, 주머니에 뭐야?"

카서스는 하, 하고 웃음인지 뭔지 모를 소리를 내고 그녀를 침실까지 데리고 들어가서 침대에 내려놓듯이 던지고 말했다.

"옷 갈아입어. 나도 갈아입을 테니까."

그리고 뒤도 돌아보지 않고 방을 나갔고 시카는 "뭐야." 하고 중얼거리고 자리에 앉아 있다가 일어나서 편한 걸로 옷을 갈아입었다. 거실로 나와 보니 카서스는 여전히 방 안에 있는지 보이지 않아 그녀는 부엌으로 들어가 마실 걸 만들었다.

무의식적으로 목덜미를 문지르다가 시카는 슬쩍 셔츠 앞을 잡아당겨서 아래를 보았다. 키스 마크는 여전히 사라지지 않고 있었다.

'생각보다 오래 가네.'

약간 따끔한 정도의 통증이었는데, 기분 좋았다.

'오늘은 더 기분 좋았어……. 더 만져 줬으면…….'

생각하니 갑자기 확 얼굴이 달아올랐다.

'지금 뭐라는 거야? 으아, 하지만 기분 좋았는걸. 전보다 더.

더. 아—'

시카는 갑자기 깨달았다.

"나, 카서스랑 정식으로 사귀는 건가."

"이보세요? 거기서 의문을 가지시면 안 되죠?"

뒤에서 들린 목소리에 시카는 놀라 휙 돌아섰다. 카서스가 재미있다는 얼굴로 서 있었다. 방금 전까지는 좀 화난 것처럼 보였는데, 뭔지는 몰라도 풀린 모양이었다. 시카가 머뭇거리며 말했다.

"의문을 가지는 게 아니라— 그냥 뭔가 이상해서."

"그건 나도 그래."

그가 느긋하게 말하고 걸어오며 머리끈으로 꽁지머리를 만들어 묶었다. 시카가 차를 준비하던 걸 바라본 그가 물었다.

"팬케이크 먹을래?"

"응? 응. 만들 줄 알아?"

"혼자 다니면 기본적인 건 할 줄 알지."

그가 난로의 불씨를 키우고 찬장을 열어 재료를 꺼냈다. 시카가 물었다.

"카서스도 이상해?"

그가 그녀를 돌아보며 웃었다.

"사람과 관계되고 싶지 않다고 결심하고, 꽤 잘해 왔다고 생각해. 십수 년간 말야. 그런데 너에게 폭 빠져서 지금 앞뒤 가리지 않고 있잖아?"

솔직하다 못해 직설적인 말이라 시카는 다시 뺨이 달아오르는 걸 느꼈다. 시카도 얼른 말했다.

"나도 그래. 나는, 탑 안에서 평생 나오지 않을 거고. 그러니까, 내 모습을 보고도 누군가가 날 좋아해 줄 거라고는— 원할 거라고는 생각도 못 해서. 그러니까—"

그녀가 머뭇머뭇 덧붙였다.

"기적 같아."

우스운 표현이나 지나친 표현이라고 생각할지도 모르지만, 그녀에게는 그렇게 느껴졌다. 그 말에 카서스는 희미하게 웃고 허리를 숙여 가볍게 그녀의 뺨에 키스했다.

"나도 그래."

시카는 활짝 웃었다.

그 얼굴에 시선을 빼앗겨 카서스는 잠시 그녀를 뚫어져라 바라보았다.

아, 하지만 그 얼굴은 아냐.

처음에 자신을 '검사님'이라고 착각했을 때, 그런 얼굴은 아니다.

뾰족한 질투심이 솟아나 카서스는 가볍게 숨을 내쉬었다. 하지만 지금 그녀는 자신의 것이다. 그리고 카서스는 자신의 것을 빼앗기는 데에 익숙하지도 않았다.

자신의 것을 가져 본 적도 없으니까.

하지만 이제 하나 생겼으니, 그건 무척이나 소중하고 달콤한 것이라—

'이상하네.'

어째서 자신이 첫 번째가 되었는데도, 예전보다 더 소유욕을 느끼는 걸까. 그 마음은 점점 더 부피만 키울 뿐 줄어들지는 않았다. 카서스는 범죄자가 되지 않게 조심해야겠다고 생각하며 무쇠 프라이팬을 찾아 난로 위에 올렸다. 손등으로 프라이팬 위의 달궈진 공기를 확인한 카서스는 반죽을 부었다.

시카는 옆에 서서 그걸 지켜보았다. 반죽을 올리고 얼마 지나지 않아 맛있는 달짝지근한 냄새가 부엌을 채웠다. 냄새를 맡자마자 허기가 찾아왔다. 카서스가 손을 뻗어 그녀의 허리를 감싸 안았다.

그 작은 행동으로도 시카는 발이 공중에 뜨는 기분을 느끼며 그에게 살짝 몸을 기댔다. 카서스는 희미하게 웃고 한 손으로 가볍게 무쇠 프라이팬을 흔들어 스냅을 줬다. 팬케이크가 가볍게 허공을 날아 뒤집어졌다. 매끄러운 밤색 표면은 윤기마저 흐르는 것 같았다. 그가 팬을 화로 위에 내려놓고 손을 뻗어 천장에서 그릇을 꺼내 시카에게 내밀었다.

시카가 양손으로 접시를 받아 들자 카서스는 팬을 들어 팬케이크를 접시 위에 흘리듯 담았다. 시카는 침을 꿀꺽 삼켰다. 그는 다시 버터를 녹여 팬을 매끄럽게 만들고 두 번째 반죽을 올렸다. 시카는 접시를 한 손에 들고 슬그머니 다른 손으로는 카서스의 허리를 감았다. 카서스가 그녀를 돌아보고 살짝 웃었다.

시카는 그의 늘씬한 허리와 쭉 뻗은 다리를 내려다보고 작게 한숨을 내쉬었다. 카서스가 "왜?" 하고 물어 시카가 대답했다.

"나도 더 컸으면 좋았을걸."

"지금도 충분히 귀여워."

"그래도."

귀엽다, 라는 말로는 성에 차지 않았다. 카서스는 분명히 예쁜 얼굴이지만, 누구도 그를 여자로 착각하지는 않을 것이다. 큰 키와 넓은 어깨, 군살 없이 꽉 짜인 몸은 어떤 여자라도 눈을 떼지 못할 터였다.

시카도 그런 식으로 여겨졌으면 했다.

늘씬한 다리와 풍만한 몸매로 말이다. 그렇다면 카서스와 좀 더 잘 어울리는 한 쌍으로 보였을 텐데.

카서스는 그녀의 정수리에 키스해 주고 팬을 뒤집으며 속삭였다.

"구석구석 핥아주고, 잡아먹고 싶을 만큼 귀여워."

"―?!"

시카는 귀를 막고 움찔하며 뒤로 몸을 뺐지만 카서스의 팔이 단단히 그녀의 허리를 감고 있어서 완전히 도망갈 수는 없었다. 카서스는 가볍게 웃고 그녀의 접시에 두 번째 팬케이크를 담아 주며 말했다.

"먼저 먹어."

"아니, 기다릴래."

"식잖아."

"적당히 식은 게 좋아."

"고집은."

말하면서도 카서스는 시카를 밀어내거나 하지는 않았다. 시카는 두 번째 접시가 나올 때까지 기다렸다. 케이크를 먹으며 시카는 카서스가 왜 그렇게 키가 큰지 알 것 같았다. 그녀는 두 번째 접시에서 멈췄지만 카서스는 다시 반죽부터 만들어서 더 먹은 후에야 식사를 끝냈다.

*　　*　　*

시카는 눈앞에 쌓인 박스를 하나씩 열어 보았다. 의상실에서 도착한 옷의 개수는 자신이 주문한 것보다 지나치게 많았다.

숫자를 세지 못하는 사람이라도 착각할 수 없는 개수의 차이였다. 뒤쪽의 박스에서 색색의 드레스가 나오기 시작하자 결국 그녀는 참지 못하고 방에서 튀어 나갔다.

"카서스 리안!"

거실에서 신문을 읽던 그가 대답했다.

"천만에."

"뭐라고?"

"고마워할 필요 없어. '천만에'라고."

그가 씩 웃으며 하는 말에 시카는 팔을 늘어트리고 말했다.

"저건, 저건 너무 많아."

"안 많아."

단호하게 대답하고 카서스가 이어 말했다.

"오늘 후작 부인을 만나기로 했으니까."

"뭐?"

"전에 만났었지? 로웬그린 일리생 후작 부인."

"아. 응."

"내가 무도회도 이야기했었고."

"그, 렇지."

무도회는 까맣게 잊고 있었다. 카서스는 그녀의 대답에 별말 없이 히죽 웃기만 하고 말했다.

"만나면 도움이 될 거야."

시카는 우물거리다가 한숨과 함께 "고마워." 하고 대답했고 카서스는 "천만에." 하고 아까와 같은 대답을 했다.

시카는 자신의 방으로 다시 돌아갔다. 쌓아 둔 박스들은 그녀의 키보다 훨씬 높았다. 옷과 박스를 분리해서 시카는 박스를 차곡히 쌓아 두고 옷은 옷장 안에 넣었다.

'뭘 입지?'

오히려 옷이 많아지니 예전보다도 더 고르기 어려웠다. 시카는 고민하다가 가장 무난하게 셔츠와 바지를 골라서 입었다.

'아니지, 그래도 귀족을 보러 가는 건데……'

시카는 고민하다가 다시 옷을 벗고 드레스를 골랐다. 코르셋은 뒤가 아니라 앞으로 조일 수 있게, 즉 혼자서 입을 수 있는 코르셋이었다. 시카는 끙끙거리며 코르셋을 입고, 그 위에 드레스를 입었다. 드레스 역시 앞쪽에 단추 장식이 달려 있어서 앞으로 단추를 잠가 입을 수 있었다. 한참을 그렇게 씨름하자 이마에 땀까지 맺혔다.

시카는 거울을 보았다. 짙푸른 드레스는 그녀에게 잘 어울렸다. 시카는 머리카락을 하나로 땋아 내리고 조심스럽게 문을 나섰다.

"카서스?"

작게 그를 부르자 카서스가 시선을 들어 그녀를 보았다. 그의 눈이 동그래졌다가 곧 즐거움이 서렸다.

"내 눈이 틀리지 않았어. 그 색이 너에게 어울릴 줄 알았다니까. 네 눈동자도 좀 더 푸른색처럼 보이네."

"이상한 부분은 없어? 처음 입어 봐서 이게 맞는지 모르겠어."

시카는 한 바퀴 빙그르르 돌아 보였다. 어딘가 잘못 입었거나 부족한 부분이 있는 게 아닐까 하는 걱정이 먼저 들었다. 한 바퀴 도는 사이에 카서스가 그녀의 눈앞에 와 있어서 시카는 깜짝 놀랐다.

카서스의 손이 그녀의 어깨와 팔을 타고 부드럽게 내려왔다. 옷 안에 뭘 숨겼는지 찾아보는 듯한 매끄러운 동작이었다.

"음, 아니 없어. 그리고 아주 예쁘고."

그가 그녀의 이마에 입 맞춰 주었다. 시카는 씩 웃었다.

"카서스도 멋있어."

"아, 난 항상 멋있지."

그녀의 말을 그는 여상하게 받아쳤고 시카는 다시 웃었다. 저런 자신감은 보고 배워야 하는 것인지도.

가벼운 식사를 끝내고 카서스는 시카를 후작가에 내려주었다. 시카는 당황해 물었다.

"카서스는 같이 안 가?"

"응, 난 다른 일이 있어서─ 오후에 데리러 올게."

"하지만……."

다른 사람을 만나는 건 익숙하지가 않다. 저도 모르게 우는소리를 하려다가 시카는 배에 힘을 줬다. 애도 아니고, 이 정도 앞가림은 해야지.

"알았어. 다녀와."

"그래."

둘이 인사를 끝내자 기다리고 있던 집사가 시카를 저택 안으로 안내했다. 시카는 드레스 자락을 밟지 않기 위해서 노력하며 응접실 소파에 앉았다.

얼마 지나지 않아 가벼운 발소리가 들렸다.

"오래 기다리셨나요?"

로웬그린이 응접실로 들어오며 묻자 시카는 얼른 자리에서 일어나 인사했다.

"방금 도착했어요. 오랜만입니다. 후작 부인."

"그냥 로웬그린이라고 불러요. 나도 시카라고 부를 테니까요. 그래도 되죠?"

로웬그린의 말에 시카는 웃으며 "네." 하고 대답했다. 로웬그린이 이어 말했다.

"그리고 오늘 제 친구를 또 한 명 소개하고 싶어요. 괜찮다면 같이 이야기도 나누고요."

"물론 괜찮아요."

시카의 말에 로웬그린이 "마리." 하고 짧게 응접실 뒤쪽에서 사람을 불렀다. 곧 금발의 귀족 여성이 걸어 들어왔다. 반짝이는 금발에 군청색 눈을 한 미녀였다. 게다가 그녀의 옷차림은—더해서 머리부터 발끝까지—패션에 대해 문외한인 시카가 보기에도 완벽해 보였다.

그녀는 생글 웃으며 인사했다.

"마리쉐즈 대넘이에요. 그냥 마리쉐즈라고 불러 주세요."

"시카 울프입니다. 저도 시카로 충분해요."

"카서스의 친구시라면서요."

"음, 네."

연인이에요, 라고 말하기는 부끄러워 시카는 고개를 끄덕였다. 마리쉐즈가 미소 띤 얼굴로 말했다.

"카서스의 친구라면, 제 친구이기도 하죠."

"두 분이 아는 사이신가요?"

"음, 그렇게 잘 알지는 못하지만 아주 큰 도움을 받았거든요."

마리쉐즈는 그렇게 말하고 가볍게 윙크해 보였다. 그녀의 키는 시카와 비슷해서 시카는 친근감이 들었다.

두 사람을 만나자 시카는 긴장이 풀렸다.

후작을 만나서 길고 긴 정치적인 이야기나 마법에 관련된 이야기를 할지도 모른다고 생각했는데, 정말로 무도회에 대한 도움만 받을 듯했다.

마리쉐즈는 머리에서부터 발끝까지 시카를 쭉 훑어보았다. 그녀의 시선에 낱낱이 분해되는 기분이라 시카는 어딘가 자신이 단추를 잘못 잠갔거나 한 게 아닌가 하는 걱정이 들었다.

"아주 기본부터 가르쳐야 할 것 같네요."

마리쉐즈는 냉정하게 말하고 로웬그린을 돌아보았다.

"위층에?"

"응."

"아, 이거 오랜만인데."

"그러네. 시리 이후로는 해 본 적이 없으니까."

자기들끼리의 비밀 언어라도 주고받는 것 같아 시카는 용기를 내어 물었다.

"위층에 뭐가 있나요?"

"올라가면 알게 될 거예요."

로웬그린이 웃으며 대답했다. 마리쉐즈가 앞장서며 말했다.

"따라오세요."

마리쉐즈는 로웬그린과 상당히 가까운 사이인지, 그녀는 로웬그린의 집 구조를 잘 알고 있는 듯했다. 심지어 집주인인 로웬그린이 아니라 마리쉐즈가 앞장서서 안내하는 것이 호스티스(Hostess)가 뒤바뀐 듯한 느낌이었다. 하지만 시종들은 익숙한지 마주칠 때마다 공손하게 인사를 보낼 뿐이었다.

현관과 응접실도 어마어마하다고 생각했는데 위층으로 올라가는 길은 더 화려했다. 도자기 장식들이 반짝거리고 천장화는 화려했다. 난간마저 대리석을 깎아서 만든 것이었다.

'굉장하다.'

카서스가 빌린 저택도 호화롭다고 생각했는데, 이 저택에 비하면 그건 호화로운 것도 아니었다. 오히려 소박하다고 해야 할 것이다.

위층으로 올라가 방을 몇 개 지나 마리쉐즈는 작은 크림색 방 앞에 멈춰 섰다. 카펫이 크림색인 것만 봐도 얼마나 호사스러운지 알 수 있었다. 거기에 편하게 앉을 수 있는 의자들과 파티션이 놓여 있고 도자기로 만든 난로가 구석에 서 있었다.

지금은 나무가 아니라 향을 태우는지 달콤한 향기가 방을 채우고 있었다.

"자, 그러면."

마리쉐즈가 시카를 전신 거울 앞에 세웠다. 테두리가 은 덩굴로 장식된 크고 화려한 거울이었다.

"일단 벗어요."

마리쉐즈가 손뼉을 두 번 치자 어디선가 시녀 둘이 나타나서 시카의 옷을 벗기기 시작했다. 시카가 어어어 하고 당황하는데 마리쉐즈가 말했다.

"속옷부터 제대로 입고 시작하죠."

시녀 둘이 옷을 벗기니 옷은 쉽게 벗겨졌다. 코르셋 차림이 된 시카를 보고 마리쉐즈는 눈을 깜박였고 로웬그린은 "어머?" 하며 즐거운 듯한 놀란 소리를 냈다.

시카는 자신의 코르셋을 내려다보며 물었다.

"이상하게 조여졌나요?"

"아뇨, 그—"

마리쉐즈가 손가락을 빙글빙글 돌리며 자신의 가슴 위쪽을 가리켰다. 시카는 거울을 보았고 얼굴이 확 달아올랐다.

'키스 마크!'

저도 모르게 손바닥으로 붉은 흔적을 가리며 시카는 "그게, 그—" 하고 더듬거렸다. 로웬그린이 "흐음—" 하고 말꼬리를 길게 끌고 중얼거렸다.

"카서스와는 친구란 말이죠."

시카가 더듬더듬 말했다.

"사, 사귀, 사귀고 있어요."

남 앞에서 인정하는 건 처음이다. 마리쉐즈가 킥킥 웃었다.

"그랬군요."

로웬그린이 눈썹을 살짝 치켜 올렸다.

"난 그 사람이 누군가와 사귈 거라고는 생각도 못 했어요."

무례하게 들릴 수도 있는 말이지만, 시카는 이해했다. 자신도 그렇게 생각하지 않았는가?

"저도 그랬어요."

마리쉐즈가 팔짱을 꼈다.

성실하고 다정한 남자를 선호하는 그녀는 바람둥이 스타일은 딱 질색이었다. 그래서 시카에게 저도 모르게 말했다.

"몸만 이용당하고 있는 건 아니죠?"

"모, 몸만―"

그 말에 다시 시카의 얼굴이 붉어졌다. 그녀의 귀 끝까지 빨개진 게 보여서 로웬그린도 마리쉐즈도 걱정 반, 흥미 반인 얼굴이 되었다. 서로 얼굴을 마주 본 두 여자는 곧 질문을 던졌다.

두 사람 모두 유부녀였기 때문에 당연히 질문의 수위는 높았다.

시카는 뒤로 갈수록 "네?", "엑?", "우와?!" 하는 감탄사만 내뱉었고 로웬그린과 마리쉐즈의 얼굴은 점점 미묘해졌다. 그리고 결국 시카는 질문을 던지기 시작했고, 로웬그린은 대답에 머뭇거렸지만, 마리쉐즈는 시원시원하게 대답했다.

"마리!"

그녀의 적나라한 대답에 로웬그린이 저도 모르게 외치자 마리쉐즈가 엉덩이 근처에 손을 올리며 말했다.

"뭐 어때? 나도 처녀 때는 얼마나 궁금했는데. 너랑 시리가 말해 줘서 속 시원했다고."

자신이 무릎으로 문질렀던 게 뭐였는지 알게 된 시카는 고개를 제대로 들 수가 없었다.

'어떻게 카서스를 보지?'

마리쉐즈는 그녀의 부끄러움 따위 별거 아니라는 듯 손을 팔랑거리고 말했다.

"자, 그러면 코르셋부터 다시 입지요. 앞으로 매는 건— 그러니까 본인이 매는 코르셋은 예쁘지도 않고, 귀족 집안 아가씨가 입을 코르셋도 아니죠."

마리쉐즈는 시카의 몸을 바라보았다.

"저와 키가 비슷하고 몸도 얼추 비슷하니까…… 제 걸 써 보죠."

시카는 곧 숨 막힘에 부끄러움도 잊었다. 의자 등받이를 붙잡고 서서 꽉꽉 당겨지는 코르셋을 느끼며 시카는 작게 헐떡였다.

"좋아요."

코르셋이 조여지자 마리쉐즈는 만족스럽게 말했다. 시카는 거울을 바라보았다. 아까보다 훨씬 더 허리는 잘록하고, 가슴은 솟아 있었다.

마리쉐즈가 싱글 웃었다.

"그럼 본격적으로 시작해 볼까요?"

시카는 침을 꿀꺽 삼켰다.

카서스가 시카를 데리러 왔을 때, 그녀는 완전히 지쳐서 늘어진 상황이었다. 구원자가 온 듯 자신을 반기는 모습을 보고 카서스는 웃음을 참았다.

마리쉐즈가 인사를 하고 샐쭉하니 말했다.

"청첩장을 보냈었는데요."

그녀의 말에 카서스가 눈을 찡긋하며 "제가 바쁘다 보니까요." 하고 대답한 후에 "여전히 아름다우시군요." 하고 말했고 마리쉐즈는 가볍게 웃었다.

"그리고 그쪽 역시 여전하시고요."

말했다가 마리쉐즈는 시카를 바라보며 묘한 미소를 지었다.

"아니면, 바뀌었나요."

"어떤 것 같아요?"

카서스가 되묻자 마리쉐즈는 그저 미소만 보냈을 뿐이었다. 카서스는 씩 웃고 말했다.

"필요한 게 있으면 나에게 말해요."

"제가 친구에게 주는 선물이라고 해 두죠."

마리쉐즈가 자신의 손을 들어 보이며 말했다. 반짝, 하고 커다란 캐럿의 다이아몬드 반지가 오후 햇살에 빛났다. 그러나 카서스는 고개를 젓고 말했다.

"호의는 호의로 충분해요. 물질에는 물질로 보답해야죠. 값은 제가—"

"아, 카서스에게 주는 게 아니라 시카에게 주는 선물이거든요. 그러니까 당신의 의견은 필요 없어요."

카서스의 말을 뚝 끊으며 마리쉐즈가 말했다.

나에게 선물이라고?

시카는 얼떨떨한 얼굴을 했고 마리쉐즈가 싱긋 웃으며 "아까 이야기했던 카서스가 준 드레스를 고쳐야 하니까, 오늘 안에 여기로 전부 보내요." 하고 말했다. 시카는 얌전히 "알겠어요." 하고 대답했다.

사실, 지금 이 저택을 탈출할 수만 있다면 드레스가 아니라 뭐라도 보냈을 것이다. 카서스는 뭐라고 하려다가 시카의 대답에 그냥 입을 다물었다.

"그럼 내일 또 봐요."

마리쉐즈가 웃으며 말했고 시카는 "내일 또요?" 하고 저도 모르게 물었다. 로웬그린이 미소 지었다.

"무도회 가기 전에 기본적인 춤과 예절은 배우셔야 하지 않나요?"

"해, 해야죠……."

"그럼 내일 또 봐요."

마리쉐즈가 다시 말해서 시카는 어깨를 늘어트리며 "내일 또 봐요." 하고 대꾸했다. 마차가 바로 저택 앞에 서 있어서 시카와 카서스는 마차에 올랐다.

카서스가 웃으며 물었다.

"그래서, 많이 배웠어?"

"옷만 잔뜩 갈아입었어."

"그래?"

"응."

시카는 한숨을 내쉬었다. 카서스가 그녀의 손목에 걸린 주머니를 보고 물었다.

"그건 선물 받은 거야?"

"어?"

시카가 그 말에 자신의 손목을 보았다가 화들짝 놀라며 뒤로 주머니를 숨겼다.

"어? 어어, 이거 받은 거야."

"뭔데?"

"그냥, 먹는 거."

"먹는 건데 왜 숨겨?"

카서스의 얼굴에 흥미진진함이 가득 찼다. 시카가 그런 그를 노려보듯 바라보며 말했다.

"그냥 받은 거야. 신경 쓰지 마."

"그렇게까지 반응하는데 신경을 안 쓸 수가 있나. 대체 뭔데 그래?"

"아무것도 아냐. 잠깐, 카서스!"

그가 손을 뻗자 시카는 발로 그를 밀어냈다. 카서스는 "그 정도야?" 하고는 얌전히 손을 들었다.

"네, 네. 원하시는 대로 하겠습니다. 신경 끌게요."

시카는 그 말에 몸에서 긴장을 풀었다. 마리쉐즈가 준 그것은 피임약이었다.

'정말—'

얼굴이 화끈거린다. 설명을 듣고 한 알 먹었는데 겉보기도, 맛도 레몬 사탕이랑 똑같았다. 먹으면 일주일간 효과가 유지된다고 했다. 작은 은제 상자 안에 들어 있었는데, 마리쉐즈가 그걸 통째로 건네주었고 드레스에는 주머니가 없어서 로웬그린이 손목에 걸 수 있는 주머니를 내준 것이었다.

'이걸 어떻게 말해.'

시카는 심장이 쿵쾅거리는 걸 느끼며 시선을 돌렸다.

"배, 배우기는…… 했어."

그녀의 말에 카서스는 느긋하게 깍지를 끼며 다리를 꼬았다.

"뭘 배웠는데?"

"……키스 다음?"

카서스는 그 말에 시카를 빤히 보았다. 시카는 절대로 그와 눈을 마주치지 않고 창문 밖을 바라보았다. 그가 손을 뻗어 창문을 닫았지만 그래도 시선은 거기에 고정이었다.

"시카?"

"어엉."

이상한 대답이 나와 시카는 입술을 깨물었다.

"키스 다음이 뭔데?"

그의 목소리에는 즐거움이 묻어 있어서 시카는 저도 모르게 카서스를 바라보았다. 카서스는 여전히 그 자세 그대로였다. 자신을 보고 있기는 했지만, 전처럼 잡아먹을 것 같은 눈이 아니었다. 그가 웃으며 말했다.

"그걸 알았다고 해서 내가 바로 네 속옷을 끌어내릴 리는 없잖아. 그렇게 굶주리지도 않았고— 그러니까 걱정된다는 얼굴하지 않아도 되는데."

시카의 얼굴이 붉어졌다. 그녀가 마차 창문을 도로 밀어 열며 말했다.

"그런 생각 안 했어."

"그렇다면 다행이고."

카서스가 답하고 옆자리를 가볍게 두들겼다.

"이쪽으로 와."

시카는 자리에서 일어나 그의 옆자리로 옮겨 바싹 붙어 앉았다.

카서스가 그녀의 손을 잡고 생긋 웃었다. 시카는 정말로 카서스는 얼굴 덕을 많이 보며 살았을 거라고 생각하며 물었다.

"카서스는? 일 잘 끝났어?"

"응."

"어땠어? 그 나침반은 보여 줬어?"

"보여 줬지. 당분간 수도는 순찰병도 늘릴 거고—"

카서스는 '트라벨 남작에 대해 조사하라고 했다.'라는 말은 할 수 없어 뒷말을 흘렸다. 시카가 갸웃하고 물었다.

"수도만?"

"일단은. 아, 맞다. 이거 몇 개 더 제작해 줄 수 있냐고 하던데?"

"응, 이미 얼음탑에서 만들고 있어."

"아하."

카서스가 고개를 끄덕였다. 시카가 궁금증을 품고 물었다.

"그래서? 폐하는 어떤 분이야?"

"나쁘지는 않던데?"

카서스의 말에 시카는 "에이ー" 하고 깍지 낀 그의 손을 잡아당기며 말했다.

"그런 거 말고. 게다가 나쁘지는 않다는 게 뭐야, 불경하게."

카서스가 피식 웃었다.

"충성을 맹세한 것도 아닌데, 뭐."

"하지만 카서스는 제국 출신이잖아."

"으음, 그건 진짜 상관없지."

"그런가?"

시카는 갸웃했다. 얼음탑 소속인 시카야말로 제국의 황제 앞에서 무릎을 꿇지 않아도 되는 존재였다. 물론 그렇다고 해도 예의는 갖추겠지만 말이다.

그러다 보니 그녀는 제국이나 황제에 대한 인식 역시 희박했다.

대단한 존재라는 건 아는데 실감은 나지 않는?

"젊고 잘생겼다고 하던데?"

시카의 물음에 카서스가 "그게 궁금했구만." 하고 대답했다.

"맞아, 젊지. 나와 비슷하거나 조금 더 위일걸? 머리카락은 하늘색이고― 생김새도 뭐 미청년이라고 할 만하네. 나만은 못하지만."

그가 마지막 말을 힘주어 덧붙였다.

"그렇구나. 한번 뵙고 싶다."

"잘하면 보게 될걸?"

"그래?"

"응."

"어떻게?"

"글쎄―"

카서스는 말을 흐리고 장난스럽게 웃었다. 시카는 다시 입을 내밀었지만, 이번에는 별말 없이 그의 어깨에 고개를 기대며 말했다.

"빨리 그 사람이 잡히고 끝났으면 좋겠다. 그러면……."

그러면, 난 이제 탑으로 돌아가나?

하지만 카서스와 함께 있고 싶어.

이제 굳이 탑으로 돌아가지 않아도 되잖아? 일이 끝나면 당분간은 느긋하게 카서스와 함께해도 되겠지.

시카는 자신의 새끼손가락 반지를 힐끗 바라보았다.

'해치워 버리자.'

그녀는 깊게 숨을 들이마시고 카서스에게 말했다.

"카서스."

"응."

"오늘 저택에 가면 나 반지를 빼 볼래. 만약에, 만약 내가 제어를 못 하면—"

"키스할게."

카서스의 대답에 시카의 얼굴이 빨개졌다. 그녀가 단호하게 말했다.

"그게 아니라 제대로 막아 줘. 안 되면, 그—"

죽이든가.

하는 말은 차마 내뱉을 수 없어서 시카는 우물거렸다. 카서스의 눈이 날카롭게 빛났지만 곧 그건 사라졌다. 그는 부드러운 목소리로 말했다.

"저번에도 키스로 얌전해졌잖아. 이번에도 그렇지 않을까? 키스도 안 되면 그다음을 나간다든가?"

"카서스 리안!"

시카가 그와 깍지를 낀 채로 손을 들어 그의 허벅지를 툭 때렸다. 카서스는 가볍게 웃으며 그녀의 이마에 키스했다.

"괜찮을 거야."

"응."

대답하며 시카는 깊게 떨리는 숨을 들이켰다.

예전에는 반지를 뺀다는 생각도 하지 못했다. 이건 봉인하고 묻어 두고 도망쳐야 하는 무언가였다. 하지만 지금은 카서스가 있고, 그가 괜찮다고 해 준다면.

'마주 볼 수 있어.'

시카는 눈을 감으며 그의 품에 고개를 푹 묻었다.

'단단하고, 따뜻하고, 좋은 냄새 나.'

카서스는 그녀가 편하게 기대도록 자세를 바꾸었다.

'지금 저 반지를 빼게 하는 게 옳은 일일까?'

자신은 반지를 뺀 시카를 본 적 있다. 시카는 괴물이라고 했지만, 전혀 아니었다. 검은 머리카락을 길게 늘어트리고, 루비같이 붉은 눈을 한 아름다운 모습이었다.

하지만 동시에 인간이 아닌 것도 알 수 있었다.

놀랍지 않은가? 인간의 모습을 하고 있는데도, 인간이 아니라는 걸 알 수 있다니. 그건 어쩌면 인간으로서의 본능일지도 모른다.

그녀가 그 능력을 제어하는 것은 좋지만, 지금······.

마수에 대한 공포와 분노가 치솟고 있는, 지금.

카서스는 한숨을 내쉬며 눈을 감았다.

'어차피 나와 있을 때만이니까. 괜찮아. 다른 사람은 모를 거고.'

지나친 걱정이다.

카서스는 그렇게 생각하며 시카의 정수리에 가볍게 키스했다. 반쯤 열린 마차 창문으로 들어오는 오후 햇살이 그녀의 연분홍색 머리카락 위로 미끄러지듯 흘러내렸다. 시카에게서 좋은 냄새가 난다.

'시카 냄새.'

카서스는 그렇게 생각하며 숨을 깊게 들이마셨다. 그녀의 향기는 좋고, 마음을 안정시키나 싶다가도, 한줄기 가느다랗게 어딘가에 불을 붙인다.

'키스 다음도 배웠단 말이지.'

피식 웃은 카서스는 마리쉐즈와 로웬그린에게 고마운 마음을 날려 보냈다. 적어도 자신이 설명해야 하는 고역스러움은 벗어난 셈이니 말이다.

마차는 경쾌하게 달렸고, 마차 안은 적당히 따뜻했다. 봄철에 잠깐 지나가는, 너무 덥지도, 너무 춥지도 않은 기분 좋은 날씨였다.

적당한 마차의 흔들림과 햇살 때문일까? 나른한 기분이었다.

늘어지고, 나른하고, 그녀의 안으로 파고들어 가고 싶어지는 기분.

"네 안에 들어가고 싶어."

카서스가 나른하게 속삭이자 시카가 눈을 번쩍 떴다.

"카, 카서스?"

"응?"

그의 대답은 평이했다. 카서스의 손이 시카의 무릎을 어루만졌다.

"그게, 그."

방금 뭐라고 한 거야?

시카는 입만 벙긋거렸다. 시카의 반응에 카서스는 피식 웃으며 그녀를 어깨를 당겨 자신에게 다시 기대게 했다. 시카는 주머니를 꼭 잡으며 살짝 몸을 돌려 그에게 기댔다. 카서스가 조용히 말했다.

"반지를 빼도 괜찮을 거야."

그 말에 시카는 희미하게 웃고 "응." 하고 작게 속삭였다.

카서스와 함께 있으면 뭐든 괜찮을 거야.

그녀는 그렇게 생각했다.

저택에 도착하자 카서스는 마부를 시켜 드레스를 후작 저택으로 보냈다. 시카의 말에 따르면 코르셋을 조이기 때문에 치수를 다시 줄여야 한다는 게 마리쉐즈의 의견이라 했다.

"뭐, 그녀가 맞겠지. 최근 사교계의 패션 리더니까."

카서스의 말에 시카는 "정말?" 하고 물었다가 납득하며 고개를 끄덕였다. 확실히 마리쉐즈의 옷차림은 어디에 놔둬도 빠지지 않을 차림이었다.

드레스는 불편해서 시카는 얼른 자신의 방으로 돌아가 편한 옷으로 갈아입고 내려왔다.

시카는 바싹 긴장한 얼굴이었다.

저택 안에는 두 사람 외에 아무도 없었다. 카서스는 거실의 가구들을 밀어서 널찍한 공간을 만들었다. 시카는 거실 가운데에서 호흡을 가다듬었다.

"빼고 싶지 않으면, 나중에 해도 괜찮아."

카서스의 말에 시카는 그의 얼굴을 보았다가 고개를 저었다.

"아냐, 용기 생겼을 때 해야 할 것 같아."

"그렇다면, 내가 빼 줄까?"

카서스의 말에 시카는 머뭇거리다가 손을 내밀었다. 카서스는 다가와 그녀의 손을 잡았다.

"음, 셋을 세면 뺄게."

"알았어."

시카는 깊게 숨을 들이켰다. 그리고 카서스는, 숫자를 세지도 않고 반지를 빼냈다. 헉 하고 시카는 숨을 삼켰다.

"아—"

노도와 같이 열린 댐을 넘어 이질적인 마력이 심장 주변으로 흘러들었다. 그녀의 머리카락이 순식간에 검게 물들고 있었다.

"아하, 하하하—"

시카는 웃었다.

역시나 해방감과 고양감은 기분이 좋았다.

"시카 울프."

자신을 부르는 카서스의 목소리도 전혀 다르게 들렸다. 음악적이고, 달콤하고, 예전보다 더 기분 좋게—

그리고 냄새도 더 좋아. 달콤하고 맛있는 냄새가 나.

시카는 양팔을 뻗어 카서스의 어깨를 붙잡았다. 곧 그녀는 짜증을 느꼈다. 그의 키는 너무 커서 목에 이가 닿지 않는다.

시카는 으르렁거리며 그를 잡아당겼다. 카서스는 그녀의 어마어마한 힘에 놀라면서도 순순히 숙여 주었다. 시카가 쪽 하고 그의 목덜미에 키스하더니 곧 혀로 목을 핥아 올려 그는 움찔했다.

"시카."

카서스는 다시 그녀를 불렀다. 그가 말했다.

"사람을 먹는 건 안 좋지 않아?"

"왜? 맛있어. 맛있는 냄새가 나. 카서스, 달아. 단 거야? 단가? 달달―"

시카는 머릿속이 혼란스러워지는 걸 느꼈다.

"먹으면 안 좋아? 안 좋아. 사람, 카서스."

"일단 생으로 뜯으면 아프다고. 맛있는지는 둘째 치고."

카서스의 목소리는 침착하고 부드러웠다. 시카는 그 말에 고개를 갸웃하고 가볍게 그의 목을 깨물었다. 카서스는 흠칫했지만 그녀를 밀어내지 않았다.

목은 모든 생물에게 취약한 곳이다.

시카가 자신의 경동맥을 물어뜯으면, 그걸로 끝일 터.

하지만 카서스는 숨을 깊게 삼키고 다시 느리게 말했다.

"제어하고 싶다고 했잖아."

그 말에 시카는 머뭇거리며 그의 목에서 입을 떼어 냈다. 카서스는 허리를 펴고 시카를 내려다보았다.

"이상해."

시카가 말했다.

"뭐가?"

카서스는 물었고 시카는 자신의 손을 내려다보았다가 카서스를 보았다. 뭔가가 몸 안을 힘껏 소용돌이쳐서 웃고 춤추고 뛰어다니고 싶었다.

아니면 파괴하고 부수고—

돌파구가 필요해서 시카는 입을 벌렸다.

"키스해 줘."

혀를 내밀며 그녀는 키스를 졸랐고 카서스는 기꺼이 거기에 응했다. 적극적인, 불꽃같은 키스였다. 시카는 헐떡이며 그와 혀를 엉켰다. 그녀의 손이 거칠게 그의 셔츠를 찢듯이 벗겼다. 하지만 그것뿐이었다. 그다음은 어떻게 해야 할지 몰라 시카는 답답한 기분이었다.

카서스가 만져 주는 것이 기분 좋아, 더 만져 달라고 졸라대며 가슴을 내밀고 몸을 뒤틀었다. 질척하게 타액이 섞이는 소리가 나고 츄읍 하고 혀를 빨아들이는 소리가 야하게 들렸다. 시카는 손을 뻗어 카서스의 등을 감쌌다.

그녀의 손가락이 그의 오러 코어에 닿자 카서스는 숨을 삼켰다.

이건 지나친 자극이다.

오러 코어는 신체의 가장 민감한 부분 중 하나고, 그걸 이 상황에서, 그녀가 손가락으로 만지는 건—

카서스는 자신의 등에 두른 시카의 손을 잡아 떼어냈다. 그녀가 "왜에?" 하고 말꼬리를 늘리며 다시 손을 뻗어 왔다.

"시카 울프."

그가 낮게 으르렁거리듯 말했다. 카서스는 호흡을 조절하려 애쓰며 말했다.

"정신 차려."

"차리, 고 있어."

"이런 건 차린 게 아니지."

카서스는 단호하게 말했다. 시카가 자신의 손목을 잡은 그의 손가락을 핥았다.

"왜? 왜? 너도 하고 싶잖아. 나도 하고 싶어. 피임약도 먹었단 말야."

그 말에 카서스는 움찔했다가 물었다.

"피임약?"

"응. 아까 내가 숨긴 주머니. 그게 피임약이야. 먹었어. 그러니까 얼마든지 안에다가 해도 되는걸."

명랑한 어조로 말하는 시카를 보고 카서스는 기가 찼다.

"대체 그 두 사람은 어디까지—"

말하다가 그는 한숨을 삼키고 단호하게 말했다.

"안 할 거야. 지금 네 상태로는 안 해. 제정신도 아닌 시카를 이때다 하고 덮칠 정도로 굶주리지도 않았고, 제정신이 아닌 것

도 아냐. 너랑 처음 할 때는 둘 다 제대로 된 상태에서 할 거야.
그렇게 하는 게 훨씬 기분 좋을걸."

시카는 짜증이 솟구쳤다. 키스해 주지 않을 거면, 다른 식으로
날 달래 주지 않을 거면 이 상대는 필요 없어!

"그럼 다른 남자랑 잘 거야!"

"뭐?"

밀치고 거실을 뛰쳐나가려는데 카서스는 그녀의 팔을 놓아주
지 않았다. 시카는 이를 악물고 팔을 빼어 내려 애썼다. 하지만
카서스는 꿈쩍도 하지 않았다.

"너 싫어! 진짜 싫어! 저리 가! 놔! 미워! 진짜 미워어—!"

그녀는 발버둥 치고, 발을 구르고 그를 걷어차려고 했지만 소
용없었다.

짜증이 흘러넘쳐 결국 울음이 되었다.

"싫어어, 놔아— 놔—"

어린애처럼 시카는 엉엉 울기 시작했다. 히끅거리며 한참 우
는데 카서스는 히죽 웃으며 놀리듯 말했다.

"그래도 이제는 얼굴 보지 말라고 하지는 않네?"

그 말에 시카는 뚝 울음을 그치고 동그란 눈으로 그를 바라보
았다. 충격이 거칠게 그녀를 쓸고 지나갔다. 카서스는 허리를 숙
여 가볍게 그녀의 눈가에 키스해 주었다.

"여전히 예쁘네, 내 시카."

시카는 가볍게 숨을 헐떡였다. 그녀는 눈을 꾹 감았다. 안간

힘을 쓰며 시카는 흐트러진 정신을 모으려고 애썼다.

"카서스. 카서스 리안."

"응."

마력과 섞여 들어간 마수의 힘 역시, 시카는 고삐를 잡으려 애썼다. 노도처럼 흐르지 않게.

'정신 차리자. 집중, 집중.'

흐트러지기 쉬운 이성을 시카는 끌어 모았다. 카서스는 천천히 그녀의 팔을 놓아주었다. 그가 부드럽게 팔을 쓸며 말했다.

"미안, 아프지?"

"아프지 않아."

시카는 또박또박 대답했다. 술에 취했을 때 이성을 다잡으려 하면 이런 기분일까? 카서스가 히죽 웃었다.

"내가 아니었으면 진즉에 나가떨어졌을걸."

"미안."

"아냐, 진짜로. 힘이 상당히 강해서……."

자신이 오러를 사용해야만 했다. 생각해 보니 저번에 반지를 뺐을 때도 인간을 쉽게 죽였었지. 사실 한 손으로, 순수한 악력으로 사람의 목을 부러트리는 건 쉬운 일이 아니다.

시카가 머뭇머뭇 카서스에게 손을 뻗으며 물었다.

"내가 카서스를 아프게 했어?"

"걷어차인 데는 좀 아프지만, 쓰러질 정도는 아니야. 다른 남자랑 잔다는 건 좀 열 받았지만."

그 말에 시카는 당혹해서 말했다.

"그거, 나 제정신이 아니었으니까—"

"제정신이 아닌 상태에서 나온 본심인가?"

"아냐! 나 카서스밖에 없단 말야!"

시카가 놀라 외치듯 말하며 그의 손을 잡았다. 대체 자신이 왜 그런 소리를 했는지 시카도 알 수가 없었다. 카서스가 "그렇다면 봐줄까?" 하고 장난스럽게 답했다. 그가 빤히 시카의 눈을 들여다보았다.

"이제 괜찮아?"

"음, 아니 아직 모르겠어. 모르겠지만 처음보다는 훨씬 나아. 고마워, 카서스."

시카는 빙긋 웃었다.

'생각해 보면 마법사의 탑에 가기 전까지는 항상 이 모습이었어. 그렇다고 문제가 생기지는 않았던 것 같고.'

겉모습이 괴물 같다고 생각해서 숨겨 왔다. 마수의 힘이니까 숨기는 건 당연한 일이었다. 카서스가 준비한 둥근 손거울을 꺼냈다.

"볼래?"

그의 물음에 시카는 깊게 숨을 삼키고 그에게서 거울을 받아들었다. 몇 번이나 망설이다가 시카는 고개를 돌린 채 실눈을 뜨고 거울을 바라보았다. 그리고 점점 눈을 크게 뜨더니 그녀는 본격적으로 거울을 들여다보기 시작했다.

시카는 입을 헤 벌렸다.

괴물이 아니었다. 정말로, 달라지지 않은 모습이었다. 아니, 눈 색이 빨간 건 좀 징그럽다는 생각이 들 수도 있지만 이 색은 아주 예뻤다. 고양이 같이 세로로 긴 동공도 생각만큼 괴상하지는 않았다.

그리고 머리카락은 새까만 색.

시카는 죽죽 자신의 머리카락을 당겨 보았다. 그리고 피부는 좀 더 창백해진 것 같았다. 그녀는 이를 드러내 보였다.

'아, 이도 조금 더 뾰족한가?'

이리저리 고개를 갸웃거리며 시카는 자신을 살폈다. 비늘이 돋아나거나, 손톱이 자라지도 않았고, 눈이 세로로 길쭉하지도 않았다.

뿔이 난 곳도 없고, 털이 숭숭 자라지도 않았다. 시카가 거울을 내리며 카서스를 바라보았다.

"나 이상하지 않아?"

"여전히 예쁜데."

카서스의 대답에 시카는 웃었다. 웃고 그녀는 슬쩍 시선을 내리며 말했다.

"음, 어, 카서스 옷 입는 게 좋겠다."

그 말에 카서스는 "시카가 내 옷 다 찢어 버렸는데." 하고 슬픈 어조로 놀리듯 답했다. 시카의 양 뺨이 붉어졌다. 그녀는 더듬더듬 자신의 흐트러진 옷차림 역시 정돈하며 변명했다.

"그때는, 그게. 새, 새 옷 입으면 되잖아."

변명도 되지 않는 변명이라 카서스는 히죽 웃고 일부러 찢어진 셔츠를 들어 올려 걸쳤다.

"아, 이거 단추가 다 날아가서 앞이 안 잠기네. 게다가 여기는 왜 찢어졌지?"

"카서스!"

시카가 소리를 높이자 카서스는 무의식적으로 그녀에게 손을 뻗으려다가 시카의 표정을 보고 그만뒀다.

평소와 같은, 풍부한 표정.

이제 밖으로 뛰쳐나갈 걱정은 하지 않아도 될 것 같다.

그래도 카서스는 주의 깊게 시카를 살폈고, 시카는 그의 시선을 받으며 말했다.

"카서스 방까지 같이 가자. 내가 셔츠 꺼내 줄게."

그리고 대답도 듣지 않고 앞장서서 걸어갔다. 카서스는 말없이 그녀의 뒤를 따랐다. 시카를 혼자 둘 수 없다는 그의 생각을 그녀는 금방 알아챈 것이다. 카서스의 방은 그녀의 방보다 더 심플했다. 시카는 옷장을 열고 적당히 셔츠를 꺼내서 카서스에게 내밀었고 그는 셔츠를 걸쳤다. 시카는 자신의 손을 내려다보았다.

"왜?"

카서스가 바로 물었고 시카는 고개를 저었다.

"아니, 그냥. 이상해서."

"뭐가?"

조금이라도 문제가 있으면 이야기해, 하는 카서스의 어조에 시카는 웃었다. 시카는 자신의 마력, 두 가지 종류의 마력이 섞이지 않고 따로따로 자신의 심장 주변을 도는 것을 느꼈다.

그녀가 착실하게 쌓아온 마력이 백색이라면, 마수의 힘은 검은색이라고 단순하게 구별할 수 있었다. 원래라면 몸 전체에 흩어져야겠지만, 백색 마력을 따라서 검은색 마력도 함께 돌고 있었다. 이 이질적인 마력은 이 세계의 것이 아니다.

이 세계의 것이 아니므로, 세계의 물리 법칙을 거스를 수 있다.

시카는 그걸 깨달았다.

불안감이 그녀의 가슴속을 찌르듯 관통하고 지나갔다.

마법으로는 합성수를 만들 수 없다. 하지만 이 마력이라면……?

'로리가……?'

마수를 부르는 것 역시 가능할지도 모른다. 장막을 찢는 것도 가능할지 모른다. 게다가 이 힘은 확실히…….

'이성이 흐려져.'

좀 더 본능적이 되는 기분이었다. 시카는 이 힘을 도로 밀어넣으려고 애썼다. 애쓰지만 잘 안 되어 포기하고 시카는 손을 내밀었다.

"반지 도로 끼워 줘."

"벌써? 좀 더 익숙해지는 편이 낫지 않아?"

"아니, 조금씩 시간을 늘려 갈래."

시카의 말에 카서스는 순순히 그녀의 손에 반지를 끼워 주었다. 마치 파워가 팟 하고 꺼진 것처럼 쑥 하고 힘의 뚜껑이 닫히자 시카는 약간의 허전함을 느끼며 한숨을 내쉬었다. 하지만 머릿속은 아까보다 더 맑았다. 머리카락을 보니 다시 연분홍색으로 돌아와 있었다.

카서스가 신기한 마음에 머리카락을 만져 보았다. 머리카락을 만지며 그가 능글스러운 웃음을 지었다.

"그래서, 피임약도 드셨어요? 안에다가 해도 돼요?"

그 말에 시카는 당장 지금, 여기서, 연기처럼 사라지고 싶다는 생각을 하며 고개를 푹 숙였다.

"응?"

카서스는 머리카락을 꼬며 되물었고 시카가 고개를 돌렸다. 떨리는 목소리로 그녀가 말했다.

"그, 글쎄. 무슨 말을 하는 건지 모르겠네."

"그럼 다시 또박또박 큰 소리로 말해 줄게. 피.임.약—"

시카가 손을 뻗어 그의 입을 막았다.

"카서스 리안!"

그녀는 귀 끝까지 빨개져 있었다. 진짜 다시 돌아가고 싶다. 왜 자신이 그딴 소리를 했는지 모르겠다. 심장이 미친 듯이 뛰어서 귓속에서 심장 뛰는 소리가 들릴 정도였다. 그녀의 격한 반응에 카서스는 놀리는 걸 멈췄다.

시카는 천천히 카서스의 입을 막은 손을 떼고 말했다.

"고마워."

"뭐가?"

"그, 내가 덮쳤는데, 그래도 끝까지 안 가서……."

"그건 별로 고마워할 필요도 없는 당연한 건데?"

카서스는 그렇게 말하고 그녀의 어깨를 감싸며 함께 방에서 나왔다. 시카는 '그런가?' 하고 고개를 갸웃했다.

"일단 뭔가 좀 먹자. 배고프다."

카서스의 말에 시카 역시 동의해 고개를 끄덕였다.

먹고 나서 생각하자.

'로리에 대한 일도 그렇고.'

시카는 언제 한번 그와 대면하고 이야기를 해야겠다고 생각했다.

하지만 로렌스를 만날 시간이 없었다.

시카는 무도회 준비를 하느라 정신이 없었다. 아침 일찍 가서, 저녁 늦게야 다시 집으로 돌아와 카서스의 얼굴도 밤늦게나 봤다.

'이래서야 사귀는 거나 파트너일 때나 별 차이 없잖아.'

불만이 생겼다.

카서스가 소파에 시카를 앉히고 그녀의 구두를 벗겨 주다가 시카의 표정을 보고 갸웃했다.

"왜? 뭔가 문제라도 있으신가요?"

그가 꾸욱 하고 발바닥 가운데를 누르자 시카는 저절로 신음이 흘러나왔다. 카서스가 한쪽 무릎을 꿇은 채로, 그녀의 다리를 자신의 다리 위에 올리고 슬슬 주무르기 시작했다. 춤 연습으로 아파왔던 다리가 시원해졌다.

"아니, 카서스랑 사귀는데— 사귀는데 아무것도 안 하잖아?"

그녀의 불만에 그가 피식 웃으며 그녀의 종아리 뒤를 꽉 잡았다. 시카는 악 소리를 질렀다.

"잠깐! 아파아파아파아파!"

카서스는 생글생글 웃으면서도 힘을 빼지 않은 채로 뭉친 근육을 주물렀고 시카는 팔을 뻗으며 버둥거렸지만 카서스에게 닿지 않았다. 카서스가 힘을 빼자 그제야 시카는 늘어졌다.

"시원하지?"

"아팠어!"

"시원하잖아."

'주무르고 나니까 시원하기는 하지만……' 하고 시카가 입 안으로 웅얼거렸다. 카서스는 반대쪽 다리도 붙잡아 올려 똑같이 해 주었다. 시카는 신음을 흘리며 늘어졌다. 무거웠던 다리가 가뿐해졌지만 고통은 고통이다. 카서스가 그녀의 치마 안으로 손을 밀어 넣어 가터벨트를 풀고 가볍게 실크 스타킹을 잡아당겼다.

스르륵 하고 매끄러운 옷감이 살결을 스치는 소리가 났다. 아

니, 나는 것처럼 느껴졌다. 시카의 연보라색 눈이 자신을 뚫어져
라 보는 것을 즐기며 카서스는 다른 쪽의 실크 스타킹도 똑같이
벗겨 냈다. 그가 가볍게 그녀의 맨 무릎에 키스하며 말했다.

"연인끼리 하는 걸 하자기에."

"내, 내 말은—"

그런 뜻이 아니었다, 하려다가 시카는 '정말 아닌가?' 하고 갸
웃했다. 그사이에 카서스의 손은 치마를 위로 쓸어 올리며 허벅
지까지 올라왔다. 시카는 당황해 양손으로 치마를 잡아당겨 내
리려고 했지만 소용없었다.

"카서스—"

"응?"

카서스는 달콤하게 대답하며 허리를 숙여 그녀의 입술에 스
치듯 키스했다. 그리고 다시 입술을 겹친다. 시카는 머뭇거리다
가 입을 열었고 혀가 미끄러져 들어왔다.

'춤추다가 왔는데, 나 땀 냄새 나는 거 아닌가?'

작은 고민이 머릿속을 스치고 들어갔다. 카서스의 무릎이 그
녀의 다리 사이로 들어왔다. 그가 한 손으로 자신의 타이를 잡아
당겨 풀었다. 카서스의 손이 더 안으로 밀고 들어오자 시카는 전
신을 경직시켰다.

그녀의 손이 팔걸이를 꽉 움켜잡았다. 손가락 관절이 새하얗
게 되도록 팔걸이를 붙잡고 눈을 꼭 감은 시카를 보고 카서스는
손을 뺐다.

시카는 가볍게 헐떡이며 눈을 가늘게 떠서 카서스를 보았다. 카서스는 장난스럽게 그녀의 아랫입술을 가볍게 물었다가 놓아주며 말했다.

"싫다면 싫다고 말해."

"시, 싫지 않아."

시카가 변명하듯 말했고 카서스가 한쪽 눈썹만 치켜 올리자 그녀가 더듬거리며 답했다.

"그냥 좀, 무서워서 그렇지."

"그거나 그거나."

카서스가 그녀의 옆자리에 털썩 앉았다. 시카가 진지하게 말했다.

"둘은 전혀 달라. 언젠가 카서스랑, 그, 하고는 싶지만 아직은 좀 더 준비가 필요하달까."

마지막 목소리는 작게 줄어들었지만 카서스는 충분히 알아들을 수 있었다. 그가 웃으며 허리를 숙여 그녀의 구두를 집어 들었다.

"그래, 그래."

얼마든지 네 속도에 맞춰 줄 수 있다.

시카는 숙인 카서스의 등을 보고 얼른 팔을 뻗어 그의 등을 누르듯 올라탔다. 카서스는 "윽." 하는 작은 소리를 냈다.

"시카?"

"그러니까 카서스 이야기해 줘."

"왜 이야기가 그렇게 되는 거야?"

카서스는 시카가 밀려나지 않게 조심스럽게 상체를 세웠다. 그녀는 그의 목에 팔을 두른 채로 카서스의 등에 찰싹 붙어서 말했다.

"더 알고 싶은걸. 그래서 카서스는 어머니 때문에 사람이랑 깊이 관계 맺는 게 싫어진 거야? 그 뒤로 계속 용병을 한 거고?"

우왓, 그야말로 직설.

시카다운 질문이어서 카서스는 저도 모르게 웃었다. 그가 그녀의 팔을 잡아당기며 느긋하게 말했다.

"그렇다고 볼 수 있지. 용병 생활을 본격적으로 시작한 게 열두셋 정도? 처음 사람을 죽인 일이 아직도 생생한데. 벌써 그렇게나 예전 일인가, 싶네."

별로 남에게 권할 만한 인생은 아니다.

"그리고 그 여자의 집착이 싫어서 고향을 떠난 게 열넷인가, 그렇고. 그 뒤로 한 번도 고향에 돌아간 적 없었어."

"정말?"

"응."

"그럼…… 어머니는……?"

"아, 몇 년 전쯤 많이 아프다고, 마지막으로 얼굴을 보고 싶다고 편지가 엄청 왔는데─ 항상 있던 관심 끌기인 줄 알고 무시했더니 부고가 날아왔어."

카서스는 별거 아니라는 듯 가볍게 이야기했지만, 시카는 자신의 팔을 잡고 있는 그의 손에 살짝 힘이 들어가는 걸 놓치지 않았다. 그녀가 그의 등에 바싹 몸을 가져다 붙이며 그를 꼭 끌어안았다.

"그건 힘들었겠네."

시카의 말에 카서스는 눈을 감았다.

만나지 못해서 후회스러운 건지, 아니면 만나지 않아서 시원한 건지 그도 알 수가 없었다.

시간을 돌린다면, 만나러 갈까?

만나면 무슨 말을 하려고 자신을 찾았던 걸까?

진짜 자신을 찾은 걸까? 아니면 그냥 주변 사람들의 말이었을까?

시카는 뒤에 있어서 그의 표정을 볼 수는 없었지만 그래도 위로의 마음을 담아 그의 머리카락에 뺨을 비볐다. 그의 청색 머리카락은 부드러웠다.

카서스가 그녀의 팔을 잡아당기며 눈을 뜨고 고개를 돌렸다.

"그러니까, 이렇게 연결된 건 네가 처음이야. 유일하고."

말하는 그의 목소리는 어딘지 날이 선 듯 차가웠고, 눈동자는 가라앉아 있었다.

그래서 거리를 조절하는 게 힘들다.

먹어 치우지 않으려고 애써서 일부러 멀찍이 거리를 벌리고 있다.

최대한 돌아가는 길로.

너에게 맞춰서, 느리게 느리게.

"그러니까 배신할 거면 미리 말해 두는 게 좋아."

카서스의 말에 시카는 그가 농담하는 줄 알았다. 하지만 그게 아니라는 걸 곧 깨달아 그녀는 화를 내려다가 물었다.

"만약에 그러면 어떻게 할 건데?"

카서스는 눈도 깜박이지 않고 답했다.

"나도 모르겠어."

거짓말.

시카는 그렇게 생각했지만 굳이 입 밖에 내지 않았다. 카서스가 방금 건 농담이었어, 라고 하듯이 그녀의 팔을 가볍게 깨물고 웃었다. 시카가 그의 머리카락을 잡아당겨 자신의 팔에서 떼어 내며 말했다.

"배신 같은 거 안 해."

"알아. 하지만."

사람이라는 건 꽤나 얄팍하다.

지금 이렇게 좋아하다가도, 어느 순간 사소한 걸 계기로 마음이 식어 버리기도 한다. 아니면 다른 좋아하는 사람이 생기거나.

시카가 그렇게 되면 자신은 어떻게 반응할까?

결코 웃으면서 '좋은 사람 만나서 다행이야. 안녕.'이라고 말하지는 못하겠지. 카서스는 괜히 투정처럼 그녀에게 책임을 전가했다.

"날 첫 번째로 삼은 건 너니까."

"그러는 카서스야말로, 나보다 더 좋은 사람 있다고 훌쩍 가 버리면 안 돼?"

그녀의 말에 카서스는 웃었다.

"안 해. 이런 거 너 하나로도 벅차."

카서스는 소중한 사람이 여럿 있는 이들이 신기할 지경이었다. 자신은 하나로도 이렇게나 힘든데.

복잡한 감정, 깊은 연결.

그녀가 웃는 것만 봐도 가슴이 떨릴 정도로 행복하지만, 이렇게나 높이 올라와 있다는 건 떨어질 때의 아픔도 상당하다는 것이었다.

시카가 이별을 고하는 걸 상상하는 것만으로도 숨이 막혀 온다.

이별의 순간에 '안녕.' 하고 떠나가는 것이 아니라 반드시 상처 입고 상처 입히고, 그래도 떠나가지 못하게 할 그런 상대를 만드는 건······.

카서스는 깊게 숨을 들이켰다.

"사랑해, 시카."

"나도 사랑해."

시카는 그렇게 대답하며 그의 뺨에 키스했다. 카서스는 떨어트린 구두를 다시 그녀에게 신겨 주고 소파에서 일어났다.

"자, 얼른 씻고 오늘은 일찍 자. 내일이 무도회니까."

시카는 그 말에 고개를 끄덕이며 그의 손을 잡고 소파에서 일어났다.

*　　　*　　　*

초여름 날씨는 무도회에 적절했다.

아직 아침저녁으로는 쌀쌀했지만, 그래도 여자들은 기꺼이 팔과 등과 데콜테(decollete)를 훤히 드러낸 드레스를 선택했다. 그 위에 가느다란 실로 짠 숄이나 짧은 망토를 함께 두르고 말이 다.

시카의 머리는 반 묶음으로 올려져 있었다. 머리 장식은 카서 스에게 받은 유리 장식이었다. 내려진 연분홍빛 머리카락은 완 벽한 곡선을 그리며 떨어졌고 그녀의 허리는 한껏 조여져 있었 다. 잘록한 허리와 풍만한 가슴을 강조한 홀터넥 드레스는 화려 한 것이었다. 시카는 목에 딱 붙은 다이아 장식이 달린 초커를 손으로 어루만졌다.

이렇게 긴 비단 장갑도 어딘가 어색한 느낌이었다.

마리쉐즈가 머리에서 발끝까지 공들여 치장해 줬으니, 어디 가서 지지 않을 옷차림이었다. 단지 그런 옷차림에서 싸구려 유 리 장식 머리핀은 눈에 띄었지만, 시카는 꼭 그걸 고집했다.

황실에서 주최하는 무도회인 만큼 무도회장은 그 위용을 자 랑하고 있었다.

"사람들이 다 쳐다봐."

시카가 카서스에게 소곤거렸다. 무도회장으로 들어온 지 십여 분도 되지 않았는데 사람들이 시체 주변의 독수리처럼 주변을 맴도는 것이 느껴졌다. 카서스는 여유롭게 웃으며 말했다.

"그야 내가 미남이니까."

그가 지나가던 시종의 쟁반에서 샴페인 잔을 들어 시카에게 건네주었다. 가느다란 유리잔 다리를 조심스럽게 쥐고 시카는 약간 입술을 축이는 정도로만 맛을 봤다.

"발은 괜찮아?"

카서스의 물음에 시카는 "아직까지는." 하는 대답을 했다. 드레스는 예쁘고, 키가 큰 것 같은 건 좋았지만 높은 힐을 신으니 발이 아픈 건 또 별개의 문제다.

"카서스와 춤을 출 만큼은 버티지 않을까?"

시카의 말에 카서스는 웃었다.

"그만큼만 버티면 되지."

"둘만의 시간을 만들고 있는 건가요?"

들려온 경쾌한 목소리에 둘은 동시에 상대를 돌아보았다. 마리쉐즈가 싱긋 웃었다.

"뭐, 비슷하네요."

카서스의 대답에 마리쉐즈가 눈을 가늘게 떴다.

"그런 식으로 '아무도 다가오지 마.' 하고 서 있으면 정말로 아무도 안 온다고요. 모처럼 황실 무도회인데 말이죠."

"이런 데서 다가오는 사람치고 좋은 마음으로 다가오는 사람은 없더라고요."

카서스의 대답에 마리쉐즈가 눈을 동그랗게 떴다.

"어머나, 그런 오만한 편견을."

"하긴, 좋은 마음이기는 하죠. 자기에게 좋은 마음."

카서스가 정정하자 마리쉐즈가 까르륵 웃었다. 그녀가 부채로 가볍게 그의 팔을 툭 치고 말했다.

"좀 더 마음을 열어 보는 게 어때요? 그쪽 아가씨는 저에게 잠깐 넘겨주시고요."

"저요?"

시카가 자신을 가리키자 마리쉐즈가 고개를 끄덕였다. 시카는 카서스를 한 번 보고, 다시 마리쉐즈를 보았다. 그리고 잔을 카서스에게 도로 건네주고 마리쉐즈를 따라 나섰다.

마리쉐즈는 줄무늬 드레스를 입고 있었다. 파격적인 무늬였지만 마리쉐즈에게는 잘 어울렸다. 사교계의 꽃인 마리쉐즈의 선택이니 아마 이번 여름 무도회에서 대유행할 터였다.

마리쉐즈와 로웬그린은 사교계의 중심축이었다.

그래서 둘의 도움을 받은 시카는 마법사라는 것을 온전히 장점으로만 사교계에 나타낼 수 있었고, 그녀는 금방 사람들의 인사에 휩싸였다.

귀족들은 어떻게든 마법사와 연줄을 만들려고 몸부림쳤고 시카는 다 기억하지 못할 정도의 이름을 들었다.

"시카."

로웬그린이 그녀를 부르자 시카에게 말을 걸던 사람들이 고개를 숙이고 좌우로 물러났다. 후작 부인만큼 신분이 높은 사람은 없었던 것이다.

"로웬그린."

시카는 안도가 담긴 목소리로 그녀를 마주 불렀다. 마리쉐즈가 "로위." 하고 명랑하게 그녀를 불러 로웬그린은 웃었다.

"남편은?"

마리쉐즈의 물음에 로웬그린은 갸웃하며 느리게 말했다.

"하티엔은 입구에서부터 붙잡혔어."

"저런."

"그쪽이야말로, 알케르토는 어디 가고?"

"아, 좀 이따가 올 거야. 오늘 일이 늦게 끝난다고 해서."

마리쉐즈가 어깨를 으쓱했다.

"황실기사단은 요즘 바쁘구나."

로웬그린이 갸웃하며 말하자 마리쉐즈는 고개를 끄덕였다. 그녀의 군청색 눈동자가 살짝 어두운 기색을 띠었다.

"요즘 연일 야근이야."

"괜찮을 거야."

로웬그린의 위로에 마리쉐즈는 스읍 가볍게 숨을 들이마시고 싱긋 웃었다.

"그래, 그리고 모처럼의 무도회니까. 즐기지 않으면 안 되겠지."

로웬그린이 희미하게 웃었다. 그녀가 시카를 돌아보고 물었다.

"그래서, 춤 상대는 많이 생기셨나요?"

"네? 아뇨, 아직 한 명도."

그 말에 로웬그린이 슥 눈썹을 치켜 올리고 물었다.

"왜요? 카서스가 부채를 부러트리겠다고 협박이라도 했나요? 자기 친구처럼?"

"아, 말도 꺼내지 마. 그 부채 박살 사건은 정말이지."

마리쉐즈는 손을 저었고 로웬그린이 웃으며 말했다.

"하지만 그 뒤로 베라무드를 흉내 내서 몇 번 더 그런 일이 일어났잖아. 뭐, 포스는 베라무드보다 못해서 웃음거리만 됐지만."

"부채 박살 사건이요?"

시카는 그게 무슨 말인가 싶어 두 사람을 바라보았다. 마리쉐즈가 자신의 댄스용 부채를 펴 보였다. 부채에는 장식끈 대신 만년필이 매달려 있었다.

"여기에 춤출 순서대로 사람의 이름을 적는 거예요. 댄스 부채. 그런데ㅡ 시그리드라고 제 친구가 있거든요."

"아, 알아요. 앙케르트나 백작님 말이죠."

시카가 아는 이름에 반응했다. 마리쉐즈가 고개를 끄덕였다.

"알고 있군요. 하긴, 마법사들은 다 알겠네요. 하여간 그녀가 무도회에 가서 이 부채에 가득 이름을 썼는데, 그 당시 남자 친구였던 베라무드가 그 부채를 박살 내 버렸죠."

시카는 눈을 동그랗게 떴다. 로웬그린이 쿡쿡거리고 웃으며 말했다.

"첫 춤부터 끝 춤까지 자기와 다 춰야 한다고 말이죠. 아, 난 그렇게 노골적으로 소유욕을 드러내는 사람은 처음 봤어요. 보통은 예의나 사회적 체면을 지킨단 말이죠. 공작가의 둘째쯤 되면요."

"그래도 되는 거예요?"

시카의 물음에 마리쉐즈가 엄격한 얼굴을 했다.

"당연히 안 되죠. 하지만 흑기사에게 시비 걸 사람은 아무도 없으니까요."

"거기에 이름이 쓰여 있던 어느 사람도, 자신을 모욕했다는 뜻으로 베라무드에게 결투를 신청하지 않았죠."

로웬그린의 보충 설명에 마리쉐즈가 한숨을 내쉬었다.

"나라도 결투 신청 안 할 거야."

"그게 현명하지."

로웬그린이 고개를 끄덕였다.

시카는 다정하다 못해 꿀이 뚝뚝 떨어지는 부부였던 앙케르트나 백작 부부를 떠올리며 '그런 사연이 있었다니.' 하고 중얼거렸다.

"두 분은 사이가 좋아 보이셨어요."

시카는 중얼거리듯 말했다.

앙케르트나 백작인 시그리드는 은발에 주홍색 눈으로, 약간

차가워 보이는 인상이었고 실제로 시카도 딱딱한 분이라고 생각했다. 그에 비해 남편분은 딴판이었는데, 그가 곁에 있으면 그녀의 표정이 마구 변하는 게 보여서 옆에서 보기에도 로맨스 소설에 나오는 커플 같다고 생각했다.

"당연히 좋겠죠. 그 두 사람이 걸어온 길을 생각하면."

마리쉐즈가 팔짱을 꼈다. 로웬그린이 재미있다는 얼굴로 마리쉐즈에게 말했다.

"그거야 마리쉐즈도 마찬가지 아냐?"

"나도 당연히 좋지."

마리쉐즈는 당당히 대답했고 시카의 귀가 솔깃했다.

"마리쉐즈는 어떤 일이 있었는데요? 그러고 보니 남편분을 본 적이 없네요."

사랑 이야기라면 궁금했다. 다들 자기와 카서스 같을까? 다를까?

"아, 내가 이 이야기 안 해 줬나요? 카서스가 나랑 알케가 결혼하는 데 도움을 줬어요."

"정말요?!"

시카가 깜짝 놀라서 물었다.

카서스가 남녀 사이의 뚜쟁이 노릇을 해서 둘을 이어 준다는 건 상상이 되지 않는다. 마리쉐즈가 희미하게 웃으며 말했다.

"뭐, 시리 도움도 없다고는 못하겠지만요."

"다들 도와줬지. 카서스가 알케르토 팔을 부러트렸을 때는 진짜 놀랐다니까."

로웬그린의 말에 시카는 "카서스가요?" 하고 물었고 마리쉐즈
와 로웬그린이 서로 마주 보았다가 물었다.

"그런데 궁금한 게 있는데요."

"네."

"둘만 있으면 카서스가 다정하게 대해 줘요? 어때요? 저 사람
은 도무지 연애 체질이 아니라고 생각돼서."

로웬그린의 물음에 시카는 웃었다.

"저도 처음에는 그렇게 생각했어요. 내가 그를 좋아해 봐야,
그에게는 자유가 첫 번째라고요. 그런데 카서스는 자유보다 절
선택했다고 했고—"

시카는 얼굴이 살짝 붉어지는 걸 느끼며 말했다.

"목줄을 채우라고 하면서, 카서스는 제가 첫 번째라고 말해
줬어요."

로웬그린의 다갈색 눈에 놀라움이 차올랐고 마리쉐즈는 웃음
을 터트렸다. 로웬그린이 조용한 목소리로 말했다.

"그러면 카서스에게 시카는 정말로 중요한 사람이네요."

그녀가 입가에 손을 대고 생각을 더듬듯 말했다.

"베라무드는 카서스의 전우고, 카서스도 그를 상당히 마음에
들어 하기는 했지만, 그래도 선이 보였거든요."

"두 사람이 아는 사이예요?"

시카는 되물으면서 자신은 너무 카서스에 대해서 모르는 게

많다고 생각했다.

'일이 끝나면 좀 더 이야기를 나눠 봐야겠어.'

"그렇다고 하더군요. 저도 자세한 건 모르지만요."

로웬그린이 어깨를 으쓱했다.

그때 사방에 사람들이 물 흐르듯 갈라지는 게 느껴졌다. 시카는 놀라 고개를 돌렸고 마리쉐즈와 로웬그린은 상대를 보고 우아하게 고개를 숙였다.

짙은 갈색 머리카락을 틀어 올린 여성은 머리에 작은 티아라를 쓰고 있었다. 시카는 어색하게 치마를 잡고 무릎을 가볍게 굽혀 인사했다.

"황후마마."

"황성에서 마법사를 보게 되니 즐겁네요."

"영광입니다."

시카는 조심스럽게 대답했다. 황족이라니. 궁금하기는 했지만 설마 자신에게 말을 걸 거라고는 생각도 하지 못했다.

황후는 시카의 당혹스러움을 눈치채고 후후 가볍게 웃었다.

"다음에 초대장을 보낼 테니, 꼭 제 살롱에 한번 와 주세요."

부드러운 어조에 시카는 "네. 마마." 하고 대답했다. 황후가 살짝 고개를 돌려서 로웬그린과 마리쉐즈에게도 역시 인사를 건넸다.

황후가 자리를 뜨자 시카는 가슴을 쓸어내렸다.

'뭔가 실수한 건 없겠지?'

그리고 슬쩍 황후의 뒷모습을 보았다. 허리를 들고 꼿꼿하게 걸어가는 황후와 그녀를 선망의 눈길로 보면서 좌우로 갈라져 허리를 숙이는 귀족들을 보니 묘한 기분이었다.

아까 로웬그린 때도 그랬지만, 정말로 계급이란 굉장하구나 하는—

'이건 제삼자의 시선이니까 볼 수 있는 건가.'

이 사람들에게는 너무 당연한 일상이니까.

"너무 시선을 끌고 있어."

뒤에서 양어깨를 잡으며 귓가에 낮게 속삭이는 목소리에 시카는 흠칫했다가 어깨에서 힘을 뺐다. 그녀가 "카서스." 하고 책망하듯 그를 돌아보았다.

"이야기는 즐거웠어?"

그가 생긋 웃으며 물었다.

"그다지. 사실 머릿속에 남아 있는 이름이 하나도 없어."

시카의 대답에 마리쉐즈가 저도 모르게 내뱉었다.

"저런."

"사실 나도 그래."

카서스가 눈을 찡긋하며 말했다. 로웬그린이 안타깝다는 어조로 말했다.

"방랑자의 무용담 한 번 얻어들으려던 사람들이 불쌍하군요."

"죽이는 이야기가 뭐 재미있나요."

카서스가 어깨를 으쓱했다. 로웬그린이 뭐라고 한마디 하려는데 시종이 황제 폐하의 입장을 알렸다.

모두가 일사불란하게 자세를 잡으며 허리를 숙였고, 시카도 살짝 무릎을 굽혔다.

"훈시가 길어 봐야 재미없지. 오늘을 모두 즐기게나."

젊은 황제의 목소리는 조용한 무도회장을 가르고 뚜렷하게 들렸다. 그의 말이 끝나기가 무섭게 모두가 입을 모아 외쳤다.

"황제 폐하는 만수를 누리소서."

둥근 천장에 목소리는 반향되어 끝이 길게 울렸다. 그게 사라지는 적절한 타이밍에 오케스트라의 연주가 시작되자 황제는 황후에게 손을 내밀었다. 둘이 플로어로 나오자 모두가 물러서서 둥근 원을 만들었다.

시카는 자신이 연습했던 춤과 지금 보고 있는 춤이 같은 건가, 하는 생각을 짧게 했다. 황제 부부가 추는 춤은 우아하고 물 흐르듯 부드럽게 이어졌다.

네 소절이 지나자 이어서 로웬그린과 하티엔이 끼어들었고, 이어 사람들이 하나둘 플로어로 들어섰다. 카서스가 손을 내밀었다.

"우리도 추자."

"하지만, 발 밟을 텐데."

"얼마든지."

카서스는 웃으며 그녀의 손을 끌어당겼다. 시카는 얼른 자세를 잡으려고 애썼다.

'그러니까, 이 음악이 하나, 둘, 셋, 하나, 둘, 셋, 이 박자에 이 자세가 맞나?'

카서스는 뻣뻣해지는 그녀의 팔을 자신의 허리에 올리고 가볍게 그녀의 손을 잡고 속삭였다.

"날 봐."

시카는 발을 보고 있던 시선을 들어 올려 카서스를 보았다.

"하지만."

"밟아도 되니까, 괜찮아. 자~"

카서스가 가볍게 스텝을 밟았다. 시카는 이상한 기분이었다. 분명히 어려웠는데, 지금도 헷갈리고 있는데, 카서스가 리드해 주는 대로 따라가니 그럭저럭 추는 것처럼 느껴졌다. 시카가 눈을 크게 뜨며 그에게 말했다.

"나 실전파인가?"

"리드가 좋은 거지."

카서스가 씩 웃으며 대꾸했다. 가볍게 턴하고, 스텝은 그냥 카서스가 밟는 대로 맞춰서—

"시카도 나흘 배운 것치고는 괜찮은 편이야."

"정말?"

"정말."

이런 걸 왜 거짓말하겠어? 하고 카서스가 빙긋 웃었다. 시카는 힐끗 춤추고 있는 황제를 보았다. 정말로 젊었다.

카서스와 비슷한 나이에, 하늘색 머리카락. 제복을 입고 있는 그의 모습은 황자였던 시절 인기가 꽤, 아니 지금도 좋을 거라고 생각됐다.

'하지만.'

시카는 시선을 다시 카서스에게로 돌렸다. 연녹색 눈동자가 자신을 응시하고 있다. 시카는 싱긋 웃었다.

"카서스가 여기서 제일 멋진 것 같아."

"같아, 가 아니라 제일 멋져."

카서스가 그녀의 말을 정정했다. 그 말에 시카는 웃으며 정정했다.

"맞아. 카서스가 가장 멋져."

카서스는 부끄러움도 없이 고개를 끄덕였다. 한 치의 의심도 없는 얼굴이었다.

"하지만 그렇다고 한눈팔면 가만두지 않을 거야."

장난스럽지만 진지한 시카의 말에 카서스가 느긋하게 말했다.

"네가 유일한 예외야."

시카가 눈을 깜박이자 카서스가 맞잡은 손을 가져가 그녀의 손등에 살짝 키스했다. 가늘어진 그의 눈동자가 희미하게 빛났다.

"선 너머로 들어온 건 너뿐이야. 그러니까, 다른 데 한눈팔 걱정은 안 해도 돼."

그 말에 시카는 뺨이 달아올랐다.

이렇게 공개적인 장소에서 저렇게 손등에 키스하면서, 저런 말을 하다니.

카서스는 치사해.

왜인지 그런 생각이 들었다.

"게다가 시카는 치사해."

"어?"

순간 자신의 생각을 들킨 줄 알고 시카는 놀랐다. 하지만 그렇지 않다는 걸 깨닫고 되물었다.

"뭐가?"

"아무에게나 그렇게 웃어 보이고, 그런 옷 입고."

"내 옷이 뭐 어때서?"

시카는 자신의 옷차림을 내려다보았다. 마리쉐즈는 처음에는 가슴이 푹 파인 옷을 골랐다가 카서스가 남긴 흔적을 보고 으르렁거리며—시카는 마리쉐즈가 그렇게 화내는 건 처음 봤다.—홀터넥 스타일의 드레스로 바꿨던 것이다.

등을 시원하게 드러내는 디자인이었다.

"이런 옷이잖아."

카서스가 그녀의 맨 등을 쓸어 올렸다. 장갑을 끼고 있는 손이었지만 그의 손바닥 열기가 그대로 느껴져 시카는 흠칫했다. 그녀가 한 박자 멈추면서 저도 모르게 카서스의 발을 밟았다. 아차 해서 시카가 고개를 들었지만 카서스는 밟힌 걸 모르는 사람처럼 태연하게 계속 이어서 춤을 췄다.

"발 괜찮아?"

"괜찮아. 시카는 가벼우니까."

"칭찬으로 생각할게."

"칭찬이야."

그걸 마지막으로 춤은 끝났다. 시카는 휴 하고 한숨을 내쉬며 카서스와 함께 플로어를 빠져나왔다. 플로어를 빠져나오자 금발의 미남자가 불쑥 말을 걸어왔다.

"시카 울프 님이시죠?"

시카는 눈을 깜박이고 상대를 올려다보았다. 친근한 어조라 '내가 아는 사람인가?' 했는데 이런 사람은 모른다.

청록색 눈동자가 웃었다.

"남의 여자에게 다가오지 말고 저리 가."

카서스가 뒤에서 그녀를 끌어안으며 말했다. 정수리 위로 그가 턱을 올리는 게 느껴졌다. 남자는 "안 건드려. 나에게도 마리가 있거든?!" 하고 목소리를 높였다.

"아, 마리쉐즈의 남편분이시군요."

시카의 목소리가 밝아지자 카서스가 그녀를 안은 팔에 힘을 주었다. 시카가 눈을 굴리고 말했다.

"이런 상황이라 인사를 제대로 못하지만, 시카 울프라고 합니다."

"알케르토 대넘입니다. 만나서 반갑습니다. 그리고, 모리스!"

알케르토가 목소리를 높여 근처의 다른 남자를 불렀다. 흑발에 검은 눈을 가진 남자는 알케르토와 같은 제복을 입고 있었지만 달린 표식은 달랐다.

"이쪽은 제 친구인 모리스 데포레스트라고 하고요. 이쪽은 마법사이신 시카 울프 님, 그리고 이쪽은 방랑자 카서스 리안."

"만나서 반가워요."

시카가 웃으며 인사를 건넸고 모리스는 시카와 그녀에게 딱 달라붙어 있는 카서스를 번갈아 보았다가 싱긋 웃었다. 별로 신경 쓰지 않겠다는 의미의 웃음이다.

"모리스 데포레스트라고 합니다. 그냥 모리스라고 불러 주시면 됩니다."

"저도 그냥 시카라고 불러 주시면 돼요."

"카서스로 충분합니다."

카서스도 느릿하게 대답했다. 모리스가 웃으며 말했다.

"이야기 많이 들었습니다."

"좋은 이야기는 아니었겠죠."

카서스가 히죽 웃자 알케르토가 "좋은 이야기만 했는데." 하고 불만스러운 어조로 말한 뒤 덧붙였다.

"그보다 연락이 전혀 안 되더니 갑자기 또 이렇게 불쑥 나타나고⋯⋯."

"나 좋을 때만 나타날 수 있다는 게 방랑자의 좋은 점이지."

카서스가 경쾌하게 말하자 알케르토는 한숨을 내쉬었다.

"그래도 결혼식에는 와 줬으면 했는데."

"내가 신부 손잡고 뛰쳐나오면 어쩌려고?"

"같이 안 나가요."

불쑥 마리쉐즈가 끼어들었다. 알케르토가 가슴을 쓸어내렸다.

"다행이네."

"카서스는 내 취향이 아니거든."

마리쉐즈는 알케르토에게 팔짱을 끼며 잘라 말했고 카서스는 "저런." 하는 소리를 냈다가 시카가 고개를 들자 그녀를 두른 팔을 풀며 말했다.

"응, 아쉽지 않네. 별로."

마리쉐즈는 혀를 찼다.

"정말로 여전히 불쾌하게 말하는 혀를 가지고 있네요."

"습관이라."

"이런 사람이라 죄송합니다."

시카가 정중하게 사과했다. 모리스가 가볍게 웃었다. 따뜻하고 부드러운 목소리라 시카는 이 사람은 분명히 다정한 사람일 거라고 쉽게 예상할 수 있었다.

"아뇨, 들은 대로라 오히려 재미있네요. 한 곡 추시겠습니까?"

모리스가 그녀에게 손을 내밀었다. 빤히 카서스의 반응을 궁금해하는 얼굴이라 시카는 슬쩍 카서스를 돌아보았다. 그가 뚱한 얼굴을 하고 있었다.

시카가 살짝 양손을 들어 보이며 말했다.

"오늘은 사양할게요. 제가 온종일 카서스를 독점할 예정이거든요."

모리스의 검은 눈이 살짝 이채를 띠었다가 다시 돌아왔다. 그가 희미하게 웃었다.

"그럼 다음 기회로 미루죠."

"네, 다음에요."

시카가 말하며 카서스의 팔짱을 꼈다. 그때 그녀의 시야 바깥에 익숙한 사람이 지나갔다.

'로리?'

시카는 머뭇거리다가 팔짱을 풀고 말했다.

"잠깐만 실례할게."

카서스는 갸웃했다가 순순히 그녀의 팔을 풀어 주며 말했다.

"여성 휴게실까지 데려다줄게."

"아냐, 괜찮아."

시카는 손을 저었다. 그녀는 몸을 휙 돌려 빠르게 사람들 사이로 사라졌다. 알케르토가 말했다.

"시카가 사람들 사이로 승천하지 않을 테니까 그렇게 보지 않아도 될 것 같은데."

카서스가 불만스럽게 말했다.

"하지만 시카는 마법사니까. 수작 부리는 새끼들도 많을 거고. 마법을 쓴다는 점만 빼만 평범한 여자애랑 똑같으니까."

'걱정이다.' 하는 말은 하지 않아도 알 수 있다.

곡이 바뀌어 알케르토가 마리쉐즈에게 손을 내밀었고 마리쉐즈는 싱긋 웃으며 말했다.

"오늘은 늦은 만큼 벌충해야 할 거예요."

"부인께서 원하시는 만큼."

알케르토는 그렇게 말하고 부드럽게 그녀를 플로어로 이끌었다. 그 한 쌍을 바라보다가 카서스가 저도 모르게 중얼거렸다.

"결혼이라."

"부러우십니까?"

모리스의 질문에 카서스는 힐끗 그를 돌아보았다.

"황실기사단 부단장이군요."

"어떻게— 아, 네. 그렇죠. 제가 제복을 입고 있군요."

모리스가 부단장임을 뜻하는 핀을 슥 문지르고 한숨과 함께 말했다. 카서스가 시선으로 시카를 좇았다. 벌써 홀을 나갔는지 보이지 않았다.

"오러 사용자를 부단장으로 두고 있는 건가요?"

카서스의 질문에 모리스는 신음을 내뱉었다.

"그건 또 어떻게 안 겁니까? 당신도 베라무드처럼 눈이 좋나요?"

흑기사 베라무드는 눈이 좋았다. 그는 청적 이색안을 가지고 있었는데 그 때문이라는 소문도 있었다. 베라무드의 옛 전우이기도 한 카서스는 웃었다.

"그랬다면 좋았겠죠. 그게 아니라 당신 주변에서 오러의 흐름이 좀 다른 게 느껴져서요. 이런 곳에서도 연습하시나요?"

"일상생활에서도 적용해 보려고요."

모리스의 뺨이 약간 붉어졌다. 카서스가 씩 웃었다.

"그거 좋죠."

전 신경 쓰지 말고 계속하세요, 하고 카서스는 걸음을 옮겼다. 모리스가 뒤에 대고 말했다.

"시카가 떠난 지 아직 1분도 안 된 거 같은데요."

"그래요, 전 천 년쯤 지났나 했네요."

뒤도 돌아보지 않은 채 손을 흔들고 카서스는 사람들 사이로 슥 사라져 버렸다. 모리스는 이런 하고 웃으며 고개를 돌렸다.

시카는 숨을 가볍게 골랐다.

뛰는 것과 걷는 것 사이의 속도로 움직였는데도 벌써 숨이 차다니. 체력을 좀 더 길러야겠다고 생각하며 그녀는 주변을 둘러보았다.

"로리? 로렌스?"

그녀는 남동생의 이름을 불렀다.

안 그래도 한 번 만나러 가려고 했다. 하지만 그 저택으로 가는 건 어딘지 꺼려져서, 차라리 사람이 많은 황궁에서 그를 만나 잘되었다 싶었다.

'잘못 본 건가?'

요즘 로렌스 때문에 걱정이 많아져서 헷갈린 건가, 하고 시카가 한숨을 내쉬고 돌아서는데 바로 코앞에 로렌스가 서 있었다.

시카는 저도 모르게 흠칫했다가 말했다.

"로리? 갑자기 어디서?"

"나 찾고 있었던 거 아니었어?"

로렌스가 생긋 웃었다. 귀염성 있는, 애교 띤 목소리였다.

"응, 찾고 있었어."

저도 모르게 경계가 풀려 시카는 웃으며 말했다. 로렌스가 투덜거리며 그녀의 팔짱을 꼈다.

"나온다고 나에게 이야기해 주지 않고. 춤도 카서스랑만 추고."

"미안. 내가 요즘 정신이 없어서."

"무도회 좋아하는 줄 알았으면, 내가 선물도 보냈을 텐데. 이런 싸구려 머리핀 같은 걸 하고."

그가 손으로 유리 장식 머리핀을 건드려 시카는 그의 손을 밀어내며 말했다.

"나에게는 소중한 거야."

"그래?"

"그래."

"누가 선물해 줬나 보지?"

로렌스는 히죽 웃으며 "그 카서스 리안?" 하고 놀리듯 덧붙였다. 시카는 헛기침을 하며 말했다.

"그건 알 거 없고. 잠깐 나랑 이야기 좀 할까?"

"시카에게 낼 시간은 얼마든지 있어. 시카도 알잖아."

그가 주변을 가볍게 둘러보고는 근처의 방을 가리켰다.

"들어가서 이야기하자. 나도 할 이야기가 있어."

할 이야기? 하고 갸웃하며 시카는 방 안으로 들어갔다. 그녀는 손을 살짝 쥐었다.

'혹시 모르니까. 그냥 예비 차원이야.'

그냥 순간 이동 마법일 뿐이다. 손가락으로 가볍게 시동어를 짜내며 그녀는 바로 섰다. 로렌스가 문을 닫고 문 앞에 서서 말했다.

"카서스 리안 말야. 마음에 안 들어."

그의 말이 너무 엉뚱해서 시카는 저도 모르게 입을 벌렸다가 말했다.

"뭐?"

"그 자식 좋아하잖아? 하지만 여자 문제로도 악명 높은걸. 시카가 그런 사람이랑 어울리는 거 싫어."

투정 같은 말이라 시카는 저도 모르게 웃었다.

"아냐, 카서스는 소문 같은 그런 사람 아냐. 아니, 맞는 부분이 있을지도 모르지만 적어도 나에게는 아냐."

"그게 더 무서운 거잖아. 그러다가 갑자기 마음 변하면 어쩌려고 그래?"

"그렇지 않아."

시카가 단호하게 말했다. 이런 걱정을 받아 보는 건 처음이라

가슴 한편이 두근거렸다. 시카는 자신의 유일한 혈육인 로렌스의 얼굴을 바라보았다.

불만이 남아 있는 듯, 걱정스러움을 가득 담은 얼굴.

태어날 때부터 같이 있었다. 그리고 세상에는 이제 둘뿐이다.

시카가 손을 뻗어 로렌스의 손을 잡았다.

"로리. 혹시 인간이 싫어?"

"시카는?"

"난 좋아해."

"어째서?"

로렌스의 목소리에 날이 섰다. 시카가 웃으며 그의 손을 꼭 잡았다.

"우리도 인간이잖아."

"아냐. 시카. 아냐."

로렌스가 부정했다. 그는 시카의 입에서 그런 소리가 나왔다는 걸 믿을 수가 없었다.

인간이라고? 우리가?

"아니, 뭐 반만이라도 말야."

시카가 그의 격한 반응에 가볍게 손등을 토닥였다.

"그러니까 사람에게 너무 날 세우지 말자. 그들도 우리와 똑같은 존재야."

"시카……."

로렌스는 한숨처럼 그녀의 이름을 불렀다. 시카가 살짝 떨리는 목소리로 물었다.

"그래서 말인데, 혹시 말야. 혹시 요즘 나타나는 합성수에 대해서 알아?"

"응, 알아."

로렌스가 가볍게 대답해서 시카는 저도 모르게 고개를 들어 그를 바라보았다. 로렌스가 걱정스러운 얼굴을 하고 있었다.

"안 그래도 그것 때문에 사방이 난리잖아. 시카도 마법사라서 그쪽에 연관이 있는 것 같고. 시카야말로 괜찮아?"

"으응, 괜찮아."

로렌스가 손을 들어 조심스럽게 흐트러지지 않게 그녀의 머리를 쓰다듬었다.

"그래. 하지만 난 괜찮지 않아."

"로리?"

갸웃하며 그를 보자 로렌스가 웃었다. 눈동자가 붉은빛으로 빛났다.

"미안, 시카. 폭력적인 건 싫은데."

아.

시카는 손으로 만들었던 시동어를 발동했다. 아니, 하려 했다. 그 전에 먼저 번개를 맞은 듯한 강력한 충격이 전신을 휩쓸었다.

'……서스…….'

점멸하듯 그의 얼굴이 스치고 그걸로 끝이었다. 시카는 힘없이 그 자리에서 쓰러졌다.

무너지는 시카를 받아 들며 로렌스는 눈을 감았다. 고통이 경련처럼 그의 얼굴에 스쳤다.

"이런 식으로 하고 싶지는 않았는데."

네 머릿속을 만지고, 조정하고 그러고 싶지 않았다.

내 하나뿐인 혈육. 소중한 나의 누이.

'사실은 좀 더 공을 들여서 현실을 일깨워 주려고 했는데.'

준비가 다 끝나기도 전에 시카 쪽에서 먼저 눈치채다니.

'이렇게 된 거 일정을 앞당기는 게 좋겠지.'

로렌스는 그렇게 중얼거리고 손을 뻗어 그녀 머리의 유리 장식을 빼서 바닥에 던졌다. 그는 무표정하게 장식을 발로 밟아 부쉈다. 유리 장식은 파삭하는 소리를 내며 그의 발밑에서 산산조각 났다.

"조금만 조정하면 괜찮아질 거야. 걱정하지 마."

로렌스는 그렇게 말하며 그녀의 뺨에 자신의 뺨을 가져다 댔다. 따뜻하고 부드러워서 그는 저도 모르게 수줍게 웃었다. 시카의 뺨에 키스하고 그가 입을 열었다.

"레아."

"네, 마스터."

그림자 속에 숨어 있던 레아가 스르륵 모습을 드러냈다. 로렌스가 시카를 그녀에게 건네며 말했다.

"데리고 가."

"네."

레아는 그녀를 안아 들었다. 로렌스는 가볍게 흐트러진 옷차림을 가다듬고 방 밖으로 나왔다. 복도를 몇 걸음 가지도 않아 그는 카서스와 마주쳤다.

"아, 카서스."

로렌스는 정중하게 인사했고 카서스 역시 웃으며 마주 인사했다.

"혹시 시카 못 보셨나요?"

"방금 만나서 이야기했어요. 그리고 저쪽으로 갔는데요."

로렌스가 자신의 뒤쪽을 가리켰고 카서스는 미심쩍은 얼굴로 그를 바라보다가 "알겠습니다." 하고 대답했다. 빠른 걸음으로 자신을 지나치는 그를 보고 로렌스는 히죽 웃었다.

'영원히 찾아보시지.'

그는 가볍게 소리 내어 웃고 복도를 걸어 사라졌다.

3장

납치

베라무드 루나틸 앙케르트나.

일명 흑기사라고 불리는 그는 시종을 무시하고 스스로 문을 밀어 열었다. 방 안에는 둥근 원탁이 놓여 있었고 소수의 사람이 앉아 있었다. 오루트, 우툴루, 세리오스. 이렇게 세 명이었다. 베라무드의 뒤를 따라 들어온 아르카나가 문을 닫고 기대섰다.

베라무드는 휙 방을 둘러보았다. 방 안에 앉아 있던 사람들이 동시에 그를 바라보았지만, 그는 상관하지 않고 인사 없이 본론으로 들어갔다.

"무슨 소리야? 카서스가 맛이 갔다고?"

"베라무드."

가장 계급이 낮은 오루트가 먼저 인사를 했지만, 베라무드는 손을 흔드는 것으로 그의 인사를 밀어내듯 하고 짜증 섞인 목소리로 말했다.

"어디 갔는지도 모르고?"

"그 자식 정신이 나갔어."

우툴루가 낮은 목소리로 말했다. 베라무드가 뭐? 하고 그를 돌아보았다가 숨을 고르고 물었다.

"시카가 없어졌다고는 들었어. 그리고—?"

"황궁을 다 뒤집어엎더니, 유리 조각을 발견하고 바로 트라벨 남작가로 향했지."

세리오스가 담담한 목소리로 설명했다. 원탁의 정면에, 유일하게 앉아 있는 사람이었다. 제국의 황제는 다리를 꼬고 붉은 의자에 깊게 앉아 있었다. 베라무드와 오랜 친구 관계이기도 한 그는 베라무드의 무례에 대해서 별말 하지 않았다.

"트라벨 남작가? 거기는 왜?"

"시카와 혈연관계라고 하던데. 그리고 카서스는 일련의 사건의 배후로 그를 지목하고 있었거든."

우툴루가 옆에서 보충하며 설명했다.

"그런데 트라벨 남작은 없었고, 카서스는."

우툴루는 살짝 눈을 찌푸렸다가 말했다.

"거기 남아 있는 시종들을 칼로 위협하고 베어서 정보를 털어냈어. 아무 경이 뒤늦게 도착했을 때는 이미 떠난 후였고."

"죽였어?"

베라무드의 얼굴이 딱딱해졌다. 우툴루는 살짝 고개를 저었다.

"죽을 정도는 아니었어. 다들 그렇게 되기 전에 아는 걸 다 말한 모양이니까."

"그동안의 업적이 아니었다면 이미 황궁에서의 일만으로도 방랑자는 교수대에 달려야 해."

황실경비대를 무시하고, 황궁을 다 쑤시고 다녔으니 말이다.

세리오스가 한숨 섞인 목소리로 말했다. 베라무드는 눈썹을 치켜 올렸다가 물었다.

"그다음에는 어디로 갔는지 모른다고? 어디서 안 나타났어?"

오루트가 금발을 거칠게 쓸어 올리고 말했다.

"안 보여요."

"그래서 마스터들을 수도로 부른 거야. 트라벨 남작도 신경 쓰이지만— 정신 나간 마스터가 어디에서 나타날지 모르니까."

세리오스의 말에 베라무드의 얼굴이 굳었다.

"카서스를 '잡으라'고?"

아니면 죽이라고?

그의 목소리에는 그 의문이 뚜렷하게 나타나 있었고 세리오스는 숨을 가볍게 내쉬었다.

"물론 아무 일도 없을 수도 있지만, 만약의 사태는 막아야겠지. 최악까지는 가지 않기를 바라자고."

베라무드는 우툴루를 바라보았다. 다른 사람들은 몰라도 자신들은 카서스를 잘 안다. 지긋지긋한 악연이라고 말하고 다녔지만, 하여간 전우다.

"그런데 왜 시카가 없어졌다고 카서스가?"

어느 누구와도 깊은 관계를 맺지 않는다는 것.

카서스의 최악이면서도 동시에 최고인 부분은 그거였다. 그 점은 옆에서 파트너가 죽어 쓰러져도 멀쩡한 멘탈을 유지할 수 있다는 것과 마찬가지니 말이다. 어느 상황에서도 인간관계에 흔들리지 않고 냉정할 수 있다는 건 큰 메리트다.

그런데 시카가 없어졌다고 카서스가 정신이 나갔다고?

"연인, 이라고 하던데요."

오루트가 갸웃하며 말했고 베라무드는 눈을 크게 떴다.

"뭐?"

한 박자 늦게 그의 입에서 의문이 새어 나왔다.

그 카서스 리안이? 연인이라고?

"한쪽의 일방적인 주장이 아니라?"

베라무드의 믿을 수 없다는 어조가 섞인 물음에 오루트가 고개를 끄덕였다.

"네. 두 사람 다 확실히 했다고 하던걸요. 제가 봤을 때도 사이는 상당히 좋아 보였고요."

그 말에 베라무드는 숨을 삼켰다. 그의 이색안이 가늘게 좁혀졌다.

"그래서 흑기사와 버서커가 함께 있군. 그리고 그쪽도 오러 사용자고."

"두 분의 명성에는 못 미치지만요."

오루트가 싱긋 웃으며 말했다. 베라무드는 가볍게 입술을 깨물었다가 물었다.

"일단 그러면 시카를 찾는 게 우선 아닌가? 시카는 어디로 사라진 건데? 추적할 수 있나? 그 남작가 하인들의 말은 어떻고?"

"난 그쪽에 의뢰하고 싶었는데."

우툴루의 느릿한 말에 베라무드가 "아." 하고 뒤를 돌아보았다. 팔짱을 끼고 비딱하게 서 있던 아르카나가 똑바로 서며 말했다.

"이제야 제게 발언 기회가 돌아온 건가요?"

"미안."

베라무드가 어깨를 으쓱하며 사과했다. 아르카나는 깊게 숨을 들이켜 호흡을 골랐다. 여기 있는 사람들에게는 카서스가 우위겠지만, 아르카나에게는 시카가 우선이었다.

"추적 마법은 써 봤는데 통하지 않더군요. 시카가 아니라 카서스 쪽을 찾는 게 더 빠릅니다. 오러 코어를 소유하고 있으니까요."

'각각 독특한 파장이 나오거든요.' 하고 아르카나가 손가락을 빙글빙글 돌리며 설명했다.

"하지만 시간은 좀 걸릴 겁니다."

"빨리 부탁하네."

세리오스의 말에 아르카나가 "노력하겠습니다." 하고 대답했다. 일단 카서스를 찾아야 이야기가 될 것이라, 그렇게 이야기를 끝내고 세리오스는 퇴석했다.

아르카나가 베라무드에게 낮게 속삭였다.

"잠깐 이야기 좀 할까요?"

베라무드가 남은 두 사람에게 "잠깐만." 하고 말한 뒤 아르카나에게 이어 말하라고 눈짓했다. 아르카나는 한숨을 내쉬고 주변에 소리가 안 들리게 하는 마법을 건 뒤 조용한 목소리로 말했다.

"시카를 먼저 찾을 겁니다."

"찾을 수 있어?"

"찾았어요. 하지만 상태가 이상합니다."

"이상하다고?"

"시리가 황실에 질렸다고 반역을 한다는 가정만큼이요."

"……그거 진짜 이상하네."

베라무드는 그렇게 말하고 아르카나를 보았다. 그리고 말했다.

"그것만은 아닐 거 아냐."

"전 시카를 압니다."

"그렇겠지."

베라무드가 어깨를 으쓱했다. 마법사의 탑에서 오랜 시간 함께 보내온 동료다. 아르카나가 이어 말했다.

"그러니까 저는 지금 시카가 이상하다고 생각하지만, 보통 사람들은 그렇게 생각하지 않겠죠."

베라무드는 그제야 아르카나가 하고 싶은 말을 눈치챘다.

"정말로 트라벨 남작가가 이 마수 사건에 얽혀 있는 거로군? 그 편을 들고 있는 건가? 시카가?"

"네."

아르카나의 대답은 짧고 간결했다. 베라무드는 생각에 잠겼다가 말했다.

"그렇다면 반대로 카서스를 먼저 찾자."

"왜입니까?"

"만약에 시카가 카서스의 연인이라면, 카서스는 절대로 시카를 포기하지 않을 거야. 그러니까 시카를 죽이려 들 사람들에게서 그녀를 보호해 줄 테지. 그런데 시카가 어디 있는 줄 안다면 트라벨 남작이 있는 곳도 알 수 있는 건가?"

"둘이 함께 있다면."

"그런데 이상하다는 건 어떻게 알았어?"

베라무드의 질문에 아르카나가 품에서 둥근 펜던트를 꺼내 보였다. 가운데 구멍이 나 있어서 도넛처럼 보이는 모양새였다.

"이걸로 멀리 떨어져 있어도 대화할 수 있습니다. 그래서 대화를 시도해 봤더니, 이상해졌더군요."

"그 펜던트로 추적도 가능한 건가?"

"아뇨. 이 펜던트는 이미 부서졌습니다. 추적 가능한 건 다른 물품이고요."

"말 안 해 줄 거야?"

"말할 필요가 있습니까?"

아르카나의 말에 베라무드는 갸웃했다가 픽 웃고 고개를 끄덕였다.

"말할 필요야 없지."

"반지입니다."

아르카나의 말에 베라무드는 허를 찔린 얼굴을 했다가 한숨을 내쉬고 말했다.

"그래. 알았어. 그럼 일단 카서스를 찾아야겠군."

말하고 베라무드가 돌아섰다. 대화 끝, 이라는 표시라 아르카나는 가볍게 손을 저어 마법을 풀었다. 베라무드가 탁자로 다가서며 말했다.

"난 카서스를 죽이고 싶지는 않은데ㅡ"

"마찬가지다."

우툴루가 퉁명하게 말했고 오루트 역시 어깨를 으쓱했다.

"저도 그럴 마음은 없어요."

"그럴 마음 없는 사람이 셋이군. 다행이네. 카서스라고 하면 죽이려고 달려들 만한 사람을 내 손가락이 넘치도록 알고 있어서."

베라무드가 중얼거리자 오루트가 가볍게 웃었다. 그가 물었다.

"시그리드는 잘 지냅니까?"

"어? 아, 아아. 잘 지내."

베라무드와 오루트, 그리고 시그리드는 함께 제1근위대 소속이었다. 베라무드가 근위대 대장이었고, 그 밑에 시그리드와 오루트가 배속되어 있었다.

"오늘 올 줄 알았는데."

우툴루의 말에 베라무드가 씩 웃었다. 송곳니가 드러나는, 경계가 확실한 웃음이었다.

"남의 아내에게 신경 꺼."

"같은 기사로서의 관심이다."

우툴루가 눈을 찌푸리며 말하자 베라무드가 "청혼했다가 차인 녀석은 저리 가." 하며 휙휙 물러나라는 손짓을 해 보였고 우툴루는 심기가 불편한 소리를 냈다.

"청혼은…… 아니었다……."

그가 우물거리며 말하자 베라무드는 "아이를 낳아 달라는 게?" 하고 콧방귀를 뀌며 웃었고, 아르카나는 "아, 그러고 보니 그런 일도 있었지요." 하고 고개를 끄덕였다.

오루트는 민망해하며 고개를 숙이는 우툴루를 보고 얼른 주제를 돌렸다. 어쨌든 지금 자신의 상사는 그이니 말이다.

"그래서 카서스를 언제쯤 찾을 수 있나요?"

아르카나가 오루트를 슬쩍 보았다가 베라무드를 보며 말했다.

"다른 마법사들도 불러서 찾아보겠습니다. 아직 수도 안에 있다면 이틀 정도 걸릴 겁니다."

"알았어. 우리도 돌아다니면서 찾아볼게."

베라무드가 힐끗 우툴루를 보며 말했고 우툴루가 작게 고개를 끄덕였다. 아르카나가 말했다.

"그럼 전 이만 가 보겠습니다."

그러더니 그의 모습이 사라졌다. 오루트는 눈을 동그랗게 떴고 우툴루는 가볍게 눈을 찡그렸다. 베라무드가 어깨를 으쓱하며 설명했다.

"순간 이동 마법이야."

"안다."

"실제로 보는 건 처음이에요."

오루트가 깊게 숨을 들이켜고 물었다.

"그래서 우리는 이제 어떻게 하나요?"

"찾아봐야지. 나는 혼자로도 충분하지만, 둘은 같이 다녀라."

오루트는 수긍해서 고개를 끄덕였다. 자신도, 카서스도 같은 마스터다. 하지만 상위로 갈수록 실력의 격차는 좁혀지는 게 아니라 넓어진다. 0.01mm의 차이조차도 큰 것이다. 오루트 자신은 방랑자의 상대가 못 된다는 것 역시 잘 알았다.

"저도 죽고 싶지는 않으니까요."

그가 가볍게 말하자 "안면이 있는 사이인데 다짜고짜 죽이지는 않을 거야." 하고 베라무드는 말한 뒤 슬쩍 덧붙였다.

"아마."

"그 뒷말이 신경 쓰이네요."

오루트는 그렇게 말하고 물었다.

"그럼 바로 움직입니까? 어쨌든 폐하의 명이니……."

사람을 찾는다면 사실 인해전술로 병사들을 동원하는 게 빠르겠지만, 마스터를 상대로 그랬다가는 어마어마한 인명 피해가 날 터였다. 그래서 세리오스도 몰래 동원 가능한 마스터들을 다 모은 것일 테고 말이다.

사실은 은기사인 시그리드 역시 호출 받았지만 베라무드가 따라오려는 그녀를 저지했다. 백작가의 수석 마법사인 아르카나와 자신이 둘 다 저택을 비우는데 거기에 당주인 시그리드까지 영지를 비우면 안 된다는 이유에서였다.

폐하의 명령인데, 하고 고민하던 그녀는 한숨과 함께 수긍했다.

'그걸 생각하면 많이 발전했지.'

베라무드는 고개를 끄덕였다. 예전의 그녀는 무조건 폐하의 명이라면 다 따라야 하는 고지식한 기사였다. 그때에 비하면 지금은 자신의 의견에도 귀를 기울여 주니까.

베라무드는 아내를 생각하니 저절로 미소가 나오는 걸 꾹 억눌렀다. 어쨌든 웃을 때는 아니니까.

"당장 움직이지."

우툴루의 말에 베라무드는 고개를 끄덕였다.

조금이라도 빨리 찾는 게 좋으리라.

*　　*　　*

시카는 눈을 비볐다. 손가락이 축축해졌다.

'뭐지?'

멍하니 손가락을 바라보는데 레아가 인사했다.

"아가씨, 일어나셨습니까?"

"응, 안녕. 레아."

시카가 빙긋 웃으며 그녀에게 마주 인사하고 침대에서 내려왔다. 레아가 갸웃하고 물었다.

"우셨나요?"

"어? 그래? 무슨 꿈꿨나?"

시카가 눈가를 훔쳤다. 무슨 꿈을 꿨는지는 전혀 기억나지 않는데. 왜 울었을까? 그녀는 의아해하며 세수를 했다. 그때 문이 열리고 로렌스가 들어왔다.

내가 세상에서 가장 사랑하는 사람.

"로리. 나 아직 잠옷 차림인데."

시카가 투덜거리자 로렌스는 웃으며 그녀의 뺨에 키스했다.

"잠옷 차림이라도 시카는 예뻐."

"어휴."

시카는 못 말린다는 듯 일부러 소리 내어 한숨을 내쉬고 고개를 저었다. 그러나 곧 그녀는 하나뿐인 혈육의 뺨을 어루만지고 물었다.

"요즘 너무 무리하는 거 아냐? 괜찮아?"

"괜찮아."

로렌스가 웃으며 그녀의 손을 잡았다. 마음 안쪽이 꽉 차는 기분이다. 시카가 그런 그를 보다가 말했다.

"로리. 난, 난 그냥 둘이 조용히 살아도 상관없어."

너와 단둘이서. 인간 같은 거 상관하지 말고.

"난 싫어."

로렌스가 단호하게 말하고 그녀의 손을 잡아 내리며 자르듯 말했다.

"그건 이미 내가 다 설명했는데?"

시카가 흠칫하며 어깨를 움츠렸다.

"미, 미안⋯⋯. 하지만 나는⋯⋯."

"시카는 날 사랑하지?"

그의 물음에 시카는 고개를 끄덕였다. 그는 내가 가장 좋아하는 사람이야. 내가 유일하게 사랑하는 사람이고, 날 유일하게 사랑해 줄 사람이야.

"그러면 내 말을 들어야겠지?"

그의 말에 뭐라고 항의하고 싶은 기분을 느꼈지만 다른 게 이겨 버렸다. 시카는 고개를 숙이고 "응." 하고 작게 대답했다.

"착하다."

로렌스가 웃고 그녀의 턱을 들어 입술에 키스했다.

기계적인 기쁨이 마음 안쪽에서부터 솟구쳐 올라 시카는 얌전히 그의 키스를 받았다. 키스를 끝낸 로렌스가 작게 말했다.

"우리를 낳은 부모조차 우리를 괴물이라고 했어. 그래, 우리는 괴물이야. 하지만 그걸로 괜찮잖아? 너에게는 내가 있고, 나에게는 네가 있어. 시카. 우리가 같이 이곳을 지배하는 거야. 내 여왕님. 내 귀여운 신부."

괴물?

나는 괴물인가? 괴물 같은 거 아니라고, 아니, 아니─

생각이 잘 이어지지 않아서 시카는 멍하니 로렌스를 바라보았다. 로렌스가 그녀의 반응에 불만족스럽다는 듯이 말했다.

"시카 트라벨."

그의 어투에 시카는 흠칫하고 얼른 대답했다.

"로리의 말이 다 맞아."

"내가 키스해 줘서 기쁘지?"

"응, 기뻐. 행복해. 너무 좋아."

정말로 기쁘고, 정말로 행복하다. 로렌스가 왜 자꾸 저 질문을 던지나 싶을 정도로.

그런데, 왜, 마음 어딘가에서…….

로렌스가 다시 키스해 왔다. 그의 손이 거칠게 가슴을 움켜쥐어 시카는 작게 숨을 삼켰다. 원래도 로리가 이렇게 거칠었던가? 내가 기억하는 키스도, 손길도 좀 더 부드러웠던 것 같은데.

그의 손길이 더 강해지자 시카는 저도 모르게 그를 밀어냈다. 밀어내고 자신의 행동에 흠칫하고 놀라는데 로렌스가 그녀의 머리를 쓰다듬었다.

"미안, 내가 거칠었지?"

"아, 아냐."

로렌스가 만져 주는 건 기뻐야 해. 기쁘다. 기분 좋아야 하고. 기분 좋아.

뭔가가 머릿속에서 계속 말하고 있는데, 그걸 잘 따라가지 못하는 자신이 바보같이 느껴졌다. 로렌스가 부드럽게 말했다.

"괜찮아. 앞으로 시간은 많을 테니까. 하지만 전처럼 예전 친구들에게 연락하면 안 돼."

시카는 고개를 끄덕였다.

아르카나와의 짧은 대화를 로렌스에게 들켰고, 대가는 혹독했다. 시카는 그의 심기를 두 번 거스르고 싶지 않았다.

'하지만……'

얼음탑에서의 기억은 좋았다. 마법사들도 다 소중한 사람들이었고.

아니야.

아닌가?

인간들은 다 자신들보다 하등한 동물이지. 하지만. 하지만.

내 가족이나 다름없고—

하지만 그들보다도 로렌스가 더 소중해.

얼음탑을 나와서 로렌스와 함께했던 여행을 떠올리며 시카는 희미하게 미소 지었다.

그와의 첫 키스는 진짜.

'어라? 기억이 안 나?'

분명히 첫 키스를 했는데, 기억이 안 나?

"시카, 너무 머리 쓰지 마. 넌 내 말만 잘 들으면 돼."

로렌스의 목소리가 상념을 뚫고 들어와 시카는 고개를 끄덕였다. 로렌스가 부드럽게 말했다.

"혼란스러운 게 당연해. 마법사들이 널 세뇌했으니까. 그 카서스라는 놈은 너에게 몹쓸 짓까지 하고. 과거를 굳이 생각해 낼 필요 없어. 너에게는 내가 있으니까. 응?"

"응."

시카는 안도하며 고개를 끄덕였다. 로렌스는 "좋아." 하고 대답하고는 돌아섰다. 시카가 그의 소매를 잡았다.

"벌써 가는 거야?"

"이제 곧 우리 계획의 클라이맥스야."

"하지만 괜찮을까? 내가 장막이 찢어지면 알려 주는 나침반을 만들어서 줬단 말야. 그러니까."

"괜찮아. 알았을 때는 이미 늦었을 테니까."

로렌스의 말에 시카는 고개를 끄덕이고 그의 소매를 놓아주며 말했다.

"다치지 마."

"그래."

대답하고 로렌스는 방을 떠났다. 시카는 잠옷을 벗고 편한 옷으로 갈아입었다. 거울에 언뜻 키스 마크 흔적이 보여서 그녀는 얼른 셔츠 단추를 채웠다.

'카서스.'

그 이름을 생각하면 공포가 스멀스멀 올라와서 제대로 생각할 수가 없었다. 시카는 가슴께를 꼭 쥐었다.

'그 남자가 날 억지로……'

무슨 일이 있었는지 기억하라고 하면 기억이 나지 않는다. 사실 상대의 얼굴도 기억나지 않았다. 하지만 저 이름을 듣는 것만으로도 무서웠다.

"레아."

그녀의 부름에 레아가 공손히 "네, 아가씨." 하고 손을 모으며 대답했다. 시카가 물었다.

"레아는 나와 오래 알고 지냈던가?"

"아뇨, 주인님이 절 만드신 지 얼마 되지 않았습니다."

"그럼 얼마 전까지는 인간이었던 거야?"

"네."

레아는 가볍게 대답했다. 시카는 거기에 아무런 위화감도 느끼지 못하고 한숨을 내쉬었다.

"나도 레아처럼 제대로 마수의 힘을 쓸 수 있으면 좋을 텐데."

강한 자아를 가진 상위 마수는 하위 마수를 지배한다.

그게 로렌스가 마수를 마음대로 부릴 수 있는 이유였다. 그러니까 로렌스와 쌍둥이인 자신도 그런 힘이 있다는 이야기인데, 마수의 힘은 봉인된 채였다.

시카는 힐끗 새끼손가락의 반지를 바라보았다.

'절대로 빼지 말라고 했지.'

로렌스가 경고했다. 그녀는 주먹을 꼭 쥐었다. 로렌스의 계획은 간단하다면 간단했다. 수도 하늘에 장막을 크게 찢는 것이다.

그리고 재앙급의 마수를 부를 것이라 했다. 동시에 찢겨진 장막으로 건너편의 마력이 흘러넘쳐서 거대한 파도처럼 수도를 덮치고 나면 대부분의 사람은 죽겠지만 소수는 살아남는다.

인간 중에서도 저편의 마력에 면역력이 있는 사람이 있었다. 눈앞의 레아처럼 말이다. 이렇게 마력에 오염된 사람은 마수와 비슷한 능력을 가지게 된다. 그리고 이런 사람은 로렌스가 쉽게 조종할 수 있었다. 하급 마수와 마찬가지니 말이다.

그렇게 해서 전 대륙을 모두 바꿀 것이라는 게 로렌스의 계획이었다.

'하지만.'

로렌스가 옳다는 건 알지만, 시카는 그런 건 필요 없다고 생각했다. 그냥 로렌스와 조용히 둘이서 행복하게 살면 좋을 텐데.

'하지만 로렌스가 원하니까.'

난 로렌스를 사랑하니까 그가 원하는 건 다 지지해 줘야지.

그가 아니면 날 사랑해 줄 사람은 없어. 나도 알아.

시카는 양손으로 얼굴을 가렸다.

"아가씨?"

레아가 갸웃하며 그녀를 불러 시카는 손을 떼고 웃었다.

"아니, 아무것도 아냐."

어렸을 때부터 마법사들 사이에서 자라면서 세뇌당해서, 이렇게 기억이 뒤죽박죽인 거라고 로렌스는 심각하게 말했다.

시카는 한숨을 내쉬었다.

'로리는 괜찮다고 했지만. 그래도 난 기억을 되찾고 싶어.'

그와 즐거웠던 기억은 다 파편, 부서진 조각이 되어 반짝이고 아련하기만 할 뿐, 어떤 뚜렷한 형체도 갖추지 못하고 있었다.

—*네가 내 유일한 예외야.*

단호하고 부드러운 목소리를 떠올리며 시카는 얼굴을 붉혔다.
그녀는 깊게 숨을 마셨다.

'로리에게 도움이 되고 싶어.'

그녀는 레아에게 말해서 종이와 펜을 가져오게 했다. 장막을
찢는 걸 좀 더 크고 쉽게 할 수는 없는지 연구해 볼 작정이었다.

*   *   *

카서스는 눈앞이 깜박깜박 점멸하는 걸 느끼고 멈춰 서서 눈
을 눌렀다.

'아, 제길.'

잠을 제대로 자지 못해서? 아니면, 마지막으로 뭘 먹은 게 언
제더라? 머릿속이 둔하고 느릿하게 돌아갔다.

카서스는 잠시 근처 나무에 기대섰다.

전쟁터에서 이삼 일씩 신경을 곤두세우고 잠을 거의 자지 못한
채로 전투에 임하는 경우도 있었다. 그러니까, 육체가 힘든 건 그
에게 별문제가 아니었다. 그를 괴롭게 하는 건 정신적인 문제였다.

'시카.'

시카. 시카. 시카. 시카.

그 찢어 죽일 새끼가 시카를 데려가서 괴롭히고 있는 게 아닐까, 끔찍한 일을 당하고 있는 게 아닐까, 아니면 혹시.

벌써 그녀가 죽은 게 아닐까?

상상도 하고 싶지 않은 생각들은 계속 비수처럼 그의 머릿속을 쑤셔대고 신경을 갉아먹었다. 눈을 감으면 시카의 웃는 얼굴이 보였다. 그리고 동시에 엉망이 된 그녀도 쉽게 떠올랐다.

전쟁터의 시체들이, 넝마가 된 너덜너덜한 사람의 몸뚱이가. 익숙한 그것에 시카의 얼굴이 매치되는 것만으로 그는 제정신을 유지하기가 어려웠다.

'아.'

이렇게 괴로울 줄 알았다면.

'시작하지 않았을 텐데.'

카서스는 한숨을 내쉬었다. 괴로웠다. 그리고 무서웠다.

공포에 질려 벌벌 떨면서 카서스는 그녀의 흔적을 쫓아다녔다. 어딘가에 그 새끼가 비밀 저택을 가지고 있을 터였다.

황궁에서 로렌스와 헤어지고 나서 주변의 기척을 더듬었지만 느껴지는 건 아무것도 없었다. 그래서 방방을 다니기 시작했고 세 번째 방에서 바닥에 산산조각 난 장신구를 발견했다.

은도금을 한 핀은 휘어져 있었고, 유리 장식은 잘게 부스러져 있었다. 떨어트린 게 아니라, 확실히 누군가가 밟은 거다.

그걸 본 순간 카서스는 아무런 생각도 할 수가 없었다. 멍청하게 서서 그걸 바라보기만 했다. 세상이 새까맣게 변해서, 바깥부터 갈아지듯 부서지는 것처럼 느껴졌다.

카서스는 숨을 들이마시고 다시 걸음을 옮겼다.

로렌스의 고용인들을 전부 족쳐서 그가 갈 만한 곳의 리스트를 얻어냈다. 그리고 외출 시간에 따라서 갈 수 있을 만한 거리의 장소들을 다 뒤지는 중이었다. 그때 따끔한 기척에 카서스는 뒤로 돌아섰다. 그가 히죽 웃었다.

"안녕, 자기야."

베라무드가 심드렁한 얼굴로 말했다.

"그렇게 안 부르기로 한 거 아니었어?"

"아, 그랬나. 맞다. 백작님이랑 얘기했지. 그럼, 허니?"

"그렇게 부르는 건 이제 시카로 충분하지 않아?"

베라무드의 말에 카서스는 마치 그가 자신을 칼로 찌른 듯한 얼굴을 했다. 카서스가 저도 모르게 매달리듯 물었다.

"시카를 찾았어?"

"반쯤?"

베라무드의 말에 카서스의 얼굴에서 표정이 싹 사라졌다.

"죽었어?"

카서스의 물음에 베라무드는 당혹해 고개를 저었다.

"아니. 그건 아냐. 그게 아니라— 좀 이야기가 복잡해."

"얘기해 봐."

"일단 네가 그 검을 나에게 주고, 날 따라와서 먹고 잔다고 하면."

"검은 나에게 별 게 아니야."

카서스의 말에 베라무드는 "알아." 하고 대답했다. 카서스에게 검은 그냥 사람을 좀 더 편하게 죽일 수 있는 물건일 뿐이었다. 그가 검을 휘두르는 걸 본 검사들은 모두 그걸 알 수 있었다.

"하지만 보는 눈이라는 게 있으니까."

카서스가 검 손잡이를 잡았다. 그가 말했다.

"먼저 말해. 그러면 그다음 들어줄지 생각하지."

"복잡한 이야기라고 했잖아."

"정말로 찾은 건 맞아?"

그의 얼굴에 의심이 스쳤다. 베라무드가 고개를 끄덕였다.

"맞아. 그리고 도망가거나 그 검을 뽑을 생각은 하지 않는 게 좋을 거다."

"반쯤 찾았다는 건 대체 뭔데? 살아는 있는 거야?"

"살아 있어."

베라무드는 그렇게 말할 수밖에 없었다. '있는 곳은 아는데, 제정신은 아닌 것 같아.' 하는 말은 할 수 없었다.

이렇게 보니까 평소의 상태가 아니었다. 겉보기에는 평소와 다를 바가 없지만, 날이 곤두선 것이 저릿저릿하게 느껴졌다.

"너 잠은 잤어?"

"몰라."

"나흘째 잠을 안 자면 제대로 된 생각도 못 해."

"시카도 못 자고 있을지도 모르잖아."

자지 못하고, 먹지 못하고 있을지도 모른다. 카서스는 자신의 손을 내려다보았다. 손에 못이 박혀서 너덜너덜했을 때가 떠올랐다. 지금 시카도 그런 꼴을 당하고 있을지도 모른다.

"그건 아니라고 생각해. 하여간 카서스, 그냥 얌전히 따라와라."

카서스의 눈동자가 가늘어졌다. 그의 눈동자가 스르륵 오른쪽으로 향했다가 다시 베라무드를 보고 웃었다.

"그렇군. 미친 마스터가 돌아다니고 있으면 안 된다는 거네. 그래서 흑기사와 버서커. 그리고 애송이인가. 죽여도 된다고, 허락받았어?"

카서스의 목소리는 재미있는 농담을 말하는 듯 지극히 명랑했지만, 베라무드는 그와의 간격을 재기 시작하며 검 손잡이에 손을 올렸다. 뿜어내는 살기는 진짜다. 거기에 반응해서 우툴루가 그를 에워싸듯 걸어오며 말했다.

"멍청한 짓 하지 마라, 카서스."

베라무드가 우툴루에게 이를 갈았다.

'부탁이니까 그렇게 자극하는 말은 하지 말아 줄래?'

마음속으로 외치는 베라무드의 외침 따위 들리지 않는 우툴루가 이어 말했다.

"아무리 너라도 마스터 셋을 따돌릴 수는 없다."

베라무드는 '그만둬!' 하고 속으로 외쳤다. 카서스가 그 말에 검막을 퉁겨 올리며 검을 뽑았다.

"해볼까?"

파앙—!

공기를 찢는 소리가 그 뒤를 따랐다. 베라무드는 이를 악물고 카서스의 공격을 받아 흘렸다. 아니, 흘리려고 했다. 카서스의 무기는 넓고 휘어진 시미터였다. 남부 이민족들이 쓰는 이 무기를, 전장에서 보는 것은 매우 드문 일이다. 게다가 카서스가 무기를 다루는 방식 역시 마찬가지였다.

관절과 근육을 혹사시키는 듯한, 무리하게 꺾이는 공격이 차례로 이어졌다.

따앙—!

두 번째로 검이 울리는 소리가 났다. 카서스가 뒤차기 하듯 다리를 들어 우툴루가 휘두른 대검을 워커 굽으로 차듯이 받아내고 휙 몸을 숙이며 쓸 듯이 검을 휘둘렀다.

이 모든 게 3초도 되지 않아서 일어난 일이었다.

카서스의 검이 자신의 코끝을 스치듯 지나갔다가 다시 내리그어졌다. 베라무드는 그걸 퉁겨냈다. 카서스가 살짝 간격을 벌리며 우툴루가 휘두르는 거대한 검의 검면을 발로 걷어찼다.

쩡—!

검면이 울리고, 대검이 연검처럼 흔들렸다. 그 상황에서도 우툴루는 검을 놓치지 않았다. 카서스가 다른 한 손으로 비수를 붙잡는 걸 보고 베라무드는 혀를 찼다.

"카서스 리안! 너 시카가 어디 있는지 궁금하지 않아?"

베라무드는 결국 꺼내고 싶지 않은 패를 꺼내 들었고 카서스의 움직임이 딱 멈췄다. 핏발 선 그의 밝은 녹색 눈은 인간의 것이라기보다는 늑대의 것에 가까워 보였다.

"너 혼자 헤매고 다녀서 어쩔 건데? 우리 쪽에는 마법사도 있어."

그 말에 카서스는 천천히 시미터을 내렸다. 베라무드가 종용했다.

"항복해."

소중한 사람의 행방을 인질 삼아서 이런 식으로 카서스를 항복시키는 건 싫었다. 하지만 카서스와 싸우는 건 더 싫다. 베라무드는 자신의 행위에 불쾌감을 느끼면서도 느릿하게 말했다.

"같이 가자. 그리고 아르카나가 널 찾기를 바라더라."

"그 마법사가?"

카서스가 의아한 얼굴을 했고 베라무드가 작고 낮게 말했다.

"너라면 누구보다 시카의 안위를 최우선으로 할 테니까."

그 말에 카서스는 베라무드의 생각을 읽으려는 듯이 빤히 그의 눈을 바라보다가, 손에 든 시미터를 던지듯 바닥에 떨어트렸다. 손으로 검대를 잡아당겨 풀어서 비수와 다른 무기들도 검대째로 던졌다.

그가 양손을 들며 나른하게 웃었다.

"이걸로 됐어?"

베라무드가 한숨을 내쉬고 말했다.

"고맙다."

우툴루 역시 안도의 한숨을 내쉬며 대검을 등 뒤로 꽂아 넣었다. 오루트가 총총 다가와 바닥에 떨어진 카서스의 무기를 회수하려 하자 카서스가 손을 저었다.

"됐어. 그냥 버려도 돼."

"네?"

오루트가 눈을 동그랗게 뜨자 베라무드가 말했다.

"주워 둬. '무기는 다 압수했습니다.' 하고 보여 줄 거니까."

그의 말에 오루트는 얼른 시미터와 검대를 주워들었다. 아직도 목덜미에 곤두선 솜털이 가라앉지 않은 느낌이었다.

'거의 보이지도 않았어.'

같은 마스터인데도, 이렇게나 격차가 난다. 특히 카서스의 그 종횡무진한 검술이라니. 아니, 그건 검술이라고 하기도 뭣하다.

"그럼 이제 설명해 줄 거야?"

카서스가 베라무드를 보며 묻자 베라무드가 "일단 돌아가서." 하고 대꾸했다.

"황궁 감옥에라도 넣으려고?"

카서스가 되묻자 베라무드가 피식 웃었다.

"우리 저택에 감옥은 없어."

*   *   *

앙케르트나 백작가의 저택은 수도에서도 화려한 축에 속했다.

백작이 구입한 것은 아니고, 황후에게 선물 받은 것이었다. 저택에 들어서자마자 툭 튀어나온 여성을 보고 저절로 베라무드의 목소리가 높아졌다.

"시리?!"

"베르!"

시그리드가 활짝 웃으며 그에게 폭 안겼다. 베라무드는 그녀를 한 팔로 마주 안고 그녀의 이마에 가볍게 키스해 주며 물었다.

"어떻게 된 거야?"

"어떻게 된 거기는, 당연히 날아온 거지."

시그리드가 의기양양하게 말했다. 그녀의 '날아왔다.'라는 말은 아르카나를 셔틀로 써서 순간 이동해 왔다는 말이다.

베라무드가 아르카나를 찾아서 시선만으로 나무라자 아르카나는 소리 내어 답했다.

"시리를 이길 수는 없죠."

"그거야 그렇지만. 위험한데 왜 왔어?"

"위험하니까 왔지."

"영지는 어쩌고?"

"잠깐 내가 자리를 비웠다고 무너질 영지라면 내가 토대를 잘못 쌓은 거겠지."

시그리드는 그렇게 대답하고 강하게 덧붙였다.

"그리고 영지 같은 것보다 베라무드가 더 중요해."

"영지 같은 거라니, 영지민이 들으면 운다고요."

카서스가 불쑥 농담처럼 말을 던져서 시그리드가 베라무드의 품에서 나와 그를 바라보았다.

"오랜만이에요, 카서스."

"오랜만입니다."

"우툴루도, 오랜만이네."

시그리드가 싱긋 웃었다. 우툴루가 고개를 끄덕이고 슬그머니 사과했다.

"결혼식에 참석하지 못한 건 미안하게 생각해."

"아냐. 거리도 있고, 힘들 수 있지."

시그리드는 고개를 끄덕였다. 그리고 맨 뒤에 있는 오루트를 보며 손을 가볍게 흔들었다.

"오랜만이야."

"오랜만입니다."

오루트가 정중하게 인사하자 시그리드가 눈을 크게 떴다.

"왜 그래?"

"그쪽은 백작님이시고, 전 아니니까요."

"됐어, 동기에게까지 존칭 받고 싶지 않아."

"그렇다면야."

오루트가 얼른 태세를 전환하며 방긋 웃었다. 베라무드가 한숨을 내쉬고 말했다.

"일단 현관에서 이러고 있지 말고 안으로 들어가자."

"아, 다들 환영합니다. 어서 들어오세요."

그제야 집주인의 예의를 갖추는 시그리드였지만, 누구도 그녀를 무례하다고 생각하지 않았다. 시그리드는 일행을 응접실로 안내했다. 순서대로 소파에 자리를 잡자 시그리드는 음료를 주문했다.

설탕을 듬뿍 넣은 달고 뜨거운 차를 마시자 카서스는 저절로 한숨이 흘러나왔다. 오랜만에 당분이 들어가자 몸은 이어 격하게 수면을 요구했다. 하지만 그걸 떨쳐 내고 카서스가 잔을 어루만지며 가장 먼저 입을 열었다.

"그래서, 누가 상황 설명을 좀 해 주시겠습니까?"

아르카나가 잔을 내려놓고 품에서 펜던트를 꺼내 들었다. 그걸 본 카서스가 "아." 하고 말했다.

"비슷한 걸 시카가 가지고 있는 걸 본 적 있습니다."

"한 쌍이니까요."

아르카나의 말에 카서스는 불유쾌한 기분이 되었지만, 이야기를 계속하라는 의미로 고개만 끄덕했다. 아르카나가 말했다.

"여기 있는 분들은 전부 시카를 만난 적 있는 분들이죠."

아르카나가 그렇게 말하고 펜던트를 툭 쳤다. 펜던트가 빙그르르 빠른 속도로 돌기 시작하다가 마치 누군가가 허공에서 펜던트를 잡은 것처럼 딱 멈췄다. 그리고 천천히 반대로 돌기 시작하며 동시에 목소리가 흘러나왔다.

"시카? 어디에 있는 거야?"

아르카나의 목소리였다. 모두가 저도 모르게 아르카나를 보았지만 아르카나는 입을 다물고 펜던트를 가리켰다.

"아, 르카나……."

힘없는 목소리였다. 카서스가 무릎 위로 마디가 불거지게 주먹을 쥐었다.

"나, 나 말할 수 없어."

"시카? 괜찮은 거야?"

"당연히 괜찮지. 로리와 함께 있는걸. 하지만, 아르카나는 괜찮지 않아."

"무슨 말이야?"

"미안, 나 로리를 세상에서 가장 사랑하니까. 그를 도울 거야."

"무슨 말인지 모르겠어. 게다가 사랑이라니? 카서스는 어쩌고? 검사님은?"

"카, 서스."

시카의 목소리가 단숨에 바뀌었다.

"어, 어, 어떻게 아르카나가 그, 그를 아는ㅡ"

숨이 막혀 헐떡일 정도로 공포에 찬 목소리였다. 목소리만 들어도 그녀가 얼마나 두려움에 차 있는지 알 수 있었다.

"시카? 괜찮아? 카서스야 당연히 알지. 무슨 일이야? 그와 무슨 일 있었어?"

"기억, 안 나. 그가 나에게 한 짓은……. 몰라. 나는ㅡ 미안, 아르카나."

뚝 하고 소리가 멎었다. 카서스가 뭐라고 하려는데 아르카나가 손을 들어 말을 막았다. 펜던트는 여전히 천천히 돌아가고 있었다. 다시 펜던트에서 소리가 나오기 시작했다.

뭔가가 부스럭거리는 소리.

"시카? 뭐 하는 거야?"

"아, 로리. 아냐, 아무것도."

"아무것도 아닌 게 아닌 것 같은데? 보여 줘."

다시 부스럭거리더니 소리가 선명하게 바뀌었다.

"이게 뭐야?"

"마법사의 탑과 연락하는 도구야."

"이걸로 누구랑 연락하고 있었어?"

"아르카나에게."

"흐음—"

"그, 아무 말도 안 했어. 하지만 다들 가족 같은 존재고—"

당황한 시카의 목소리에는 필사적인 어조마저 묻어 있었다.

"하지만 시카의 가족은 나 하나인걸. 그놈들은 시카와 날 떨어트려 놓은 놈들이야. 그런데 연락을 하다니 날 배신하는 거야?"

"아냐!"

"그럼 이건 부숴 버리자."

"으응……."

"시카."

가볍게 입술을 빨아들이는 소리가 났다. 길게 이어진 키스 사이로 시카의 달뜬 헐떡이는 소리가 들려왔다. 카서스는 무표정하게 그 소리를 들었다. 오히려 시선을 제대로 두지 못하는 것은 시그리드와 오루트 쪽이었다.

"시카가 가장 사랑하는 건 누구지?"

"당연히 로렌스, 너지."

"좋아."

우지끈.

가벼운 파열음이 들리고 소리는 완전히 멈췄다. 아르카나가 주머니에 펜던트를 넣는 사이 응접실에는 침묵만이 맴돌았다. 시그리드가 베라무드의 어깨에 기대며 낮은 목소리로 말했다.

"내용만 들으면 시카가 배신한 것 같은데."

"시카는―!"

카서스가 휙 몸을 그녀 쪽으로 돌리며 외치려다가 입술을 깨물었다. 시그리드가 고개를 저었다.

"맞아. 카서스의 말대로 시카가 그랬다고는 생각하지 않아. 하지만, 음. 그러니까 난― 베라무드를 좋아하고 그러니까."

"날 위해서 세상도 멸망시켜 주겠다고?"

베라무드가 웃으며 묻자 시그리드는 '아니'라는 대답은 하지 않고 입을 내밀고 그를 노려보았다가 다시 아르카나를 보며 말했다.

"아르카나는 시카를 믿는 거지? 난 그녀를 몇 번 본 게 고작이야."

"난 믿어."

아르카나가 말하자 시그리드는 싱긋 웃었다.

"그럼 그걸로 충분해. 나도 믿어."

그 말에 아르카나가 시그리드에게 희미한 미소를 보내고 카서스를 바라보았다. 카서스는 소파에 기대며 이마를 눌렀다.

"이게 시카를 전부 찾은 게 아니라는 의미였군."

"그래."

베라무드가 어깨를 으쓱했다. 카서스는 한참 그러고 있다가 다시 상체를 세우며 피로감이 가득 찬 목소리로 아르카나에게 물었다.

"다시 돌아올 수 있는 겁니까?"

"저도 확신할 수 없습니다. 그러니까, 아마 시카는 정신계 마법에 당한 것 같아요."

"정신계 마법?"

"머릿속을 조종하는 거죠."

아르카나가 집게손가락으로 자신의 머리를 가리키며 말했다. 우툴루의 얼굴이 심각해졌다.

"그게 가능한 겁니까?"

그렇다면 정말로 큰일 아닌가? 고위 귀족의 머릿속을 조종할 수 있다면, 제국을 손에 넣는 것도 순식간이다.

"어려워요. 모순점이 발견되기도 쉽고. 차라리 사람을 백치로 만드는 거라면 모를까, 적당히 조절해서 날 믿게 한다든가 그렇게 하는 건 어렵죠."

"하지만 시카 누나는……."

오루트가 저도 모르게 물었다. 아르카나가 고개를 끄덕였다.

"그래서 아까 제가 카서스에 대해서 물었을 때 시카는 모른다고 했죠. 공포에 질려서요. 그에 대한 기억을 조작하기 어렵기 때문에 그냥 공포와 연관시켜서, 기억나지 않게 누르고 있는 거죠. 아마 시카는 지금 머릿속이 뒤죽박죽이라는 느낌일 겁니다."

카서스가 깊게 숨을 마셨다. 시카가 무사하다.

그 사실만으로도 그는 안도가 되었다. 적어도 어딘가에서 고문을 당하며 괴롭게 있는 건 아니니까. 동시에 그 로렌스라는 놈이 시카의 머릿속을 조정해서 인형같이 가지고 놀고 있다고 생각하면 구역질이 날 것 같았다. 그리고 시카가 원래대로 돌아오지 않는다면…….

우툴루가 느릿하게 말했다.

"우리는 사실을 알지만, 다른 사람은 모르지. 만약 시카가 사람들을 공격한다면……."

"그녀를 죽이려 하겠죠."

아르카나가 고개를 끄덕였다. 우툴루가 이어 말했다.

"그리고 만약 그렇게 사람을 죽인다면, 글쎄. 끝이 좋기는 어렵겠지."

"그래서 그 전에 시카를 데리고 오려고 합니다."

아르카나의 말에 모두의 시선이 그에게 꽂혔다. 아르카나가 어깨를 으쓱하고 말했다.

"그녀가 어디에 있는지는 알고 있으니까요. 문제는 그쪽의 전력이 얼마나 될까 하는 건데—"

"제국의 손꼽히는 마스터 넷이야."

베라무드가 픽 웃으며 말했다. 그 말에 시그리드가 "어라, 그러네?" 했고 아르카나는 고개를 끄덕였다.

은기사, 흑기사, 광전사, 방랑자.

넷이 한자리에 모인 건 처음이었다.

카서스가 자리에서 일어나며 말했다.

"그럼 바로 출발하죠."

그 말에 베라무드가 "아니, 넌 좀 자야 해." 하고 말했다. 카서스가 "구하고 나서 자도 돼." 하고 일축하자 아르카나가 고개를 저었다.

"베라무드의 말이 맞습니다. 그리고 저도 준비하려면 시간이 좀 걸리니까요."

"언제쯤 되는데요? 무슨 준비 말입니까?"

카서스가 그에게로 한 발자국 디디며 말했다. 아르카나는 태연하게 대꾸했다.

"많은 인원을 이동시키는 건 다른 문제니까요."

그 말에 카서스는 의심하는 눈으로 그를 바라보다가 고개를 끄덕였다. 베라무드가 그의 팔을 잡아당기며 아르카나에게 물었다.

"얼마나 걸려?"

"내일 아침까지는 끝나겠지요."

"알았어. 그럼 카서스 넌 가서 아침까지 쳐 자라."

베라무드가 설렁줄을 잡아당겨 시종을 불렀다. 카서스는 "너희는?" 하고 물었고 베라무드가 말했다.

"밥 먹을 거야."

카서스는 그 말에 피식 웃고는 시종을 따라 올라갔다. 4층짜리 저택에 손님방은 넉넉했고 시종이 안내해 준 방은 넓고 쾌적했다. 씻을 물을 준비하게 하고 잠깐 침대에 앉았던 카서스는 그대로 쓰러지듯 잠들었다.

*　　*　　*

시카는 울고 있었다. 어둡고 캄캄한 공간에서 그녀의 눈물이 희미한 빛을 발하며 떨어졌다.

"바보같이 울지 마."

소리친 상대를 그녀는 고개를 들어 바라보았다. 자신과 똑같이 생긴, 머리카락과 눈 색만 다른, 또 다른 자신이 화가 난 얼굴을 하고 있었다.

"하지만—"

"그 자식이 날 지배하게 두지 말라고."

"나도 그러고 싶어! 하지만, 깨면 또다시 지배하에 들어가는 걸. 카서스를 잊어버려—"

"반지를 빼."

"나도 빼고 싶어!"

시카는 빽 소리 질렀다. 검은 머리의 시카는 푹 한숨을 내쉬었다.

"물론 그렇겠지."

검은 머리 시카는 그렇게 말하고 털썩 그녀의 앞에 마주 앉았다.

"그리고 로렌스의 마음을 모르는 것도 아냐."

시카는 그 말에 눈가를 닦고 웃었다.

"사랑받고 싶어. 맞아. 알아."

아무도 없다는 건 괴롭다. 로렌스는 아주 오랫동안 자신을 찾아왔겠지. 시카는 마법사 탑의 사람들을 만나고, 카서스를 만났다. 하지만 로렌스는 오로지 자신만을 보고 있었다.

"하지만 난 이미 카서스를 만났어."

시카는 낮게 말했다.

만약에 카서스를 만나지 않았다면, 정말로 로렌스가 그녀가 가장 사랑하는 사람이 되었을지도 모른다. 검은 머리 시카가 그 말에 빙긋 웃었다.

"맞아. 이미 만났지."

"그렇다고 로렌스를 좋아하지 않는 것도 아냐."

유일한 혈육이다.

그게 뭐 그렇게 대단한 거냐고 하는 사람이 있을지도 모르지만, 정말로. 혈육이 하나도 없다고 생각해 보라.

당신이 당장 정말 혼자라고.

그때 나타난 쌍둥이다. 시카는 슬퍼졌다. 좀 더 제대로 된 남매 관계가 될 수도 있었을 것이다. 어쩌면, 어쩌면.

하지만 만약을 그리자면 끝이 없고, 무엇보다도 시카는 이 일을 막고 싶었다. 어떻게든 로렌스를 막고 싶었다. 일이 성공하든 실패하든 로렌스는 돌이킬 수 없는 강을 건너게 된다.

"나 힘내 볼게."

시카는 중얼거렸다. 검은 머리 시카가 눈썹을 치켜 올렸다.

"뭐, 같이 힘내자고."

"응."

시카는 눈을 떴다.

'눈 또 부어 있어……'

자면서 또 울었나 보다. 먹칠을 한 것처럼, 꿈 내용은 여전히 기억나지 않았다. 시카는 몸을 천천히 일으키다가 흠칫 놀랐다. 침대가에 누군가가 있었다.

"누구야?"

"나야."

"아, 로리."

시카는 미소 지었다.

"왜 침대로 올라오지 않고."

그녀가 자신의 옆자리를 두들겼다. 로렌스는 침대에 앉았다. 로렌스가 손을 뻗어 그녀의 뺨을 어루만졌다.

"시카, 부탁하고 싶은 게 있어."

"얼마든지."

시카는 그 손을 음미하며 대답했다.

"다른 마법사가 수도에 있는 것 같아."

"아—"

시카는 고개를 끄덕였다. 자신 역시 마법사이니, 마법의 파동 정도는 느낄 수 있었다. 로렌스가 싱긋 웃었다.

"시카가 죽여줄래?"

"어?"

"마법사들 말야. 내가 레오를 붙여 줄게."

"그건."

시카의 눈동자가 흔들렸다.

"할 거지? 날 위해서."

시카는 뭔가가 가슴속에서 솟구치는 것 같았다. 꽉 차서 넘칠 듯이, 토해 낼 듯이 그것이 올라왔지만 혀끝에서 말이 되지 않고 사라졌다. 로렌스의 눈이 붉게 빛나자 더 이상 아무것도 생각할 수가 없었다. 로렌스가 내 전부야. 그 생각만이 온몸을 지배했다. 홀린 듯이 아름다운 눈동자를 보며 시카는 고개를 끄덕였다.

"물론이지."

아아, 그를 위해서 뭔가를 하는 건 이렇게 기쁜데.

왜 가슴이 아플까.

"하지만, 하지만, 나는—"

뭔가 더 말해 보려고 애썼지만 소용없었다. 그 눈동자에서 시선을 뗄 수 없다. 그가 멋대로 머릿속으로 들어와 모든 걸 산산조각 내고 있다.

"아……으……."

시카는 반항하려고 했지만 소리는 나오지 않았다. 머리 밖으로 그를 밀어내야 하는데, 밀어내면 안 돼.

천천히 그녀의 눈동자에서 빛이 사라졌다. 로렌스가 한숨을 내쉬며 그녀의 양 뺨에 흘러내리는 눈물을 닦아 주며 말했다.

"시카는 의지가 강하니까. 이렇게 하지 않으면 안 돼서. 미안해."

자신의 누이는, 마수의 힘을 봉인했는데도 의지가 강했다. 처음에는 기억을 좀 조정한 것뿐이었는데 그 모순점 때문에 괴로워했다. 카서스라는 이름을 공포와 연결시켰지만, 그럼에도 불구하고 그 공포와 맞서서 카서스가 자신에게 한 일이 뭔지를 알아야겠다고 하지 않나. 마법사들이 그녀를 세뇌시켰다고 했는데도 애정을 버리지 못하지 않나.

"시카."

로렌스는 그녀의 입술에 부드럽게 키스했다. 살짝 입술 사이로 혀를 밀어 넣어서 그녀의 맛을 보고 로렌스는 한숨을 내쉬었다. 이렇게 자꾸 정신에 손을 대면 댈수록 본래의 인격을 유지할 수가 없게 된다.

로렌스는 그녀의 잠옷 단추를 풀었다. 시카는 미동도 하지 않았다. 숨을 쉬지만 않는다면 인형이라고 생각될 정도였다. 흐려진 눈에서만 눈물이 계속 흘러내려 로렌스는 그게 불쾌했다.

"울지 마."

그가 명령하고 그녀의 잠옷 상의를 벗겨 냈다. 새하얀 몸이 어둠 속에서 희끄무레한 빛을 발했다. 로렌스의 손이 이제 거의 사라진 키스 마크를 훑었다.

그 남자가 남긴 흔적도 이제 사라져 가고 있다.

그의 손이 깃털처럼 민감한 부분들을 어루만져도 시카는 꿈쩍도 하지 않았다. 마치 숨 쉬는 인형이 된 것 같았다. 로렌스는 쯧하고 혀를 찼다. 눈물이 턱을 타고 그의 손등 위로 툭툭 떨어지고 있었다.

울지 말라고 분명히 명령했는데.

로렌스가 손바닥으로 그녀의 눈을 쓸어 닫아 주었다. 축축해진 뺨을 닦아 내며 로렌스가 속삭였다.

"잘 자, 시카. 사랑해. 그리고 약속한 거 잊지 마."

*　　*　　*

카서스는 인기척에 흠칫하고 눈을 떴다. 허리에 손을 댔다가 검이 없다는 걸 깨닫는데 목소리가 먼저 들려왔다.

"깨워서 죄송합니다."

침대 발치에 서서 아르카나가 말했다. 카서스는 상체를 일으키며 눈가를 눌렀다.

"오래 잤나요?"

"아뇨, 주무신 지 두 시간 정도 됐습니다. 몰래 할 말이 있어서요."

카서스는 침대에서 내려와 셔츠를 걸치며 물었다.

"뭡니까?"

"시카의 체질에 대해서 아십니까?"

카서스는 움찔하지도 않고 셔츠 단추를 잠그며 아르카나를 힐끗 보았다.

"압니다."

그의 대답이 태연해서 아르카나는 그가 얼마나 알고 있는지 궁금해졌다. 카서스가 그 궁금증을 아는 듯이 이어 말했다.

"반지를 뺀 모습도 봤거든요."

반대로 아르카나가 흠칫했다. 아르카나가 희미하게 웃었다.

"그녀가 반지를 뺀 모습은 본 일이 없는데 말입니다."

"전 그녀의 연인이니까요."

씩 웃고 카서스는 "그래서요?" 하고 뒷말을 재촉했다. 아르카나가 이어 말했다.

"얼음탑 사람들 일부 역시 그 문제를 알고 있습니다. 그들 중 다시 몇몇은 이 문제와 맞물려서 시카를 죽이려고 합니다."

카서스의 동작이 멈췄다. 그의 밝은 녹색 눈이 어둠 속에서 불

타오르는 것처럼 보였다. 아르카나의 짙은 녹색 눈은 태연히 그 눈을 마주 보았다.

"그 새끼들은 날 먼저 거쳐야 할 것 같은데요."

분노한 상태에서 나왔다고 한 말의 어조치고는 가벼웠다. 아르카나가 "그러길 바랍니다."라고 하며 그에게 뭔가를 던졌다. 카서스가 받아 드니 팔찌였다. 스프링이 달려서 반으로 열렸다가 탁 닫히게 되어 있는 구조다.

"마법 봉인구입니다."

아르카나의 표정이 어두워졌다.

"만약에, 시카를 데리고 도망쳐야 하는 일이 생긴다면……."

"수도로 온 마법사 중에 그런 의견을 가진 사람이 있나 보군요."

"공평성을 위해서라고 하더군요."

아르카나는 '공평성'이라는 단어를 더러운 것이라도 되는 듯이 말했고 카서스는 가볍게 웃었다.

"당신이 시카의 편이라 기쁘네요."

"그녀는 제 가족과도 같으니까요."

얼음탑의 모두가 소중한 존재라고 말하는 것이 아니다. 시카도 자신도 굳이 말하자면 비주류에 속했다. 힘을 위해서 얼음탑에 들어온 아르카나가 이방인 취급당한 것처럼, 시카 역시 겉도는 존재였던 것이다.

외톨이끼리는 서로를 알아보는 법이다.

"그런 존재를 나에게 맡겨도 되는 건가요?"

카서스가 자신의 팔에 팔찌를 끼며 물었다. 아르카나는 속눈썹 하나 까닥하지 않고 말했다.

"지금 당신에게 가장 어려운 부탁을 하고 있는 겁니다. 그녀가 제정신이 돌아오지 않을 수도 있으니까요."

그렇다면 당신을 기억도 하지 못하고, 겁에 질릴 그녀와 함께 도망쳐야 한다. 카서스는 팔찌를 손끝으로 핑그르르 돌려 보이고 말했다.

"그런 거라면 익숙해."

미움받는 것도, 원망의 소리도 전부 익숙하다.

아르카나는 가볍게 숨을 내쉬고 말했다.

"좀 더 주무시죠. 전 이제 일하러 가 볼 테니까요."

"남의 잠을 다 깨워 두고."

카서스가 원망스럽다는 듯 말했지만 아르카나는 별 대꾸도 없이 사라져 버렸다. 카서스는 "마법이란 편하구만." 하고는 침대로 돌아가 풀썩 몸을 던졌다. 천장을 향해 손을 뻗자 팔찌가 희미하게 반짝였다.

"내 손목에도 맞다니, 이거 괜찮은 건가? 시카 손목은 더 가늘어서……."

중얼거리다가 카서스는 팔로 눈가를 가렸다.

목소리가 듣고 싶어.

웃으면서 "카서스."라고 하는 것도, 화가 나서 "카서스!" 하고 목소리를 높이는 것도 좋아. 키스하고 나면 달콤한 목소리가 나오는 것도, "사랑해." 하고 솔직하게 말하는 것도.

만지고 싶어.

카서스는 이를 악물었다.

그 변태 새끼가 시카를 어떻게 만지고, 어떻게 키스하는지 생각만 해도—

제대로 서 있을 수도 없다. 분노를 뛰어넘어서 뭔가가 울컥하고 넘어와서—

"이런 거 하나도 안 익숙해."

카서스는 중얼거리듯 내뱉었다.

미움 받는 것도, 원망 받는 것도 익숙하다. 하지만 그건 선 바깥의 사람에게서였다. 시카에게서는 그런 말 듣고 싶지 않다.

하지만.

'내 것이라면 그걸로 좋아.'

모순된 시꺼먼 감정이 고개를 든다.

싫어해도 좋아, 미워해도 좋아. 어쨌든 시카는 내 것이다. 내가 독점할 거야. 싫다고 해도 키스하고, 미워한다고 외쳐도 안을 거야.

날 너덜너덜하게 만들어. 난 널 더럽힐 거니까.

아무에게도 넘기지 않을 테다.

카서스는 숨을 길게 내쉬고 눈을 감았다.

찢어진 하늘

'머리가 무거워……'

시카는 멍하니 침대에 앉아서 한참 허공을 바라보았다.

"아가씨."

부르는 소리에 시카는 시선을 돌렸다. 웬 남자가 서 있었다.

"누구?"

"레오입니다. 기억나지 않으시나요?"

긴 남색 머리카락을 단정하게 묶고 있는 남자였다.

"레오."

중얼거리듯 말하고 시카는 침대에서 내려왔다. 비틀거리는
그를 레오가 붙잡았다.

"맞아. 가야 해. 마법사를 죽이러 가야지."

초점도 잘 맞지 않는 눈으로 비틀거리며 시카는 문으로 걸어 갔다. 레오가 그녀를 붙잡으며 말했다.

"일단 먼저 제가 옷을 입혀 드리겠습니다."

"어…… 응."

시카는 대답했다. 머릿속에 뿌옇다.

아무것도 기억나지 않아.

아무것도 생각나지 않아.

레오는 그녀의 옷을 벗기고 입혀 주었다. 보통이라면 수치스 러움을 느낄 법한데 시카는 그저 멍하게 서 있었다.

"마법사를 처리하고……. 마법사……."

그저 중얼중얼 그 말만 반복하는 그녀를 보자 레오는 복잡한 심정이 되었다. 물론 자신도 로렌스에게 만들어진 존재다. 과거 의 기억을 가지고 있고, 그가 자신에게 어떤 끔찍한 짓을 했는지 알지만 그게 아무렇지도 않게 '조정'되었다. 그래서 아무렇지 않 지만, 이렇게 조정된 대상을 보는 건 또 다른 기분이랄까.

마지막으로 머리까지 땋아 주고 그가 "시카 아가씨." 하고 그 녀를 부르자 시카는 퍼뜩 놀랐다.

"시카……? 시카……. 아…… 내 이름."

그제야 자신의 이름이 떠올라 시카는 뭔가 이어 생각하려고 애썼다. 자신의 이름이 저걸로 끝이 아니었던 것 같은데 기억나 지 않는다.

아아, 하지만 이름 따위 아무래도 좋아. 그녀는 몇 번이나 실패

한 끝에 지팡이를 불렀다. 지팡이를 꼭 품에 안고 그녀가 말했다.

"가자."

"네. 아가씨."

레오는 불안감을 감추고 고개를 숙여 보였다.

레아는 힐끗 로렌스를 바라보았다.

"주인님, 이걸로 괜찮은 겁니까?"

"응? 뭐가?"

로렌스가 생긋 웃어 보였다. 레아가 물었다.

"아가씨 말입니다. 저런 상태로 내보낸다면……."

솔직히 레아에게 시카가 다치는 일 같은 건 상관없었다. 하지만 주인님은 시카를 사랑하고 있고, 그녀가 다쳐서 주인님의 마음이 아픈 건 싫었다.

"아, 괜찮아. 눈속임 같은 거야. 게다가 레오를 붙였으니까."

"눈속임인가요?"

갸웃하자 로렌스가 고개를 끄덕였다.

"이제 곧 하늘이 찢어질 거야. 하지만 그 일을 하려면 힘의 집중이 필요하고, 그러면 마법사의 시선이 쏠리니까. 시카에게 약간 교란만 시킨 거야."

"하지만……."

"시카는 강해."

로렌스는 자신의 누이를 떠올렸다.

마력이 흘러넘치는 강대한 마법사.

겉모습은 순진하고 연약해 보여도, 그녀 역시 자신과 같은 피가 흐르는 존재인 것이다. 레아가 불안해하는 마음도 이해가 되었지만 그는 걱정되지 않았다.

"죽여준다면 더 고맙고."

로렌스가 중얼거리듯 말했다. 마법사를 한둘이라도 처리해준다면 기쁘다. 시카는 그럴 수 있는 능력도 있으니까.

그 와중에 카서스를 죽여준다면 더 좋겠다.

'그러면 완벽하게 내 것이 될 텐데.'

로렌스는 그렇게 생각하며 슬프게 웃었다.

'난 너만 사랑했는데.'

25년간, 모친의 배 속에서부터 너만 사랑했다.

시카가 그의 세상의 중심이었다. 그녀를 찾기 위해서 모든 것을 다 했다. 그녀가 죽었다고 생각하면 소름이 돋았고, 세상에 나 혼자 남겨졌다는 것이 무서웠다.

'그런데 너는.'

그녀는 탑을 나와, 만난 지 반년도 안 된 상대와 사랑에 빠졌다.

그는 눈을 감았다.

로렌스가 그녀를 일부러 이렇게 위험하게 내모는 이유는 일종의 복수심 역시 존재하기 때문이었다. 내가 상처 받은 만큼 너도 상처 받았으면 좋겠다는, 그런 마음.

'널 엉망으로 찢어 버리고 싶어. 그리고 또 한없이 사랑스러워서 눈물 한 방울 흘리지 않게 하고 싶어.'

그리고 그러고 있는 자신 역시 괴롭다.

애증.

로렌스는 그 단어를 떠올리며 길게 숨을 내쉬었다.

"주인님."

레아가 그를 작게 부르자 로렌스는 손을 뻗어 그녀의 머리를 쓰다듬었다. 레아는 고개를 숙이며 살짝 뺨을 붉혔다.

"그럼 우리도 가자. 이제 새 세상을 열 시간이야."

"네."

레아는 가슴에 손을 얹으며 깊게 인사했다.

*　　　*　　　*

카서스는 마지막으로 장비를 확인했다. 장비라고 해도 별건 없지만 말이다. 오루트가 그에게 말했다.

"버리라고 하시더니, 가져오길 잘했죠?"

"그러게."

카서스는 씩 웃어 보였다. 잠을 자고 면도를 한 그의 얼굴은 훨씬 나아 보였다. 시그리드가 머뭇거리다가 카서스를 보고 말했다.

"이런 상황이니 이상하게 들릴지도 모르지만, 함께 등을 맞대

게 되어 영광입니다."

그녀의 정중한 인사에 카서스는 눈을 크게 떴다가 웃었다.

"저도 영광입니다. 은기사님."

꼭 뒤에 호칭을 붙여서 비꼬는 것처럼도 들리는 말이지만, 시그리드는 꼬아 듣는 사람이 아니다. 그녀는 활짝 웃음으로 그 말을 칭찬으로 받아들였다.

카서스는 새삼, 그녀의 이런 곧은 면이 싫었다고 생각했다. 그러면서도 동시에 부러웠다. 자신이 가지고 있지 않은 점, 자신이 가지지 못할 점을 가진 사람을 보면, 누구나 그런 걸지도 모르지.

카서스는 그렇게 생각했다.

우툴루가 "이제 출발하죠." 하고 마법사인 아르카나를 향해 정중히 말했고 아르카나는 고개를 끄덕였다. 베라무드가 걱정스럽게 시그리드에게 말했다.

"나나 아니면 아르카나 옆에 붙어 있어."

"걱정하지 마."

시그리드는 딱 잘라 말했다. 자신도 한 명의 기사이며 마스터이다. 누구에게 챙김 받을 만한 위치는 아니다.

베라무드 역시 그걸 알지만 그래도 걱정이 되는 건 어쩔 수가 없었다. 하지만 더 말해 봐야 소용없다는 걸 알아 그는 입을 다물었다. 아르카나가 말했다.

"그럼 이동하겠습니다."

시카는 계속 한 장소에 머물러 있었기 때문에, 그들은 바로 그

근처로 이동하기로 했다. 적진의 한 가운데라 공격이 바로 들어올 수 있다고 경고하고 아르카나는 순간 이동을 시전했다.

카서스는 순간 세상이 일그러지는 걸 느꼈다. 한 번 당했지만, 그래도 익숙해지지 않는 감각이었다. 하지만 그 감각은 순식간에 지나갔고 다섯은 황량한 농장 마당에 서 있었다.

"아무도 없는 것 같은데."

베라무드가 중얼거렸다. 시그리드가 가볍게 농장 건물을 향해 걸어가며 말했다.

"들어가 보자."

일행은 근처를 샅샅이 수색했지만 농장 건물 안은 깨끗했고 사람이 지냈던 흔적만 있었을 뿐, 아무도 없었다.

"아르카나."

시그리드가 자신의 마법사를 불렀다. 타박하는 것도 아니고 놀리는 것도 아니었다.

어떻게 된거야? 하는 의미였다.

아르카나가 눈을 찌푸리고 대답했다.

"그 사이에 이동했네."

카서스가 "어디로?" 하고 물었다. 아르카나는 눈을 감았다가 떴다. 그가 혀를 찼다.

"수도, 마법사들이 있는 곳."

카서스가 뒤도 돌아보지 않고 튀어 나가려는 것을 우툴루가 저지했다.

"마법으로 이동할 수 있나?"

"할 수는 있지만, 이렇게 다시 많은 인원을 옮기는 건 무립니다."

제 마력에도 한계가 있으니까요, 하고 아르카나가 말했다. 베라무드가 카서스의 등을 밀며 말했다.

"그러면 카서스를 데리고 가. 우리는 도보로 이동할 테니까. 여기서 수도까지 멀지도 않고. 게다가 그쪽 역시 둘로 갈라졌을 것 같으니까."

"왜지?"

우툴루가 물었고 베라무드가 어깨를 으쓱하며 대답했다.

"굳이 지금, 마법사들이 있는 곳에 찾아갈 이유가 없잖아. 교란 작전일 가능성이 높다고 봐."

그 말에 우툴루의 얼굴이 굳었다.

"그럼 지금 일이 진행되고 있는 건가?"

"그래."

베라무드의 어조는 사건의 급박함을 전혀 신경 쓰지 않는 것처럼 여유로웠다. 우툴루는 초조해져서 당장 문을 박차고 나갔고, 오루트가 그 뒤를 따라갔다. 아르카나가 말했다.

"그럼 수도에서 뵙죠."

"응, 몸조심해."

시그리드의 말에 아르카나는 싱긋 웃어 보이고 그대로 사라졌다. 시그리드가 베라무드에게 물었다.

"우리도 빨리 가 봐야 하지 않아?"

"가 봐야지."

말하고 베라무드가 품에서 나침반을 꺼냈다. 시그리드는 "아." 하고 그제야 베라무드의 여유를 납득해 고개를 끄덕였다.

평소에는 빙글빙글 돌던 바늘이 이제는 정확하게 한 곳을 가리키고 있었다. 시그리드는 그 방향으로 고개를 들었다가 말했다.

"정말로 수도에 마수를 풀 작정인가 보네."

"그러기 전에 막아야지."

베라무드는 그렇게 말한 후 시그리드를 가볍게 안아 들고 달리기 시작했다. 달린다고 해도 어지간한 말보다 더 빠른 속도였다.

"베라무드, 내려 줘!"

시그리드가 품에 안겨 외치자 베라무드가 "넌 오러를 보존해."라고 짤막하게 말했고 시그리드는 수긍해서 입을 다물었다. 둘 다 달리기로 오러를 쓰기보다는 한 사람이라도 보존하는 게 낫기는 하다.

그게 자신이라는 게 좀 불만이기는 하지만.

'나도 베라무드 안고 뛸 수 있는데.'

시그리드는 그렇게 생각했지만, 어차피 안긴 거니 이대로 가기로 했다. 다투기에는 시간이 아까웠다.

"카서스 일이 잘 되어야 하는데……."

시그리드는 작게 중얼거렸다. 바람이 귓가를 빠르게 스치고 있지만 그녀의 목소리는 베라무드에게 잘 들렸다. 베라무드는

"그러게." 하고 나지막이 대답하며 더욱 속도를 올렸다.

*　　*　　*

　　로레인은 소리 질렀다.

　　"시카! 정신 차려!"

　　방어막은 이미 한계였다. 로레인의 애원에도 방어막을 공격하는 불덩이들은 멈추지 않았다.

　　아르카나의 부탁을 받고 온 마법사는 두 명이었다. 로레인과 소치. 마법사들은 앙케르트나 백작의 수도 저택을 빌려서 생활하고 있었다. 황후에게 하사받은 거대한 저택이 아닌 백작이 되기 전 기사 시절에 구매한 정원 딸린 작은 집이었다.

　　그런데 갑자기 그 저택에 물폭탄이 떨어진 것이다. 만약 보호 결계가 걸려 있는 집이 아니었다면, 무너지면서 로레인과 소치는 집과 함께 명을 달리했을 터였다.

　　그리고 양쪽에 있는 집들도 박살이 났겠지.

　　하지만 아르카나가 걸어 놓은 결계는 튼튼했고 저택은 그럭저럭 형태를 유지하고 있었다. 거실에서도 바깥바람을 느낄 수 있었지만 말이다.

　　로레인과 소치가 저택에서 뛰쳐나왔을 때 두 번째 공격이 날아왔다. 방어막을 펼친 로레인은 상대를 보고 당혹했다.

　　시카였다.

그때부터 시카는 일방적인 공격을 퍼부었고 로레인과 소치는 그것을 막기에 급급했다. 하지만 시카의 공격은 단조로웠다. 그녀의 마력량에 기댄 무차별 공격이었다. 소치는 이를 갈았다. 삼십 대 중반의 그는 원로 중 한 사람이 공평함을 위해서 끼워 넣은 일행이었다.

"방어막은 내가 맡을 테니, 공격해!"

"못 해요!"

로레인이 빽 소리 지르자 소치가 분노해서 말했다.

"그럼 여기서 죽을 생각이야? 저건 더 이상 우리 편이 아니야. 괴물이라고!"

"하지만, 하지만—"

로레인은 일그러졌다가 회복되는 방어막 너머에 서 있는 시카를 바라보았다. 표정이 풍부하던 얼굴은 이제 가면을 쓴 것처럼 무표정했다. 그녀가 앞으로 내밀고 있는 지팡이 주변으로 천천히 불꽃이 회오리치듯 모이기 시작했다.

"시카, 나 로레인이야!"

로레인은 필사적으로 소리쳤다. 하지만 시카에게는 그 소리가 들리지 않는 것 같았다. 소치가 말했다.

"네가 못하겠다면 내가 하지."

"잠깐—"

멋대로 힘을 빼면—

소치가 방어막에 주던 마력을 빼자 순식간에 방어막이 흐려졌다. 로레인은 눈을 질끈 감았다.

죽는다!

하지만 아프지 않았다. 단지 요란한 소리가 나서 로레인은 눈을 떴다. 눈앞에 익숙한 사람이 서 있었다.

"아르카나!"

저도 모르게 울컥 눈물이 날 것 같았다.

"괜찮아?"

아르카나의 물음에 로레인은 고개를 끄덕였다.

"하지만, 시카는—"

로레인은 고개를 돌렸다.

"어?"

시카의 앞에는 못 보던 사람이 둘이나 서 있었다. 한 명은 남색 머리카락을 가지고 있고, 한 명은 청색 머리카락을 가지고 있었다.

청색 머리카락을 가진 쪽은 금방 알아볼 수 있었다. 시카가 항상 이야기했으니까.

"검사님?"

"카서스야."

아르카나가 정정했다. 그제야 정신을 차린 소치가 소리쳤다.

"당장 저 괴물을 공격하자고! 이때다, 아르카나."

아르카나는 소치를 무시하며 시카를 보았다. 그녀의 텅 빈 연보라색 눈동자는 갑작스러운 사태를 이해하지 못하는 듯 보였다.

실제로 시카는 혼란스러웠다.

'뭐지……?'

눈앞에서 두 사람이 싸우고 있었다. 레오랑, 그리고 모르는 남자가.

'레오를 도와야 하나……? 하지만 마법사를 죽여야…….'

시카의 지팡이 끝이 이리저리 흔들렸다.

카서스는 혀를 찼다.

순간 이동으로 나타나는 그 순간 시야에 시카가 들어왔다. 그녀를 붙잡아 팔찌를 채우려고 했는데 마치 그림자에 숨어 있었던 것처럼 눈앞의 남자가 튀어나온 것이다.

"시카에게 무슨 짓을 했어."

카서스가 낮게 으르렁거리듯 물었고 레오는 어깨를 으쓱했다.

"주인님이 하신 일이니 전 모르겠습니다."

"아, 그래? 그럼 죽어."

카서스의 검이 금색 오러에 휩싸였다. 그걸 본 레오는 자신의 마력을 불러일으켰다. 검은색 마력이 그의 팔을 감쌌다. 카서스가 검을 휘두르자 레오가 그것을 피했다. 이어 아르카나가 그를 가리키며 주문을 외웠다. 레오는 거대한 주먹이 자신을 후려치는 듯한 충격을 느끼며 벽에 부딪쳤다.

돌벽이 무너지며 요란한 소리가 났지만, 레오는 그 먼지 속에서 벌떡 일어났다. 그 정도의 공격은 그에게 별 게 아니었다.

"레오."

시카는 저도 모르게 그를 불렀다. 레오가 그녀를 향해 괜찮다는 얼굴을 했다. 카서스는 이를 악물었다가 최대한 부드럽게 그녀를 불렀다.

"시카."

카서스가 그녀를 부르자 시카는 당혹스러운 얼굴로 그를 바라보았다. 그를 보면 뭔가가 술렁거린다.

모르는 얼굴이야. 모르는 얼굴인데.

그는 시카를 보았다. 곤란한 얼굴을 하고 있지만, 그녀는 무사했다.

흐릿한 초점과 마주쳐 카서스는 웃어 보였다.

기쁨과 안도로 가득 찬 웃음.

시카는 가슴이 찌르는 듯 아파 오는 걸 느끼며 가슴께에 손을 가져갔다.

"다행이다. 무사해서."

무사하다는 이야기는 들었지만, 그래도 실제로 그녀가 멀쩡히 살아 있는 걸 보니 진심으로 안도가 온몸을 쓸고 지나갔다.

동시에 반대로 흉포한 기세가 그의 안쪽에서 타고 올라왔다. 그동안의 걱정과 마음 졸임과 분노가 모두 섞여서 눈앞의 남자에게 향했다.

핏—

작은 소리와 함께 카서스의 검이 휘둘러졌다. 레오는 그걸 피하려고 했지만, 카서스의 검이 휙 꺾이며 그가 피하는 만큼 따라

들어왔다.

'무슨─?!'

레오는 경악하며 검은 마력으로 그의 검을 막아 냈다. 카서스의 눈이 가늘어졌다.

'정면으로 오러를 막아 냈어?'

레오가 소리쳤다.

"아가씨, 피하십시오! 이자가 카서스입니다!"

"카……."

천천히 시카의 얼굴에 공포가 퍼져 나갔다. 그녀는 비틀거리며 뒤로 물러났다. 그때를 놓치지 않고 소치가 그녀를 향해 얼음칼날을 발사했다.

이런, 하고 아르카나가 손을 뻗었지만 수십 개의 얼음 칼날을다 막아 내는 건 무리였다. 몇몇 개가 그녀에게 깊은 상처를 남겼다.

시카는 비명을 지르며 지팡이를 떨어트렸다. 상처가 마치 불에 지지는 것처럼 아파 왔다.

'아파, 아파, 아파, 무서워─!'

"시카!"

카서스가 소리 질렀다. 그의 주의가 흐트러지는 순간을 레오는 놓치지 않았다. 카서스는 옆구리를 파고드는 그의 손톱을 그대로 받아내며 왼손으로 뺀 비수를 그의 눈알에 박아 넣었다.

"크아악─!"

레오가 비명을 지르며 뒤로 물러섰다. 카서스가 붉게 물드는 옆구리를 붙잡으며 히죽 웃었다.

"눈알까지는 단련 못하지? 개자식아."

"무슨 짓입니까!"

아르카나가 소리치자 소치 역시 지지 않고 외쳤다.

"네놈이야말로 무슨 짓이야! 저것을 죽일 좋은 때였단 말이다!"

"시카는 이용당하고 있는 것뿐입니다."

"이용? 이용은 무슨, 그래. 이용당했다고 치지. 하지만 그녀가 마법사라는 사실은 변하지 않아. 마법사가 벌이는 악행은 마법사가 단죄해야만 해. 안 그래도 마법사에 대한 인식이 좋지 않은 이때에……!"

소치가 이를 악물고 소리쳤다.

"아르카나, 시카가―!"

로레인이 소리쳤다. 그녀는 상처를 입고 비틀거리며 반파된 건물을 벗어나고 있었다. 공포에 질려 필사적으로 달리듯 뛰쳐나가는 게 눈에 들어왔다. 떨어진 지팡이를 주울 생각도 하지 못한 듯했다. 저택은 반쯤 무너졌고, 장미 정원은 여기저기 불에 타서 엉망이었다. 그나마 다행인 것은 주변 집에는 피해가 가지 않았다는 것이다. 미리 결계를 쳐 놔서 다행이지 아니었다면 대소동이 일어났을 것이다.

'정원을 보면 시리가 슬퍼하겠는데.'

아르카나는 그렇게 생각하며 주문을 외웠다.

눈에서 비도를 빼낸 레오는 으르렁거리다가 위에서 누르는 강한 압력에 쓰러지듯 바닥에 엎드리게 되었다.

"무슨?!"

레오는 일어나려고 안간힘을 썼지만 소용없었다.

"카서스, 시카를 부탁할게."

아르카나의 말에 카서스는 고개를 끄덕이고 시카를 따라 나갔다. 소치가 그 뒤를 쫓는 것을 로레인이 뒤에서 몸을 던져 덮쳤다. 고양이가 쥐를 덮치는 것과 같은 날렵한 일격이었다. 소치가 앞으로 쓰러지자 로레인이 그를 꽉 눌렀다.

"이게 무슨 짓이야! 너도 반역죄로 죽고 싶나!"

소치가 소리쳤지만 로레인은 안간힘을 써서 버둥거리며 그를 막았다.

"시카는 못 건드려! 그 애는 내 친구란 말야!"

로레인은 악악 소리를 지르며 소치를 있는 힘껏 눌렀다. 소치가 필사적인 만큼, 그녀 역시 필사적이었다. 얼음탑의 마법사끼리는 마법으로 공격하지 않는 것이 불문율이라, 로레인은 그에게 마법을 쓰지 못했다. 하지만 그건 소치 역시 마찬가지였다.

필사적으로 발버둥치는 레오를 보고 아르카나가 말했다.

"당신도 예전에는 인간이었죠, 기억이 없습니까?"

레오는 아르카나를 노려보며 땅바닥을 긁었다. 그의 손톱에 돌바닥이 대패질 되듯 죽죽 긁혀 나갔다. 아르카나는 무표정하게 말했다.

"어쩔 수 없군요. 그럼."

아까보다 더 큰 압력이 그를 짓눌렀다. 우두둑 하는 뼈가 부러지는 소리와 함께 레오는 피를 토하고 그대로 기절했다.

로레인은 깜짝 놀라 그걸 멍하니 바라보다가 소치에게 밀쳐져 굴러떨어졌다. 소치는 시카와 카서스가 사라진 쪽을 바라보다가 아르카나에게 말했다.

"이 사태를 어떻게 책임질 거지? 그 괴물이 만약에 사람들을 해친다면 그건 다 얼음탑의 책임이 되어 버린다는 건 알고 있는 건가?"

"카서스가 막을 겁니다."

아르카나는 그렇게 말했다. 소치는 "아니, 그 일은 마법사의 손으로 해야 해." 하고는 둘을 쫓아서 결계 밖으로 나갔다. 로레인이 당황해 자리에서 벌떡 일어나며 물었다.

"그냥 놔둬도 괜찮은 거야?"

"저 사람은 놔두고, 로레인. 다른 마법사들을 불러."

"다른……?"

"긴급 사태야."

아르카나의 말에 로레인은 고개를 끄덕였다. 그녀가 떨리는 목소리로 물었다.

"시카, 시카는 원래대로 돌아올 수 있을까?"

아르카나가 레오의 곁으로 다가가 무릎을 꿇고 그의 머리에 손을 올리며 말했다.

"지금 실험해 보려고."

*   *   *

온몸이 아파 왔다.

'아파, 아파.'

하지만 뒤에서 쫓아오는 사람이 더 무서웠다.

카서스.

왜 그렇게 그가 무서운지조차 알 수가 없다. 하지만 너무 무서워서, 시카는 멈출 수가 없었다. 그녀가 지나가는 자리마다 핏자국이 길게 남아서 그녀가 입은 부상의 심각성을 알려 주었지만, 시카는 그것조차 눈치채지 못했다.

어두운 골목으로, 좁은 곳으로 시카는 도망쳤다.

"악—!"

그녀는 비명을 지르며 바닥에 쓰러졌다. 오른쪽 다리가 너무 아파서, 더 이상은 걸을 수가 없었다.

"흑, 으흑—"

그녀는 흐느끼며 한 팔로 몸을 질질 끌었다. 하지만 달팽이가 기어가는 듯한 속도였다. 카서스는 쉽게 그녀를 따라 잡았다.

"시카."

그가 조용히 그녀의 이름을 불렀다. 더 이상 움직일 수도 없게 된 시카는 웅크리며 부들부들 떨었다. 카서스는 그런 그녀를 바라보았다.

"시카. 널 해치지 않을 거야. 응?"

그는 최대한 부드럽게 말하려고 애썼다. 카서스는 시카의 상처가 걱정스러웠다. 얼굴이 창백하다. 카서스는 느리게 다가가 그녀의 다리를 붙잡았다.

"히이익—!"

시카가 기겁하며 팔다리를 버둥거렸다. 카서스는 이를 악물고 그녀의 발목에 팔찌를 채웠다. 이걸로 그녀가 마법으로 도망갈 걱정은 하지 않아도 된다.

"가만히 있어."

카서스가 명령하듯 말하며 자신의 상의를 벗어 찢었다. 시카는 부들부들 떨며 그의 명령에 따라 얌전히 있었다. 카서스는 그녀의 허벅지에 난 상처 위로 천을 묶어 지혈했다. 그녀의 팔에도 똑같이 해 주고 나서 그는 한숨을 내쉬었다.

그는 자신의 옆구리를 힐끗 내려다보았다. 뭐, 그렇게 심한 상처는 아니니 당분간은 괜찮을 터였다.

"시카. 정말로 나 기억 안 나?"

카서스가 작게 물었다. 시카는 몸서리치며 그에게서 멀어지려고 애썼다. 카서스는 그녀의 팔을 붙잡아 자신을 바라보게 했다.

"아, 아아……."

마치 괴물이라도 보듯이, 시카는 카서스를 바라보았다. 연보라색 눈에 뚜렷하게 나타난 공포는 다른 의미로 카서스에게 상처를 입혔다.

카서스는 입매를 일그러트리듯 웃었다.

"그래도 좋아. 시카는 내 거야."

카서스는 그녀를 안아 들며 자리에서 일어났다. 시카는 몇 번 그의 품에서 벗어나려고 발버둥 쳤지만, 카서스가 "팔다리를 부러트린다?" 하고 말하자 순식간에 얌전해졌다.

마치 정말로 그가 그녀를 해칠 수 있다고 믿는 것처럼.

쿠르릉—

천둥 같은 소리가 낮게 울려 카서스는 고개를 들었다. 하늘은 맑고 청명했다. 전형적인 여름 날씨였다.

그때 주홍빛의 벼락이 하늘을 가로질렀다.

"시그리드?"

저도 모르게 카서스는 중얼거렸다. 시카는 자신의 주인이 나타났다는 걸 알 수 있었다. 저도 모르게 시카가 소리쳤다.

"로리! 로리! 로렌스!"

마치 자신의 구원자가 나타난 것처럼 그녀는 목소리를 높였다. 카서스는 검은색 기둥이 솟구치는 걸 보며 말했다.

"글쎄. 네 쌍둥이 동생이 살아남을 수 있을 것 같지는 않은데."

카서스의 말에 시카는 입을 다물었다. 시카의 얼굴이 창백해서 카서스는 서둘러 걸음을 옮겼다. 다시 아르카나에게로 돌아가 치료를 받을 생각이었다.

'치료를 받고 나서…….'

카서스는 이를 악물었다.

그다음은 그때 생각하자.

시카는 온몸을 웅크리며 자신을 안은 남자를 바라보았다.

익숙한 얼굴인데, 기억나지 않는다.

이렇게나 무서운데, 이 남자는 자신을 해치지 않는다.

'왜, 왜?'

왜 자신은 이 사람이 이렇게나 무서울까.

이렇게나 무서운 사람인데, 왜—

'내가 밀어낼 때마다 상처 받은 얼굴을 할까?'

금방, 그런 상처 같은 건 아무것도 아니라는 얼굴을 하지만 시카는 알 수 있었다. 왜인지 몰라도 그녀는 알 수 있었다.

시카는 하늘을 바라보았다. 에테르 폭풍이 천천히 밀려오고 있는 게 느껴졌다. 로렌스가 건너편에 있는 동족을 부른다. 하지만 그 소리는 간간이 끊어지고 있었다.

로렌스는 싸우고 있었다.

멀리 떨어져 있는데도 마치 천둥이 치는 것처럼 땅이 울리고 소리가 나서 시카는 몸을 떨었다.

'로렌스.'

날 구하러 와 주지 않는 거야?

나는, 나는—

시카는 눈을 질끈 감았다. 아무것도 기억나지 않는다. 기억은 새하얀 색이거나 새까만 색이었다.

모두가 자신을 부른다.

기억나지 않느냐고 외친다.

적이야. 그들은 다 적이야.

속삭이는 목소리에 시카는 '정말?'이라고 되물었다.

그때 저릿하게 등골을 타고 뭔가가 올라왔다. 시카는 흠칫하며 눈을 뜨고 하늘을 바라보았다.

로렌스의 부름에 뭔가가 답했다.

거대하고, 거대하고, 거대한—

시카는 멍하니 중얼거렸다.

"드래곤……."

그 중얼거림에 카서스는 하늘을 보았다.

"제길—!"

그는 이를 악물었다.

하늘이 일그러지고 있었다. 아니, 그걸 뭐라고 해야 할지 알수가 없었다. 공간이 일그러지고 있다. 거대한 무언가가 하늘을 찢으려는 듯 공간이 울룩불룩하게 일그러졌다.

마치 팽팽한 천 너머로 누가 얼굴을 들이미는 것처럼 말이다.

'베라무드와 시그리드는 전투 중이고.'

카서스는 시카를 안은 팔에 힘을 주었다. 만약에 드래곤이 나온다면, 수도의 문제만이 아니다.

'하지만 내 알 바도 아니지.'

이대로 시카와 함께 멀리 도망치면…….

"카서스!"

그때 오루트가 풀쩍하고 튀어나왔다. 카서스는 흠칫했다.

"시카 누나!"

그의 팔에 안긴 시카를 보고 오루트는 허둥지둥 다가갔다.

"괜찮아요? 하늘에 저게 뭔지 봤어요?"

"드래곤."

카서스의 말에 오루트는 입을 헤 벌렸다. 카서스가 그에게 시카를 넘겼다. 오루트는 당황해 그녀를 받아 들었다.

'차가워.'

피를 많이 흘린 것 같았다. 시카는 카서스의 품에서 나오자 안심한 듯 보였다. 카서스가 명령했다.

"아르카나에게 돌아가. 우툴루는?"

"황궁에 후작님을 모시러 갔는데, 드래곤이라면 호위가 별 소용없을 것 같은데요."

오루트의 말꼬리가 살짝 떨렸다.

"그랬군."

카서스는 고개를 끄덕였다. 오루트가 머뭇거리며 뭔가를 말하려고 했다가 입을 다물었다.

"다녀올게요."

다시 오겠다는 말에 카서스는 피식 웃었다.

"가."

오루트의 기척이 멀어지는 걸 느끼며 카서스는 검을 뽑아 들었다.

'드래곤이라…….'

어떻게 싸워야 하는지 짐작도 가지 않았다. 일단 상대는 날고 있을 텐데— 카서스는 방향을 바꿔서 달리기 시작했다. 자신보다는 시그리드 쪽이 드래곤을 상대하기 나을 듯했다.

쾅! 콰르릉—!

요란한 소리는 점점 더 커졌다. 사람들이 비명을 지르며 반대로, 반대로 도망치고 있었다. 카서스는 그 물결을 거스르다가 혀를 차고 껑충 뛰어 지붕 위로 올라갔다.

그는 지붕을 타 넘으며 달렸다.

카카카카칵—!

요란한 소리와 함께 검은색의 무언가가 주변의 건물들을 쓸어냈다. 시그리드가 그걸 가뿐히 피하고 검격을 날렸다.

주홍색의 반원이 상대를 향해 날아가는 걸 레아가 튕겨냈다. 레아의 팔은 검은 에너지로 덮여 있었다. 주홍과 검정이 섞이며 번쩍하고 번개가 치듯이 빛났다.

시그리드가 혀를 찼다.

레아의 뒤에는 로렌스가 서 있었다. 그의 몸의 반이 오러에 뒤덮여 있었고 그의 등 뒤에 그림자처럼 거대한 검은 오러가 불꽃처럼 솟구쳐 흔들리고 있었다.

'아니, 오러는 아니지.'

오러와는 전혀 다른 검은색 에너지였다. 하지만 오러라는 단어 말고 딱히 마땅한 다른 단어가 없어서 시그리드는 그걸 그렇게 불렀다.

검으로 벨 때의 느낌도 오러와 완전히 달랐다.

검은색의 진득한 진흙을 베는 느낌이었다. 사용 방식도 오러와는 다르다.

'그래서 지금까지는 고생했지만.'

시그리드는 검을 앞으로 내밀었다.

힐끗, 베라무드와 서로 시선을 마주쳤다. 말하지 않아도 두 사람은 시선만으로도 마음이 맞았다. 그때 뒤에서 익숙한 기척이 느껴졌다.

로렌스는 상대를 발견하고 즐거운 듯 미소 지었다. 그의 붉은 눈이 가늘어졌다.

"안녕, 카서스."

카서스가 "안녕 못하다, 개자식아." 하고 대꾸하며 시그리드와 베라무드 사이로 걸어서 로렌스에게로 향했다. 그가 둘 사이를 지나가는 순간, 시그리드와 베라무드는 짧게 시선을 교환했다.

레아가 카서스를 막듯이 한 걸음 앞으로 나섰다. 로렌스가 "레아." 하고 작게 그녀의 이름을 부르자 레아는 불만스러운 얼굴로 옆으로 물러났다.

그녀의 앞을 지나쳐 카서스는 로렌스의 앞에 섰다. 로렌스가 웃었다.

"어때? 시카를 보니까."

"멀쩡해서 안심했지."

카서스는 어깨를 으쓱하며 답했다. 로렌스가 불만스럽게 말했다.

"내가 시카를 해칠 리가 없잖아."

"머릿속은 실컷 헤집어 두고?"

"그 정도는 해도 돼."

"뭐?"

"그녀가 날 배신했으니까. 그래서, 어땠어? 이제 평생 시카는 널 보고 웃지 않을 거야. 사랑한다고 하지도 않을 거고. 울며 공포에 질려 떨면서 비명을 지르겠지. 도로 데려갈 거야? 가서 비명 지르는 그녀에게 사랑을 속삭이고, 억지로 강간이라도 할 건가?"

카서스는 대답 대신 발도했다.

금색 오러와 검은색 에너지가 서로 부딪치며 힘겨루기를 시작했다. 동시에 베라무드도 움직였다. 카서스를 공격하려던 레아는 베라무드의 공격에 밀려났다. 베라무드가 히죽 웃었다. 그의 이색안이 가늘어졌다.

"미안하지만 눈은 좋아서!"

그의 공격이 레아의 에너지가 가장 약한 부분을 파고들었다. 거기에 합을 맞춰 시그리드도 똑같은 곳을 공격했다.

마스터 둘에 마수 하나.

상대가 될 리가 없어 레아는 피를 뿌리며 쓰러졌다.

쿠오오오―!

그때 허공을 울리는 소리가 들려와 모두가 저도 모르게 하늘을 바라보았다. 거대한 머리가 하늘을 헤집고 나타났다.

그것은 좁은 구멍을 통과하려는 듯이 안간힘을 쓰고 있었다.

로렌스가 광기에 젖은 웃음을 터트렸다.

"와라! 드래곤이여! 와서 다 태워 버려!"

그때 드래곤의 머리 주변에 빛나는 둥근 원들이 생겨났다. 그것들이 반짝이며 뭔가 힘을 발휘해 드래곤을 밀어내기 시작했다. 로렌스의 얼굴이 일그러졌다. 시그리드가 밝은 목소리로 외쳤다.

"마법사들이야!"

눈이 부신 듯 드래곤은 진저리를 치면서 조금씩 다시 구멍 안으로 밀려 들어가기 시작했다.

"안 돼!"

로렌스가 비명처럼 소리를 질렀다. 그의 몸을 감싼 검은색 에너지가 날개로 형태를 바꿨다. 그는 땅을 박차고 날아올랐다.

앗 하는 사이에 일어난 일이었다. 카서스가 아슬아슬하게 로렌스의 발목을 붙잡았다. 시그리드가 검격을 날리려다가 혀를 찼다. 잘못 날리면 카서스가 동강 날 판이었다.

"쫓아가자."

시그리드의 말에 베라무드가 고개를 끄덕였다.

로렌스는 순식간에 드래곤의 머리 앞에 도착했다.

"이것들이—!"

그는 검은색 에너지로 마법들을 깨부수기 시작했다.

마수의 힘은 쓰면 쓸수록 이성이 흐려진다. 그는 흥분해서 자신의 다리에 카서스가 매달려 있다는 걸 눈치채지 못했다. 카서스는 그의 목을 겨냥해서 검을 휘둘렀다. 금색의 오러가 채찍처럼 길게 늘어나 그의 목을 노렸다.

카앙—!

거대한 폭발음과 함께 검은색과 금색 빛이 번쩍였다. 카서스는 충격파에 튕겨져 나갔다. 추락하는 와중에도 카서스는 상대를 확인했다. 로렌스의 검은색 에너지가 구체 형태로 그를 감싸고 있었다. 구체의 틈새로 그가 목을 누르고 있는 것과 분노로 일그러진 얼굴이 선명하게 보였다. 그리고 그 뒤쪽에 드래곤이 입을 벌리고—

"—!"

붉은 화염이 쏟아졌다.

열기가 확 하고 타오르고, 누군가가 자신을 끌어안고, 세계가 암전했다.

*　　　*　　　*

오루트는 시카를 안은 채로 뛰고 있었다.

마스터인데 어째서 자신은 이런 일을 해야 하는가? 당장 전력이 부족하니, 싸움에 뛰어들어야 할 판에.

하지만 카서스가 믿고 부탁한 일이다.

"시카 누나. 괜찮아요?"

시카가 자꾸 정신을 잃으려고 해서 오루트는 필사적으로 그녀를 불렀다. 이대로 시카가 죽기라도 하면 카서스에게 면목이 없다.

시카는 싸움이 격해지는 걸 느끼고 있었다.

로렌스에게 불리하게 싸움이 되어 가고 있는 것 같아 그녀는 불안했다.

'도와야 해.'

로렌스를 도와야 해.

반지를 빼.

누군가가 명확하게 머릿속에서 말했다.

시카는 부들부들 떨리는 손을 들어 올렸다. 새끼손가락의 반지가 반짝였다.

반지를 빼면 안 돼, 안 돼, 절대 안 돼. 빼면 무서운 일이 일어날 거야.

시카는 반지를 붙잡았다.

빼.

안 돼.

빼.

안 돼.

어느 쪽이 옳은 것인지 알 수가 없었다. 몇 번이나 망설인 끝에 시카는 반지를 뺐다. 시카는 숨을 삼키며 몸을 경직시켰다. 그녀의 몸 안쪽에서 폭발이 일어났다. 시카의 머리카락이 순식간에 검은색으로 물들어 오루트는 펄쩍 뛰었다. 당장 그녀를 멀리 던져 버리고 싶은 걸 참고 오루트는 떨리는 목소리로 물었다.

"시카 누나……죠?"

시카는 양손으로 얼굴을 가리고 숨을 몰아쉬었다. 상처가 순식간에 나아간다. 그녀의 손가락 사이로 붉은 눈동자가 빛을 발했다. 그녀의 시야에 멀리 카서스가 눈에 들어왔다.

"카서스."

시카는 작게 중얼거렸고 오루트는 다음 순간 자신의 팔 안이 텅 빈 것을 발견했다.

"어?"

그는 얼빠진 소리를 냈다가 휙 뒤돌아 하늘을 바라보았다.

붉은 화염이 허공에 작렬했다.

"어?"

다시 한 번 오루트는 얼빠진 소리를 냈다.

―내게 목줄을 채워.
―네가 내 유일한 예외야.
―사랑해, 시카 울프.
―괴물 같은 거 아냐.

카서스.

카서스, 카서스, 카서스, 카서스, 카서스, 카서스, 카서스.

시카는 그를 끌어안고 순간 이동을 했다.

어디로?

기억의 편린이 반짝였다.

춤추는 사람들, 웃음소리, 그와 함께했던 밤.

파도 소리가 들리고 짠내가 나는 그곳으로.

*　　　*　　　*

시카는 천천히 눈을 떴다.

머릿속이 어지러웠지만 이 정도는 참을 만하다. 멍하니 천장을 바라보며 시카는 생각을 정리하려 애썼다.

모든 것이 기억났다.

시카는 한숨을 길게 내쉬었다.

'어떻게 하지.'

카서스에게 잔뜩 상처를 줬다.

시카는 그에게 엎드려서 빌어야겠다고 생각했다.

'로렌스에게 빈틈을 보이는 게 아니었어.'

다시 그때로 돌아간다면 자신의 머리채를 잡아채서 끌고 나오고 싶을 정도다.

'여기는 어디야? 어떻게 된 거지?'

아, 맞다.

시카는 팔을 들어 반지를 보려고 했다.

철컹.

"어?"

그녀는 팔을 잡아당기려고 애썼지만 팔은 당겨지지 않았다. 단지 사슬이 움직이는 소리와 함께 손목이 조이는 느낌이 들 뿐이었다. 시카는 당황해 그제야 제 몸을 제대로 움직여 보려 했다. 하지만 침대 위에 사지가 사슬로 고정되어서 그녀가 움직일 수 있는 건 아주 약간뿐이었다.

'뭐지?'

뭔가가 잘못됐나?

다시 로렌스에게 잡힌 건가? 아니면—

'괴물이라서 잡혀 있는 건가.'

자신은 세뇌당한 거라고 주장해도, 다른 사람들이 보기에는 아닐 것이다. 게다가 모습이 변하는 것까지 보였으니, 처분을 위해서 잡아 놓은 것일지도 모른다.

시카는 몸에서 힘을 뺐다.

괜히 반항해서 안 좋은 인상을 주는 건 자제해야겠지.

'전투 중인가?'

갸웃하며 귀를 기울여 보았지만, 조용했다.

주변을 살폈지만, 창문이 있는 걸 보니 지하는 아니었다. 그렇다면 전투가 이미 끝난 후인 건가?

하루? 이틀? 일주일? 한 달?

시카는 다시 팔다리를 움직여 보려다가 관뒀다. 마법을 써 볼까 했는데, 마법 역시 써지지 않았다.

'마법 구속구를 해놨구나.'

그렇다면 역시 잡힌 거군.

얌전히 굴면, 한 번쯤은 카서스를 만나 사과할 기회가 주어질지도 모른다.

'그리고 화형당하는 건가.'

오싹, 등골을 타고 공포가 올라와 시카는 몸을 떨었다.

"싫어……."

저도 모르게 중얼거리는데 문이 열리는 소리가 났다. 시카는 눈을 질끈 감았다. 자박자박 워커 굽의 발소리가 가까워져 왔다. 침대 근처까지 왔다는 걸 알 수 있었다. 시카는 눈을 떠야 하나, 지금처럼 감고 있어야 하나 갈등에 휩싸였다.

'일단 감고 있자.'

결정하고 최대한 태연하게 자는 척을 하려고 하는데 침대가 한쪽으로 쏠렸다.

'침대로 올라왔어?!'

시카는 놀라 저도 모르게 움찔할 뻔한 것을 참아 냈다. 눈을 감고 있는데도 상대의 기척이 선명하게 느껴졌다.

천천히 커다란 손이 뺨을 쓸어내린다.

시카는 자신이 너무나도 무방비한 자세인 것이 신경 쓰였다. 이대로는 아무런 반항도 할 수 없다. 눈을 뜨고 소리를 지른다면 어떻게 될까?

엄지손가락이 입술을 누른다.

다른 손이 천천히 그녀의 배를 어루만지기 시작해 결국 시카는 참지 못하고 외쳤다.

"싫어!"

그녀는 몸을 뒤틀었다. 아니 틀려고 애썼다.

"싫어?"

들려온 목소리에 시카는 숨을 삼키며 눈을 떴다. 그녀는 멍하니 상대방을 바라보았다.

"아……."

카서스.

카서스다.

내 카서스.

눈물이 왈칵 흘러나왔다.

관자놀이를 따라 흐르는 눈물을 카서스가 닦아 내며 속삭였다.

"그래 봐야 소용없어."

그 말에 시카는 움찔했다.

화났구나.

그래, 나라도 화날 만해.

시카는 떨리는 입술로 변명을 꺼내려고 했지만, 말이 잘 나오지 않았다.

"나, 나는—"

"여기는 시카와 나 둘뿐인걸. 도움을 청해도, 소리 질러도, 아무도 오지 않아."

시카는 카서스의 말을 이해할 수가 없었다.

'그러니까, 나랑 카서스 둘이라고……. 도움? 내가 아르카나라도 부를 거라고 생각했나? 왜?'

혼란에 빠진 시카를 바라보다가 카서스가 웃으며 그녀의 입술에 키스했다. 카서스가 낮게 속삭였다.

"도망치려고 해도 소용없어. 날 미워해도 되고, 원망해도 상관없어. 난 놔주지 않을 거야. 시카는 내 것이니까. 내가 네 첫 번째야. 시카 울프."

만약에 도망치려고 한다면, 다리 한둘쯤 없어도 괜찮아. 그래도 난 널 좋아하니까.

카서스가 덧붙인 말에 시카는 더더욱 혼란스러워졌다.

광기에 찬 듯한 애정이 담긴 말. 그리고 카서스의 표정은 어딘지 이상하다.

"카서—"

하지만 뭐라고 묻기도 전에 카서스에 의해서 입이 막혔다. 그의 손이 그녀의 셔츠 안으로 밀고 들어왔다. 그가 정신없이 키스했다.

며칠을 사막에서 헤맨 사람처럼, 그녀의 입 안에 오아시스가 있는 것처럼, 카서스는 그녀의 혀를 빨아들이며 입 안을 핥았다. 시카는 허덕이며 그의 키스에 응했다. 카서스의 키스는 그녀의 목덜미와 쇄골로 이어졌다.

시카의 입 안에 그의 손가락이 들어가 있어, 시카는 뭐라고 할 수도 없었다. 그의 뜨거운 입김이 가슴에 닿자 시카는 깜짝 놀라 몸을 버둥거렸다.

철컹철컹.

사슬만 소리를 요란하게 낼 뿐이었다. 카서스가 그녀의 귓가에 속삭였다.

"사랑해, 시카."

좌절감에 가득 찬 목소리였다.

"사랑해."

다시 그가 속삭였다. 사랑을 이야기할 때의 달콤한 어조는 전혀 없었다. 절망과 고통만이 진득하게 달라붙어 있는 목소리였다.

시카는 숨을 삼켰다.

그의 어조는 상관없었다. 그런 멍청한 짓을 했는데도, 돌이킬 수 없는 짓을 했는데도, 날 사랑한다고 해 주는 거야?

다시 눈물이 흘러넘쳤다.

카서스가 곤란한 얼굴로 그녀의 입에서 손가락을 빼고 눈가에 키스를 했다.

"울지 마. 아니, 울지 말라는 것도 무리인 이야기인가."

로렌스가 했던 이야기가 저주처럼 달라붙어 있었다.

"하지만 그래도 널 놔줄 수가 없어."

그가 쓸쓸하게 웃어서 시카는 흐느끼며 말했다.

"나, 나도 사랑, 해."

카서스의 동작이 딱 굳었다. 시카는 울음을 참으며 말했다.

"뻐, 뻔뻔스럽지만, 미안, 미안해. 나, 나, 카서스가아―"

"시카……?"

"으응?"

"진짜…… 시카야……?"

"어? 어어……."

시카는 고개를 끄덕였다. 카서스는 숨을 쉴 수가 없었다. 그가 미동도 없이 자신을 봐서 시카는 저도 모르게 그를 작게 불렀다.

"카서스……?"

카서스의 얼굴이 일그러졌다. 그가 그녀를 으스러지듯 끌어안았다.

"시카, 시카, 시카. 시카, 시카."

갈라진 목소리로, 몇 번이나 속삭이는 이름에 시카는 그제야 카서스가 아직도 자신이 세뇌당해 있다고 생각했다는 걸 깨달았다. 시카는 울음을 터트렸다.

"카서스, 미안, 미안해. 나, 잘못했어."

카서스가 그녀의 어깨를 살짝 밀어냈다.

"듣고 싶은 건 그 말이 아닌데."

자신을 바라보는 연녹색 눈동자를 보며 시카는 진심을 담아, 최대한 가볍게 말하지 않기 위해서 필사적으로 세 음절을 말했다.

"사랑해."

카서스의 연녹색 눈이 안개가 낀 듯 일렁거렸다. 천천히 그의 뺨을 따라 눈물이 흘러내리고, 그는 웃었다.

울컥하고 뭔가가 올라와 시카는 그를 안으려고 손을 뻗다가 아직 쇠사슬에 손발이 묶여 있다는 사실을 깨닫고 말했다.

"사랑해, 사랑해, 카서스. 카서스가 내 첫 번째야. 내가 죽을 때까지 그럴 거야."

카서스가 다시 키스해 왔다.

아까와는 전혀 다른 키스였다. 부드럽게 혀끝으로 그녀의 혀를 잡아당기듯 쓸어 올리며 카서스는 애무하듯 키스했다. 시카는 크게 숨을 몰아쉬었다. 그녀가 작게 말했다.

"카, 카서스. 나 사슬……."

"아."

카서스가 손을 뻗어 쇠사슬을 한 손으로 끊어 냈다. 시카가 그렇게 애써도 안 되더니만 그의 손 안에서는 무슨 과자가 부서지는 것처럼 뚝뚝 끊어진다. 팔다리 사슬을 다 끊자 시카는 팔을 뻗어 그를 안았다.

"카서스. 카서스다."

팔 안에 그가 있다는 것만으로도 너무 행복했다. 카서스가 그녀의 목덜미에 얼굴을 묻었다. 그가 입술로 부드럽게 움푹 파인 곳을 누르고 빨아들였다. 시카는 작게 신음을 흘렸다. 그의 손이 그녀의 다리를 쓸어 올려 부드럽게 어루만졌다.

시카는 파르르 숨을 내쉬며 그가 원하는 대로 다리를 벌려 주었다. 그녀의 손이 쑥 하고 그의 바지 허리춤으로 들어와 카서스는 흠칫했다가 저도 모르게 웃었다. 그가 큭큭 웃고 그녀의 입술에 거듭 버드 키스를 해 주며 말했다.

"셔츠 먼저."

부드럽게 말하려고 했는데, 목소리는 낮고 거칠었다. 시카는 숨을 삼키고 천천히 그의 셔츠 단추를 풀기 시작했다. 카서스는 그녀보다 훨씬 더 능숙해서 시카가 그의 셔츠 단추를 다 풀었을 때 이미 시카는 속옷 한 장만 남긴 알몸이었다.

카서스의 커다란 손이 조심스럽게 시카를 어루만졌다. 옷을 벗기니 부피가 줄어서(?) 그런가, 더 작고 가냘프게 보였다.

시카는 맨몸을 보이는 것이 창피해 카서스에게 바싹 붙었다. 탄력 있는 가슴이 꾹 밀어붙여져 카서스는 숨을 깊게 내쉬며 그녀의 매끄러운 등을 쓸어내렸다.

손바닥에 달라붙는 감촉이 너무 기분 좋아서, 손으로 만지는 것이 아니라 입으로, 혀로 쓸어 올리고 싶었다.

'안 될 게 뭐야.'

카서스는 그렇게 생각하며 등허리를 타고 내려가 마지막으로 걸리는 속옷까지 벗겨 내렸다. 시카는 눈을 꼭 감았다.

그녀가 바싹 긴장했다는 것이 느껴져 카서스는 살짝살짝 그녀를 어루만지고 베이비 키스를 퍼부으며 그녀의 긴장이 풀리기를 기다렸다.

긴장이 풀린 시카는 조금 더 적극적으로 그를 만지기 시작했다. 그녀의 작은 손바닥이 그의 단단한 가슴 위에서 복부로 미끄러졌다.

카서스는 숨을 삼켰다.

시카는 그의 단단한 복근을 어루만지며 신기한 기분이 되었다. 시카의 손가락이 그의 바지에 걸리자 카서스가 "이건 내가 할게." 하고 말하고는 걷어차듯 바지를 벗고 그녀를 침대에 내리눌렀다.

시카는 손을 뻗어 그를 끌어안으며 키스에 매달렸다.

카서스의 손이 주는 감각들은 전부 쾌감으로 변해 그녀의 중심을 울리게 만들었다. 닿아 있는 살갗은 뜨거워서 열기에 온몸이 타오르는 것 같았다.

"카, 서스─"

그녀가 만들어 낼 수 있는 건 그의 이름 정도였다.

땀에 젖어 미끄러지는 그의 등에 손톱을 세우며 시카는 흐느꼈다. 침대가 요란하게 삐걱거리는 소리를 내며 흔들렸다.

"시카. 시카."

그가 자신의 이름을 부를 때마다 시카는 안도했다. 카서스의 팔 안에 있고, 두려울 건 아무것도 없다. 지나친 쾌락마저도 안도를 거쳐 찾아왔다.

시카는 발끝을 오므라트렸다. 그녀의 발이 새하얀 시트를 휘저었다.

"사랑해, 시카."

속삭이는 목소리에 시카는 "나도." 하고 답했지만, 그게 제대로 목소리가 되었는지 알 수 없었다. 목소리가 되었겠거니 생각한 것은 카서스의 움직임이 더 깊어졌기 때문이었다.

"쉬이—"

달래듯 그녀의 쇄골에 키스하고 카서스는 그녀의 다리를 붙잡아 자신의 허리에 두르게 했다. 그녀의 몸에서 그의 입술과 혀가 닿지 않은 곳은 한 곳도 없었다. 시카는 시간이 얼마나 지났는지도 알 수 없었다.

뜨겁고, 뜨겁고—

'기분 좋아.'

그녀가 생각할 수 있는 건 그 정도였다.

카서스만큼 그녀에게 깊게 닿은 사람은 없었고, 앞으로도 없을 거라 생각하며 시카는 정신을 잃듯이 잠들었다.

*　　*　　*

시카는 눈을 떴다.

'목말라……'

잠시 후 시카는 자신이 알몸인 채로 카서스의 품에 안겨 있다는 것을 깨달았다. 왜 이런 차림인지 깨닫자 그녀는 전신에 열이 오르는 것 같았다.

당황하며 그녀가 움찔거리자 카서스 역시 깨었다.

"시카?"

잠에 취한 그의 목소리에 시카는 "나, 물……." 하고 작게 말했다. 목소리가 완전히 쉬어 있었다.

'어쩐지 목이 아프더라. 하긴, 그렇게 소리 질렀으니……'

그녀는 쥐구멍에 들어가고 싶은 심정이 되었다.

"물?"

시카는 대답 대신 고개를 끄덕였다. 그가 자신을 놓아주겠거니 하고 있는데, 카서스가 몸을 일으키며 그녀의 옆을 팔로 짚고 손을 뻗었다. 시카는 그제야 자신의 머리 쪽에 물이 놓여 있는 걸 알았다. 그가 물컵을 집어 들어서 시카는 상체를 일으키며 물컵을 받아 들려 했다.

"고마―"

고맙다, 하려 했는데 카서스가 물컵을 들고 물을 마셔서 시카는 뻘쯤하게 그를 바라보았다.

'그, 그래. 카서스도 목말랐겠구나.'

그때 카서스가 그녀의 머리 뒤쪽을 잡으며 그대로 키스했다.

"?!"

시카는 눈을 동그랗게 떴다가 입 안으로 물이 들어오는 것을 느꼈다. 물을 전부 받아 마시니 혀를 빨아올려 엉겼다가 떨어진다. 카서스가 한 번 더 그녀에게 물을 먹였다. 시카는 이제 물을 마시는 건지 아니면 다른 걸 마시는 건지 알 수가 없었다.

"더?"

카서스가 물어서 시카는 손을 내밀었다.

"직접 마실 거야."

카서스는 웃고 그녀에게 잔을 건네주었다. 시카는 시트를 올려 몸을 가리고 잔을 받았다. 한 컵을 전부 마시고 그녀가 물었다.

"카서스는?"

"난 괜찮아."

카서스가 그녀의 뺨에 키스하며 물었다.

"몸은 괜찮아? 아프거나 쓰리거나, 안 좋은 곳은 없고?"

그의 목소리가 너무 다정해서 시카는 부끄러운 생각이 살짝 들었지만, 고개를 휘휘 저었다.

"아니, 괜찮아."

고관절이 좀 아프고, 목도 아프고, 다리 사이가 살짝 따끔거리고, 아래에 아직도 뭐가 들어 있는 듯한 느낌이지만 괜찮았다.

"설 수 있겠어?"

시카는 그 말에 침대 아래로 다리를 내려 일어서려다가 그대로 풀썩 주저앉았다.

"어?"

"아."

카서스가 웃고 얼른 돌아 나와 그녀를 안아 들었다. 시카가 빨개진 얼굴로 말했다.

"뭐, 뭔가를 먼저 걸쳐."

"어차피 다 봤잖아."

"안 봤어."

"그럼 이제부터라도 보면 되겠네."

"안 봐도 되거든?"

시카는 양손을 교차해서 자신의 가슴을 가리며 항의했다. 카서
스가 그녀를 침대에 도로 올려놓고 옷걸이에서 가운을 걸쳤다.

"씻을 물 준비하라고 할게. 식사도 할 거지?"

"응."

시카는 시트로 몸을 둘둘 말며 고개를 끄덕였다. 그러다 문득
든 생각에 시카는 다급히 말했다.

"그런데 괜찮아? 이러고 있어도? 다른 사람들은 다 괜찮은 거
야?"

그녀의 물음에 카서스가 시카를 빤히 보았다가 말했다.

"식사하면서 얘기하자. 급하지는 않아."

시카는 뭔가 이상한 기분이었지만 고개를 끄덕였다. 시카는
자신의 손목을 바라보았다.

'음.'

어젯밤 쇠사슬은 끊었지만, 수갑을 찬 채였기에 아직 그 흔적
이 남아 있었다. 카서스가 자신이 자는 사이에 수갑도 다 풀어
준 모양이었다.

시카는 손목을 어루만지며 작게 주문을 외웠다.

"어?"

상처는 곧 나았지만 시카는 자신의 손을 바라보았다.

'반지가 없어?'

황급히 머리카락을 당겨 보자 머리는 분홍색이었다. 검은색이 아니다.

'뭐지? 왜지?'

당황해 눈을 감고 심장 근처의 마력을 찬찬히 살피자 실처럼 가늘게 검은 마나가 돌고 있는 게 느껴졌다.

'아하.'

세뇌가 풀렸을 때, 본래의 마나가 봉인되어 있는 상태라서 검은 마나만 사용한 모양이었다. 대체 순간 이동에 얼마나 많은 양을 사용했는지 텅 빈 상태고 말이다.

'그리고 이제 천천히 차는 건가.'

그래서 외모에도 영향이 나타나지 않는 모양이었다.

시카는 한숨을 내쉬고 주먹을 쥐었다가 폈다.

'양 조절이 전혀 되지 않은 모양이지. 아무리 순간 이동이 마나를 많이 쓴다고 해도 고작 두 번에……. 아냐. 먼 거리를 하기는 했지.'

수도에서 이 먼 남쪽까지 단숨에 온 거니까.

'남쪽 맞지……? 실바.'

시카는 다시 조심스럽게 침대에서 내려갔다. 허리에 힘이 들어가지 않는다. 허벅지는 부들부들 떨리고 있었다.

'그, 그게 의외로 근육을 많이 쓰는구나.'

어떻게 카서스는 멀쩡한 거지?

자신보다 카서스가 더 많이 움직였는데 말이다.

역시 마스터는 다른 걸까, 하며 시카는 자리에서 얍 하고 일어났다. 몇 번 무릎이 풀리기는 했지만, 어찌어찌 그녀는 창문까지 다가갈 수 있었다.

낮이라서 닫은 나무창 사이로 빛이 가늘게 새어 들어오고 있었다. 시카는 문을 살짝 열었다.

바람을 타고 짠 바다 냄새가 확 밀려들어 왔다.

'맞구나.'

시카는 안도하며 가슴을 쓸어내리고 얼른 다시 문을 닫았다. 시카는 숨을 깊게 몰아쉬고는 에잇 하고 다시 다리에 힘을 줘 침대로 돌아왔다.

침대가에 앉아 있는데 카서스가 침실로 들어왔다.

"목욕물은 곧 준비될 거래. 식사도 시켰어."

"응."

시카는 고개를 끄덕였다. 밥보다는 목욕을 먼저 하고 싶었다.

잠시 후, 여관 시종이 목욕물이 준비되었다는 걸 알리자 카서스가 침대로 다가왔다. 시카는 자신을 안아 들려는 카서스를 만류했다.

"내가 걸어갈 수 있어."

"안 돼. 오늘은 공주님이야. 절대로 땅에 발 닿지 않게 할 테니까."

카서스가 그녀를 가뿐하게 안아 들며 말해, 시카는 얼굴을 붉혔다.

솔직히 이런 취급이 싫지 않았다.

카서스는 욕실에서 그녀의 시트를 훌렁 벗겨 내고 욕조 안에 시카를 조심스럽게 집어넣었다. 어찌나 힘이 좋은지 그런 불안한 동작을 하면서도 땀 한 방울 비치지 않았다.

"물 온도 괜찮아?"

"응, 좋아."

적당히 뜨거운 게 오히려 기분 좋았다. 과한 활동에 지친 근육들이 만세를 불렀다. 여름날 버터처럼 흐늘흐늘 녹아내리는 기분이다.

욕조에 팔을 올리고 그 위에 턱을 올린 채로 기분 좋은 한숨을 흘리는데 카서스가 가운을 벗었다. 그가 슬쩍 손을 넣어 보고 "좋네." 하고는 욕조 안으로 들어왔다.

"카서스?!"

뭐하는 거야?! 하고 시카가 깜짝 놀라 외치자 카서스가 말했다.

"목욕?"

"아니, 왜 들어오는 건데? 카서스는 다음에 하면 되잖아."

"원래 하룻밤 보내고 나서는 같이 목욕하는 거야."

카서스의 태연한 말에 시카는 당황했다.

"그런 거야?"

"응."

"그, 그랬구나……. 미안."

자신의 무지가 창피해서 그녀는 뺨을 붉혔다. 시카는 옆으로 물러나며 그에게 닿지 않게 주의했다. 카서스가 그런 그녀를 보고 피식 웃었다.

"정말로 나 안 볼 거야?"

"나중에."

시카의 말에 카서스가 "나중 언제?" 하고 물어서 시카는 "언젠가는……?" 하고 말했고 카서스가 저런, 하고는 그녀에게 물을 튀겼다.

물방울이 닿자 시카는 그를 힐끗 보았다가 다시 욕실 바닥으로 시선을 내렸다. 카서스가 손바닥으로 몇 번 더 그녀에게 물을 뿌렸지만 시카는 꿋꿋하게 미동도 하지 않았다.

"시카."

그가 그녀를 부르며 슬그머니 다가왔다. 시카는 흠칫하며 반대쪽으로 이동했지만 그래 봐야 욕조 안이다. 시카는 눈을 꽉 감았다.

"정말로 안 볼 거야?"

카서스가 그녀의 귀에 바싹대고 속삭여서 시카는 그를 밀어냈다. 카서스가 그런 그녀의 손목을 잡아당겼고 자신의 힘과 그의 힘이 합쳐져서 시카는 그의 가슴에 밀어붙여지듯이 부딪쳤다.

"카서스!"

시카가 빽 소리를 지르자 카서스가 웃었다.

"하지만 시카가 날 안 본다니까."

"아, 안 보는 게 아니라."

시카는 그렇게 말하다가 말끝을 흐렸다. 그녀는 양팔로 그의 목을 감쌌다. 그의 눈에서는 다정함이 뚝뚝 떨어지고 있어서 다른 말이 생각나지 않았다.

카서스가 자신의 눈앞에 밀어진 그녀의 새하얀 가슴에 가볍게 키스하고 말했다.

"자극하지 말고, 얌전하게 앉으세요. 공주님."

그 말에 시카는 무릎을 굽혀 얌전하게 앉았다. 욕조는 깊어서 어깨선까지 물이 올라왔다. 시카가 말했다.

"왜 소설에서 꽃잎을 욕조에 뿌리는지 알겠어."

"왜?"

"그러면 물 밑이 안 보여서 창피하지 않을 테니까."

카서스가 그 말에 큭큭 웃고 "다음에 뿌려 줄게." 하고 약속했다. 시카의 손이 그의 등을 더듬었다. 어젯밤에 만졌던 오러 코어가 그녀의 손끝에 걸렸다. 작은 손가락으로 저도 모르게 그걸 쓸듯이 어루만지자 카서스가 "윽—" 하고 작게 신음을 삼켰다. 시카가 놀라 손을 뗐다.

"미안."

"아니, 미안할 건 아닌데, 다음을 진행하지 않을 거면 안 해 주면 좋겠어."

그다음? 하고 갸웃했다가 시카는 "아." 하고 얼른 자신의 손을 그의 등에서 멀리 떼고는 그의 어깨를 잡았다.

카서스의 어깨는 넓고 곧아서 시카는 신기한 기분이었다.

그의 어깨와 목선을 만지고 팔을 만지고 그녀는 그의 손가락을 어루만졌다. 카서스의 손은 검사의 손답게 굳은살이 박여 있었지만 예쁜 손이었다.

곧게 뻗은 긴 손가락은 악기를 연주해도 될 법했다. 시카는 그 손가락의 길이를 유심히 살피며 눈을 가늘게 떴다.

"왜?"

카서스가 묻자 시카가 말했다.

"아니, 어제는 정신없어서 몰랐는데, 뭔가 내 손가락이랑 별다를 게 없어서."

"시카 손보다는 크지."

"그야, 크지. 큰데, 어젯밤에는 음. 뭐라고 해야 하나. 움직임이, 그러니까─"

설명하던 목소리가 점점 줄어들었다. 그녀의 얼굴이 붉어졌다.

"움직임이? 뭐가? 왜?"

카서스가 짓궂게 되물어서 시카는 그의 손가락을 깨물었다. 장난스럽게 깨문 건데 카서스는 손을 뺄 생각을 하는 게 아니라 오히려 손가락으로 그녀의 입 안을 쓸었다. 시카는 깜짝 놀라 힘주어 그의 손가락을 콱 깨물었고 아얏, 하고 그가 손을 빼자 시카가 흥 하고 말했다.

"손가락 예쁘다고 잘난 척하지 마."

"잘난 척 안 했거든?"

카서스가 투덜거리며 젖은 그녀의 머리카락을 넘겨주었다. 그의 손가락이 그녀의 얼굴 윤곽선을 부드럽게 훑었다.

"그럼 이제 씻겨 줄게."

"어?"

"피곤하잖아. 씻겨 줄게."

"아니, 카서스가 씻겨 주는 게 더 피곤할 것 같은데."

"아니, 사양하지 말고."

"아니, 아니. 사양합니다. 진심으로."

시카의 필사적인 사양(?) 끝에 카서스는 손으로 시카의 맨몸을 문질러 씻어 줄게, 하는 계획을 버렸다.

'어쩐지 피곤하다.'

시카는 그렇게 생각하며 눈을 감았다. 눈을 감자 졸음이 밀려왔다.

욕조 안에서 저도 모르게 깜박 졸았다가 깨어 보니 다시 침대 위였다. 이번에는 옆에 카서스가 없어서 시카는 하품을 길게 하며 자리에서 일어났다. 물컵이 놓여 있던 탁자 위에는 옷이 놓여 있어서 시카는 옷을 입었다.

아까처럼 쓰러질 것 같지는 않았다.

"카서스?"

작게 이름을 부르며 거실로 고개를 내밀자 창가에 서 있던 카서스가 그녀를 돌아보고 웃었다.

"잘 잤어?"

"응, 미안. 나 욕조에서 잠든 거지?"

어쩜, 욕실에서 잘 수가 있지?

"괜찮아. 피곤할 만했지. 처음인데, 음. 내가 주체를 못했으니."

카서스는 반성하며 고개를 저었다.

"샌드위치 먹을래? 그거랑 따뜻한 차?"

"응, 먹을래."

시카의 대답에 카서스가 거실 소파를 가리켰다. 시카는 소파에 앉았고 카서스가 트롤리에 놓여 있는 샌드위치를 가져다주었다.

고기와 채소가 듬뿍 들어간 샌드위치였다. 한 입 먹자마자 격렬한 허기가 몰려들어 시카는 정신없이 앞에 놓인 샌드위치를 전부 먹어 치웠다. 그사이 차를 내린 카서스가 그녀에게 잔을 내밀며 물었다.

"맛있어?"

"응. 맛다. 카서스는?"

"나야 이미 먹었지."

카서스가 허리를 숙여 그녀 입가의 소스를 혀로 훔치며 말했다. 시카가 얼굴을 붉히며 손등으로 입술을 슥 닦고 물었다.

"그런데 여기 실바 맞지?"

"응, 일단은."

"일단?"

그녀는 의아해져서 고개를 갸웃했다. 카서스의 얼굴에 슬쩍 곤혹이 지나가 시카는 진지해졌다.

"뭐야? 무슨 일인데? 어떻게 된 거야? 아까 얘기해 주지 않은 거랑 관계가 있는 거지?"

"여기는 실바야. 실바가 맞기는 한데."

"한데?"

뜸 들이지 말고 얼른 말해, 하고 시카가 명령하듯 말하자 카서스가 한숨과 함께 말했다.

"10년 전이야."

"어?"

"10년 전의 실바라고."

"10년 전?"

"그래. 나도 놀랐어. 실바가 맞는데, 전에 봤던 곳이 아니라…… 알아보니까 10년 전이라는 거야. 제국력 392년."

그 말에 시카가 눈을 크게 뜨자 카서스가 물었다.

"가능한 거야?"

"그게……."

과거로 이동해 왔단 말인가?

시카의 머릿속이 혼란스러워졌다.

시간을 뛰어넘었다고? 하지만 그러려면 엄청난 에너지가 필요한데 과거로 오다니, 이제 어떻게 하지?

"시카? 시카."

카서스가 그녀를 불러 시카는 흔들리는 눈동자로 카서스를 보았다. 그가 그녀의 손을 덮듯이 잡고 말했다.

"괜찮아."

시카는 따뜻한 파도가 밀려오듯, 가슴속에 안도가 퍼지는 걸 느꼈다.

사실 하나도 괜찮지 않았다. 과거로 오다니. 무슨 일이 생길지 알 수가 없고, 어떻게 돌아가야 할지도 알 수 없다.

하지만 괜찮았다. 카서스가 괜찮다고 한다면, 그리고 그와 함께 있다면 뭐든 다 괜찮았다.

"응."

시카는 작게 고개를 끄덕였다.

"아!"

시카가 얼른 그의 손 위에 자신의 다른 손을 얹으며 말했다.

"절대로 카서스가 누군지 말하면 안 돼."

"내가 누군지?"

"으음. 그러니까 과거의 사람에게 내가 미래의 사람이라는 걸, 그러니까 본인이라는 걸 알려서는 안 돼."

"알았어."

카서스는 고개를 끄덕였다. 어차피 이 여관도 가명으로 빌렸으니 상관없었다.

"이건 과거니까, 과거를 바꿀 수는 없어. 만약에 그렇게 되면 미래가 뒤틀리게 돼서, 지금과 다른 미래가 되어 버리니까."

카서스는 그녀의 말에 고개를 끄덕였다. 시카는 한숨을 내쉬고 말했다.

"아마도 내 마수로서의 마력이랑, 그때 에테르 폭풍이 일었던 것과 장막이 약해진 것 등등 여러 가지 상황이 작용해서 이렇게 된 것 같아."

"그렇구나."

"물론 정확한 건 아니고 추측일 뿐이지만……. 일단 나도 연구를 좀 해 봐야 할 것 같아."

"뭐, 돌아가지 못해도 괜찮아."

"어?"

"여기서 살아도 되지 뭐."

그 말에 시카는 묘한 얼굴을 했다가 웃었다.

"그런가?"

"그렇지. 음, 안 되는 건가."

카서스가 갸웃하며 말해서 시카는 고개를 저었다.

"나도 모르겠어. 아니, 이런 일이 있었다고 들어 본 적이 없는 걸. 잠깐만, 그러면—"

시카는 몇 번 손을 쥐었다가 펴 보았다. 허공에 흔들기도 했다.

"시카?"

"아, 역시. 지팡이가 불러지지 않는구나. 지금 있는 지팡이는 내가 부를 수 없는 건가."

시카는 흠, 하고 작게 숨을 내쉬었다.

"천천히 알아가자. 그보다 그러면 시카 옷을 사야 할 것 같은데."

"아, 그런가."

시카는 자신의 차림을 내려다보고 고개를 끄덕였다. 원래라면 가방을 불러서 해결했겠지만, 지금 자신은 가방을 부를 수가 없다. 옷은 지금 입고 있는 게 전부였다. 카서스는 잡고 있는 그녀의 손을 내려다보다가 작게 말했다.

"그런데 시카."

"응."

"그, 내가 무섭지 않아?"

"어?"

시카가 깜짝 놀라 카서스를 보았다. 그는 그녀를 보았다가 다시 손으로 시선을 돌렸다. 그녀의 손목을 잡으며 그가 말했다.

"나 좀 미친놈 같이 굴었잖아. 그러니까, 너도 다 들었고……."

아, 하고 시카는 그의 손을 내려다보았다.

그랬다.

사실 그가 한 짓은 미친 짓 아닌가? 사슬로 묶어 두고 강제로 얽어매고, 싫다는 사람에게 키스하고—

범죄다.

"맞아, 그건 범죄지."

시카의 말에 카서스가 깊게 숨을 삼켰다. 시카가 그의 손을 잡아 들어 자신의 뺨에 대며 웃었다.

"그런데 카서스라면, 희생양이 되어도 좋아."

카서스가 미친놈이라면, 자신 역시 미친 사람일 것이다. 그 광기에 찬 말이 너무나도 달콤하게 느껴졌으니까.

우리 둘 다 어딘가 이상한 걸지도 모르지.

시카의 말에 카서스의 녹색 눈이 어두워졌다. 시카가 그 눈동자를 똑바로 보며 말했다.

"납치하고 감금해 줘. 도망치지 못하게 묶어 둬. 난 네 거야."

꽃이라면 거칠게 꺾어서, 그대 화병에 꽂아주길.

카서스가 그녀에게 깊게 키스해 왔다. 거칠게 그녀의 옷을 벗기는 그의 손길을 느끼며 시카는 웃었다.

"사랑해, 카서스."

그 말에 카서스가 움직임을 멈추고 그녀에게 마주 웃어 보였다.

아아, 정말로 내가 세상에서 가장 사랑하는 사람.

시카는 가슴 안쪽이 뻐근해지는 것 같았다.

"사랑해, 시카."

그의 대답에 그녀는 안도하며 그의 손길에 몸을 맡겼다. 그의 목줄은 여전히 그녀의 손에 있고, 그러니 시카는 세상 어느 것도 무섭지 않았다.

〈다음 권에 계속〉